U0446682

人生的逻辑

冯仑 著

四川文艺出版社

果麦文化 出品

目 录

自序
"想不开"的解药
-001-

疯子的逻辑
-006-

孝顺的逻辑
-017-

健康的逻辑
-024-

骗子的逻辑
-036-

教育的逻辑
-045-

读书的逻辑
-056-

文章的逻辑
-066-

说话的逻辑
-077-

友谊的逻辑
-085-

约会的逻辑
-091-

喝酒的逻辑
-101-

送礼的逻辑
-113-

面子的逻辑
-120-

吃醋的逻辑
-128-

痛苦的逻辑
-135-

幸福的逻辑
-142-

爱情的逻辑
-152-

皇帝的逻辑
-162-

母亲的逻辑
-171-

大哥的逻辑
-180-

宠物的逻辑
-189-

自杀的逻辑
-197-

监狱的逻辑
-206-

丧事的逻辑
-215-

商人的逻辑
-229-

资本的逻辑
-240-

买房的逻辑
-252-

卖房的逻辑
-261-

慈善的逻辑
-269-

开放的逻辑
-280-

自序 "想不开"的解药

这一阵子,我不时看到有人轻生的社会新闻。跳楼的,跳桥的,一些人在面对苦闷、绝望时,选择自绝于生活。

他们大概都有一些具体的痛苦。但是,面对痛苦时,也许有更好的"解法"。

日常生活中,我们总会有一些困惑、焦虑、苦闷、烦躁甚至是绝望的情绪。当这些我们称为"想不开"的负面情绪聚集在一起时,人总要寻找一个出路。

对多数人而言,出路无非就那么几种。

第一种,一些人索性就信教,变成宿命论者。把一切交给超然世外的"造物主",一切秉承所谓神的旨意去做,自己再不思考,也再不负责任了。

第二种,进庙。进不同的庙里,去问"大神"。然后接受庙里"大神"的各种说辞,什么因果轮回、善恶有报、忍耐放下等等,以求得心安或者避世忍让、躲过纷扰。

如果这还不行,就找专家,也就是看医生。比如看精神科医生，拿药来治抑郁症，把稳定情绪变成一种物质化的过程，通过吃药让神经的某个系统得以修复，使某些不愉快的因素得到抑制。或者去找心理医生，把自己内心最隐秘的部分，最不齿向他人展示的一面，向心理医生倾诉，聊天之后得以释怀，把一些压力给宣泄掉。

还有一个办法是去请教"大师"。生活中总有很多自诩无所不知的"大师"。另外，网上还有很多在某一领域知识深厚的博主，家庭伦理、男女关系、职场就业、个人成长……哪个领域都有人钻研。他们的说教，也可以作为一种安抚心灵的"汤药"，有需求的人吃下去之后也会有一些效果。

如果以上几种办法还是不能让人释怀、减压，在迷茫中找到一些光亮，在绝望中找到一条生路，那还有一种办法就是和哥们儿、姐们儿一起吃吃喝喝，聊聊天，倾诉宣泄一番，以求得一些同情，获得一些具体的指点、帮助。也许闺蜜、兄弟的一两句话，随口说出的一两句常识，就可以让人茅塞顿开，解开迷茫，或者得到某些宽慰。

总之，人生中的困惑、焦虑、苦闷、烦躁、绝望，总要找到办法去化解。其实，困惑、焦虑也好，苦闷、烦躁、绝望也好，可以统称为"想不开"。

人生中会有很多想不开的时候，碰上很多想不开的事，遇到很多想不开的人。这个时候怎么办呢？怎么样才能想得开？

刚才提到的这些方法，信教、进庙、找"大师"、问专家、与闺蜜哥们儿聊天……都只有一个目的，那就是解开心结，找到一个能够想得开的精神出路。解开心结、找到出路的过程，其实是一个重新解释和说服自己的过程。

很多时候，一个人受到生活经历、教育背景、知识水平、人际关系的限制，面对困境时，不能够正向地说服自己，而是否定自己，认为自己是错的，没有机会、没有希望，就可能会想不开。

但如果换一个角度，换一种思维和方法，所谓的困境其实没那么复杂，是可以解决的。随着想开了，便会有新的希望。

换一个思维，就是信教、进庙、找"大师"、问专家、跟闺蜜哥们儿聊天的理由。他们都是在提供一些超出你经验的新解释。

当然，世俗生活中也会有很多新解释。这些新解释不提供系统的理论，也不提供系统的方法，往往只是一种歪理，但我们通过这些通常认为的歪理，有时候也会让自己想开。

我看到过这样一个故事。

有一对青年男女相亲时，女方提出要30万彩礼，她说："我妈养我不容易，所以你得掏这笔钱。"

这个时候男方本该想不开了，心想："凭啥要这么多钱呢？"

但是这个男的没有把这种想法说出来，而是换了一种解释。他说："你妈不容易，那是你爸的责任。我们俩之前也不认识，所以你妈不容易，跟我没有关系。你妈不容易是你爸造成的，你应该找你爸去。你爸要是李嘉诚，你妈早就容易了。那你还差我这点钱吗？"

女方一听，反倒想不开了，气得不行，觉得这男人耍赖。

但这么一种新解释，使这男的想开了，想不开的变成了女方。一个说法的改变，使得这两个人角色发生了变化，心情也发生了变化。一场相亲下来，男方没有受到任何心理伤害，反而变得理直气壮了。

这就是一个从想不开到想得开的角色转换过程，其间的解释非常重要。

所以，想开的关键在于解释。我们有很多种方法来获得新解释。通常的方法就是上面说到的那些：找个庙去求签，问专家，找"大师"，信教，而短期内的解决办法，则是找闺蜜或者哥们儿喝顿大酒。

总之，人生有很多想不开的时候，有很多想不开的事。把阻碍想开的障碍消除，自然就能想得开。想开之后，生活就依然充满了无限的可能性，心里的爱也就多了，脚下的路也就宽了。

这本书，实际上就是我怎么想开的一些体会。

我经历了几十年的世事沧桑，见过很多人，去过远方，经历过人生的跌宕起伏。在这个过程中，我在不断地找解释，希望对每件事都能想得开，于是我一个一个地梳理，把我想开的过程、想开的新解释、想开的新说法，集中起来，变成了这样一本书，我把它叫作《人生的逻辑》。

这些逻辑，事实上就是专治想不开的"药"。对有需要的人而言，服下这味"药"，我相信，应该还是有用的。

这样的"药"，我还在不断地"研制"，也希望未来还能够把自己对不同事物的新解释变成更多的"逻辑"、更多的说法,然后和大家一起来品味和疗愈,从而找到更多追求幸福、自由与创造的力量。

是为序。

疯子的逻辑

不知道什么缘故,这些日子突然很想奶奶。想着想着,就想起了她和很多别的奶奶不一样的事情。别人想到奶奶时,可能想到的会是大手牵小手、慈祥、关怀和养育这样一些特别温馨的画面和情感。可是我想起奶奶时,却总在琢磨一件事:奶奶怎么就疯了呢?

从出生到离开西安的家,我有22年时间跟奶奶生活在一起。这22年里,奶奶一直都是疯的状态,而我居然能够跟她很好地相处。我至今非常感激和怀念奶奶,不时会想起她某些细小的举止,哪怕是完全不同于正常人的举止。

奶奶是在1953年疯的,当时别人称她为"神经病"。她发疯的样子,我很小的时候并无太多记忆,都是后来听父亲、叔叔、姑姑提起来,才知道一些故事。大体上,对于奶奶的疯,我是在10岁以后才有了直接的印象。一开始很紧张,之后是好奇,再之后则因为同住一个房间而走进了她的故事里。在她的疯言疯语中,我居然能够不疯而且正常地长大,这似乎也是一件很奇怪的事情。

大概在我10岁的时候,我们家住西安的一套"两室没厅"的房子,我、奶奶和姐姐三个人挤在一间屋子里。这间屋子也就十几平方米,放了三张床,我的床跟奶奶的床几乎是床头对着床头,我姐姐在另外一张床上。记得有一天的后半夜,我突然被一阵大声说话的声音惊醒。我害怕得蒙着头,仔细一听,才发现是奶奶在高声说话,像在演讲一般,语调显得很生气。

在夜深人静的时候听到奶奶这么大声说话,吓得我始终捂着耳朵,同时我又很好奇,想听听她在说什么。记得当时我完全不敢出声,又听不明白她在说什么,心里很是害怕。最后实在忍不住了,我裹着被子,颤颤巍巍地站起来,看着奶奶。仍在激动地说话的奶奶看到我时,神情和语气突然变得温和起来,接下来居然就安静了。她此前的愤怒、"演讲"时的激情和无可名状的无奈顿时都不见了。我不知道是因为她害怕打扰我睡觉,还是我的突然出现让她的思绪中断了。

自此以后,我开始关注她的发疯。她疯的时候会讲嘉兴土话。我虽然不会讲,但能听懂。在过了好奇阶段之后,我有时会生出急躁和烦闷的情绪。比我大两岁的姐姐也是这样,半夜被吵醒时,她会从被子里伸出头来呵斥:"神经病,乱说。"但越是这样,奶奶的情绪就越高昂,而且大声呵斥我姐姐,说她不孝顺之类。吵得最厉害的时候,我父母也会从隔壁房间过来劝解,但越劝,奶奶的声音越高,而且把所有人都当成她的"敌人"。这个时候,我也不知道该怎样应对,内心非常困惑。

面对困惑,因为她是我奶奶,也因为房子小,我别无选择,只能适应。几年过去,我也就慢慢习惯,不再害怕了。我开始尝试跟奶奶交流。在她后半夜"演讲"的时候,我就认真地听,有时听着听着,我会慢慢地坐起来,走到她跟前,坐在她床边听。特别是冬天,她披着件棉袄"演讲"时,会扯过被子的一角盖住我的腿,然后继续她的唠叨。那时我已经十四五岁,开始懂得很多事了,我尝试跟她交流,问她提到的那些人名、那些事都是怎么回事,她为什么那么生气,她为什么要吵架,为什么要反复地说这几个人和这些事,等等。她会跟我讲一些鸡毛蒜皮的事,比如她去河边淘米,走在路上,别人看她一眼,吐口吐沫,她就觉得是在骂她、对她不尊敬,诸如此类。

交流多了以后,她偶尔会流露出些许温馨,甚至会说起一些美好的回忆。随着我渐渐长大,我关注的世界也在变大。于是我更大胆地跟奶奶交流,向她提的问题也就越来越多。记得在我十六七岁的时候,我曾问她结婚的事情。在微弱的灯光下,她居然变得很慈祥、很安静。她告诉我说,结婚那天,她坐在家里等别人来迎娶,心里非常忐忑,因为完全不知道别人会怎么对待她。她头顶红盖头在屋里坐了整整一夜,天亮了夫家才来接她。我试图诱导她讲出电影里常有的那些场景和情节,但她就是不讲。我发现,疯了的人会特别专注。奶奶永远只说她记住的某一件事情,比如那天她坐在闺房里,顶着红盖头,等了整整一晚上。也许,在那个年代,出嫁的女子最难忘的就是那一晚上的等待,而不是坐花轿进门。因为这一晚上她会想很多事,想到她的人生,她的前世、今生、未来,婆家怎么样,丈夫怎么样,等等。

奶奶1905年出生,出嫁的时候20岁左右,而她跟我讲这件事的时候已经60多岁了。在这个年纪回忆40年前的往事,她仍然记得清楚。一个少女蒙着盖头,在暗夜里静静地坐着,一直到天亮。这就是那个岁月、那个年代留给她的最美好的记忆。

我问她关于生孩子的事。她告诉我,她生过7个小孩,也就是说,除了我父亲,她还有过6个孩子,但是只有3个在,剩下的都不在了。当我追问她不在了的那几个是怎么回事的时候,她只说我有一个小叔叔得了病,得了伤寒,就没有了。

好奇的我继续问她:怎么生孩子?她告诉我,就是坐在马桶上,马桶里面垫很多烟灰、炉灰,然后在上面又垫了好多层草纸,她就坐着把小孩生到马桶里。我听着觉得特别稀奇,也觉得奶奶特别了不起,用这样的方法居然生了7个小孩!于是我越来越有兴趣跟她聊天,听她回忆,听她说故事。就这样我渐渐长大,关注的事渐渐增多,跟奶奶的交流也越来越多。而这个时候,由于"文化大革命",父母有很多其他的事情,我和父母交流的频率反而不如和奶奶高。

渐渐地,我发现,奶奶晚上"演讲"的时候,好像也越来越多地关注我的状况。我在十五六岁时开始热爱读书,读古书,读现代的书,读很多人文书籍。有时读到后半夜一两点钟,在昏黄的台灯光线下,我偶尔抬头看她,会发现她也在静静地看着我。似乎因为我在读书,她"演讲"的声音开始变得越来越小——她会因为我看书而克制自己说话的声音,不高声"演讲"。每当这个时候，我就觉得好感动。我会跟她说，"没事，你说你的，我看我的。"她就会说，"不用，你要做大文章，我不说话。"她这时候居然知道我要做大文章！在她的心目中，她的先生是教书、写文章的，所以她看到孙子这么用心读书，就认定这个孙子也要做大文章，所以她应该不说话，应该安静。其实每到这个时候，我就觉得她没有疯，她非常善解人意，对我不仅有期待，而且给予了非常坚定的鼓励。

就这样我慢慢地学会了跟奶奶相处，也开始聊更多的事，聊她的生活经历，聊日本人轰炸的时候她怎么躲藏，聊怎么样跟那些她认为是坏人的人吵架。为了让她高兴，我也尝试代入她叙述的情景中的某个角色，就像演话剧一样，穿越到1953年之前她记忆中的那些场景，扮演一个支持她的角色，仿佛那个时候我就在现场。我们两个人也不知道是她够疯还是我够会演，彼此都很投入，于是成就了一组奇特的搭档。

每当她说话语气特别激烈的时候，我就进入她的记忆情境中，开始配合她，说着说着她居然就平复了，而且我让她做什么，她会听我的话。比如我对她说，"天亮了，我要睡一会儿然后上学。"她就会说，"好好睡，我不说了我也睡了。"然后我们俩就都睡了。或者在白天，她偶尔发作的时候，我用这个方式去配合她，使她认为我是唯一可以信任的。然后我会提醒她做一些正常的事，比如我说"我要上学了，现在该做饭了"，她就会去做饭。有时候她在外面跟人发生争执，或者跟我母亲和姐姐发生冲突的时候，我去跟她小声嘀咕几句，她就会回心转意，安静下来。

这种陪伴奶奶的经历和生活，让我觉得其实精神病人或所谓"疯子"也有正常的一面。奶奶疯是因为人格上或自我的认知上出现了错位，出现了不可解的冲突。但在我进入她的角色和世界，和她同步的时候，她似乎又不疯了，会回到正常世界，做正常人被要求做的事情。我一直弄不清楚疯与不疯之间的界限到底在哪里，但我确实就这样一直陪伴着疯了的奶奶。我偶尔也跟着她疯一下，我们两个因此相处得越来越好，越来越互相理解，越来越可以互相交流，甚至可以互相鼓励，互相照顾。

我时常在想：到底奶奶是因何得了这个病的呢？不久前，我终于找到机会问了我的父亲。父亲告诉我，奶奶 37 岁的时候失去了丈夫，也就是我的爷爷。我爷爷突然不明不白地从老家消失，躲去嘉兴附近的一个地方，然后不知什么原因就被人害死了。之后爷爷被运回嘉兴安葬，这对奶奶来说是很大的刺激。不仅如此，一个礼拜之后，我爷爷的弟弟又被人害死了。爷爷的弟弟毕业于中央大学，也就是现在的南京大学，读的政治专业，可能介入了一些复杂的地方政治，最后被人害死。这些事情加在一起，让奶奶受到了巨大的刺激，之后就一直觉得有人会加害于她。

到了 1953 年，新政府对 1949 年以前的一些事有了相较之前根本不同的看法和定性，因而对奶奶也持怀疑态度。据我父亲讲，当时讨论选民选举资格的时候，政府对奶奶有很多不信任，甚至是排斥。爷爷去世时，她已经有了一种被迫害的感觉，这一次，奶奶突然又有了被加害的感觉，于是就疯掉了。

奶奶的疯表现为大喊大叫，有时候会非常暴躁，甚至会闹着要跳河或跳楼。发作最厉害的时候，要给她吃药，给她打针，甚至拿绳子捆住她。不过，这些我都是听父亲、叔叔、姑姑他们讲的，我自己没有看到过。

我现在回忆起来，她这个病的症状好像很奇怪，但其实有很清晰的逻辑。

首先，她总怀疑有人要加害她，这种怀疑和恐惧让她有了很多假想敌，她会产生幻觉、幻听，觉得有人跟她说话，有人要害她。她每次发病后，一直会说有很多小人、坏人、敌人纠缠着她，所以她很生气。但是她性格又很软弱。这种病症的诱因就是性格自卑又软弱，在公开场合不敢说，才演化为后半夜突然爆发的"演讲"。医学上把这叫作幻听、幻觉症，或者叫被迫害妄想狂。假想敌太多，这是导致困扰奶奶一生的疯病的主要原因。

其次，她疯的时候非常亢奋。当感觉有人要加害自己的时候，她就变得格外昂扬亢奋。常常，在后半夜，她会突然坐起来，有时候会站起来，甚至走动起来，说话的同时还配合着手势，那情形像极了我们在影视作品中看到的那些革命者、政治家在街头的激情演讲。这时候，你越说她是神经病，越想跟她去斗争，越要去打击她，她就越亢奋。相反，我了解她讲的故事，被故事中的情节影响，代入她记忆中的情境里，然后我慢慢地、很小声地跟她说话，反倒会让她的战斗性、激情、亢奋劲头弱下来。这确实是一个相当不寻常的症状。

奶奶这个病的症状还有一个特点，就是选择性记忆。关于发病之前的事，也就是1953年以前的事，特别是民国时期的事，她全记得。每件事、每个细节，从结婚生孩子，到大轰炸、躲藏、卖字画、收租子，以及她先生也就是我爷爷所在学校的校工怎样跟她对话，她都记得。可是1953年以后的事，她就什么都不知道了。似乎她的生命到1953年就停止了。1976年以后有电视了，我鼓励她看电视。我发现，无论是大街上人们慷慨激昂地讲的那些革命道理，讲的那些当时被认为正常的事，还是电视里丰富有趣的画面和声音，对她都没有丝毫影响——她完全没有任何的反应，就像这些事从未发生过一样。

这个时候，我就会觉得，在那样的年代，疯了的人其实很幸运，因为人既然已经疯了，记住的事也就有了局限。奶奶只记得1953年以前的事，导致她疯的大部分原因是民国时期发生的事；而1953年以后的事，她就听不懂也不关心了。我跟她说革命，说考大学，说工人，她都不知道，她就只是听，听完了没有任何反应，不会多问一声，于是，面对后来发生的更多的事，她就可以不纠结、不痛苦，不会因而变得更疯。这个病真的是很神奇，一个人的精神状态居然可以在一个年代突然就停滞、定格了。

另外，奶奶也并不总是疯的。她不疯的时候特别慈祥温暖，对我也特别好。我记得每年冬天过去之后，她会在阳台上把旧的棉袄，特别是丝绵的，统统拆下来，把它们拽一拽，弄得更蓬松一点，然后把里子翻新一下，做成新棉袄来穿。我放学回来后，有时候会坐在边上，看她弄丝绵，跟她聊会儿天。她专心缝补着，时不时拿针尖在头皮上篦两下，再眯眼看看太阳，间或也跟我说说话，说的当然还是1953年以前的事。她说她的，我听我的。

有一天她突然拿了一个本子出来。她把小本子打开给我看，里边夹了一只蝴蝶，说是给我的。这让我好感动。我记得她在阳台上做丝绵袄时，偶尔会有蝴蝶飞来飞去，有时候蝴蝶还会在丝绵上停一会儿。直到今天，我都想象不出她当时的心境。我只能独自猜想，当时的奶奶，在那一瞬间应该会重温少女在花丛中追扑蝴蝶那样的快乐了吧！然后她竟然会把蝴蝶夹进书里，专门留给她最宝贝的孙子。从这些细节上看，她没疯，她一点都不疯。现在，蝴蝶仍在那个本子里。偶尔打开看的时候，我就会想起奶奶在阳光下拉丝绵、做棉袄，同时抓蝴蝶的情景。

十七八岁的时候，我常常会就一些事跟她聊天，借此印证我的判断。当遇到拿不准的事情时，我也会问问她。在高考前，复习应试期间，有一次我就问她"我能不能考上啊"，她说"一定考上"。她说："你要做大文章，你爷爷是做大文章的，你太爷爷也是有大学问的，所以你会考上，一定考上。"然后她就不说了，就坐在那儿看着我，意思是让我好好复习。

等待高考结果期间，也是在一个后半夜，我辗转反侧，难以成眠。当时很担心考不上大学，要去上班。我就问奶奶："要是赚不到钱怎么办呢？没法照顾你。"她说："你一定会赚钞票，赚很多钞票。"浙江人把赚钱说成"赚钞票"。我问："为什么呢？"她说："你要去数铜钿。"浙江话把钱叫"铜钿"。我说："什么叫数铜钿？"她就说："数钞票，你以后长大就会数钞票。"后来我猜她可能是说我要去银行上班。总之，我问她任何一件事情，她都会很正面地鼓励我，而且都说我特别好，给我很多信心。其实中国的很多家长都不会正面鼓励自己的孩子。可是我奶奶每次都鼓励我，无意中的确也大大提振了我的自信，让我更加努力地复习，后来顺利考上了大学。

但是，奶奶发病的时候，也确实挺让人头疼。早先只是后半夜在家里高声"演讲"、大声嚷嚷，后来严重了，幻觉症发作了，她竟然在我们居住的大院里找上了一个她认为很像我爷爷的人。这人是一个单位的领导。她居然跑到人家家里去认亲，然后强拉着那人一起回忆1953年以前曾经夫妻恩爱的日子，而且还要帮他做饭、照顾他的孩子。那个领导干部很为难，又不好硬赶她走，因为大家都知道奶奶是个疯子，是个有病的人。最后就引来很多人围观。经常这么弄，父母脸上也挂不住，着急，但又没有办法。每次奶奶发病的时候，我的父亲、母亲还有姐姐都觉得难堪。我也觉得难为情，即便如此，我还是要当着很多人的面冲进那人家里，用奶奶接受的方式跟她说话，带她回家。

记得1977年高考初选发榜那一天，正好她犯病了，又在别人家里，里三层外三层围了好多人，都在看笑话。这个时候突然有人通知，我考上了，于是我赶紧跑去跟奶奶说，我已经考中了，赶紧回去给我做饭。最后她居然能顺着我，就像没病似的跟周遭的人礼貌告别，说："放榜了，仑仑考中大学了，我要去给他烧饭了。"然后就回家了。

渐渐地，我发现了奶奶病和不病状态交替的特点和规律。其实，奶奶生病和症状显性发作的时间并不多。和她相处时，若是能够用她记忆情境中的语言和她交流，或者代入某个角色，她是可以不发病的，甚至可以变得正常。所以，我跟奶奶住在一起，越到后来我就越不觉得她是个病人，而且还觉得她挺好玩的，我也挺开心。有时候我会逗逗她，比如故意拿她1953年以前故事里头的某个人来跟她开个小玩笑，她居然也会很高兴，甚至会跟我一起说笑话。这真是一段非常奇特的经历。

奶奶过世已经38年了。今年如果她还健在的话，应该是119岁了。我这会儿想她，想起她疯和不疯的那些岁月，想起自己陪伴一个疯的奶奶，并在她的照顾下成长和思考的那段经历。有时候我会突然生出一种异样的感觉，幻想去跟这么奇特的奶奶再次对话。在当今这个社会，人们工作、做生意、为生存打拼，到底哪些人疯了？哪些人不疯？哪些人其实是疯了，但由于必须扮演好自己的社会角色而没有表现出来？而那些不疯的人，或许也只不过是暂时被所扮演的角色激励、限定，因而其表现比较符合大家的期待而已。我有时候会恍惚，有时候会清醒，有时候会因此特别怀念奶奶。我多么希望今天能跟一个疯了的奶奶讨论当下不疯的事情！

我想，奶奶假如生活在今天，以她疯了的语言和状态，也许会成为一个伟大的思想者，她会洞穿正常人的一切掩饰、羞涩和肮脏之处，她会毫无顾忌地说出她所洞察、反对甚至仇恨的事情。所以，每当我有这样一种强烈的情感时，就更加怀念奶奶。我会一直怀念她。

孝顺的逻辑

2019年2月,我做出了一个现在来看非常正确的决定。当时父母住在北京的西三环外,我住在东三环内。我坚持把他们接过来,住到我的楼下。

之前我和父母在两边分开住的时候,我因为出差太多,的确对他们照顾得很少,看望得也很少。我一年要飞一百七八十次,只有出差回来时才能去看望他们,或者在重要的假期和节日陪他们一起吃顿饭。

60岁以后,我希望跟他们住在一起,多陪陪他们,也方便更好地关照他们的生活。于是,我请中介帮忙,在2019年4月租下我家楼下的一间两居室的房子,把他们接过来安顿好。

起初,父母并不习惯,每周还要回到原来的家住两天,似乎只是因为不愿辜负儿子的心意才勉强住过来的。他们说,在原来的地方住久了,跟社区里的人包括物业都很熟悉。那边还有一些我原来公司的老员工、老朋友,和我父母也非常熟悉,有时候也会替我照顾一下老两口,逢年过节送些菜,平时去看看他们,所以他们觉得住在那边很踏实,很有安全感。另外,老住处的生活服务设施越来越完备,买菜、遛弯都很方便,他们已经很习惯了,初来东边,他们看到林立的高楼大厦,感到非常有压力,对周边也完全不熟悉,于是对西边的住处就有点割舍不下。

他们还说,原来的住处有很多东西,他们对一些老物件有感情了,所以要时不时地回去那边看看,擦拭一下家具,翻检一些过去的东西,再把一些可以用的拿过来。

就这样,大概半年以后,他们才真正习惯了东边的生活,觉得闹中取静的环境其实也挺好。每天早晚去社区小花园里遛遛弯,看各种肤色的漂亮娃娃在一起追逐嬉闹,他们觉得很有趣,也很开心。因为住得近,我家里的阿姨可以随时过去帮他们收拾房间,新买的或者朋友送的蔬果蛋肉也能随时送过去,他们也觉得方便,渐渐就踏实住下来了。

2020年新冠疫情暴发后的一段时间,大家都待在家里。每天傍晚6点,在我仍在专注地阅读,或者在打电话、刷手机的时候,都会收到一条信息:"阿仑,下来吃饭了。"我会有一种特别温馨、特别舒服的感觉,好像回到了小时候。

每当爸妈叫我去吃饭的时候,我都感觉很庆幸,庆幸自己能在这样的年龄跟父母还很亲近,可以隔一两天就在一起吃饭,而且是他们做饭,我吃现成的,甚至碗也不用我洗。我爸负责做饭,我妈负责洗碗、收拾。和我小时候一样,我妈仍然坚持不让我做这些事情,她认为这些事情是她喜欢做的,她就要一直做。

所以,每次看到从手机里跳出的这几个字的时候,我就感觉到很幸福。

我感到非常庆幸，因为2019年的这个决定，才有了现在这样的幸福：即使隔离在家，由于大家住在同一幢楼里，也能差不多天天见面，我可以下楼去看看父母，父母也可以随时上来看我。

我觉得，人老了以后，在居住上跟子女保持这样一种状态——两代人住得很近，但又不在一个空间里，实际上是有中国特色也特别好的养老方法。

孝顺父母，实际上跟与父母的距离有很大的关系，也就是说，居住的方式、距离的远近，与能否照顾好他们的身体、情感、心理和习惯也有很大的关系。

我由此回想起来，这几十年里，我跟父母在思想交流和生活照顾上一直都处于非常好的状态。在如何居住、距离远近这些事情上，我们也经历过很大的改变。这些改变，大概能反映中国人一生跟父母在居住上的一些特点。

这些关系，总的来说，就是在自己小的时候，父母怎么样更好地照顾我们，而在父母年纪大的时候，我们怎么样更好地照顾父母。

说到底，在中国，照顾好父母，就是我们常说的"孝"。那么，要做好这些事，一定是要在一个特定空间里，或者说一个特定的居住环境里。

在农耕社会，大家通常住在一个院子里，一般有一个大家长，还有一些小家庭围绕在大家长的周围，就像小说或者影视剧里展现的那样，比如《红楼梦》中贾府就是一个大家庭，里边又套着很多小家庭。这样整个家族聚拢在一起，就像一棵老树周边分布着很多小树、小草一样，总体来看，家庭成员之间关系非常密切。

进入现代社会，工业化、城市化让这样的居住方式基本上不再可能了。于是我们看到，在城市里，居住条件变了，子女跟父母之间的居住关系也随之改变，两代人之间的关系、相处模式跟着发生变化。

一般来说，我们在上大学、工作之前，基本上是住在父母的家里，父母养育我们、教育我们。等上了大学或者出来工作时，我们就从父母家里搬出来，住到集体宿舍或者自己单独的小房子里。成家之后，我们又会有一个独立的小家庭，有一个独立的生活环境，有可能和父母还不在一个城市。这个时候，子女是很独立、很自在的，父母也有自己独立的空间，也很自在。当然，现在通信发达，可以发语音，也可以视频通话，能彼此关照、交流，情感上仍然会有很好的连接。

通常，等到子女年纪再稍大一点儿，有了自己的孩子后，父母差不多正好退休。这时父母一般会到子女这边来帮助照料孩子，原本两个独立家庭并立的状态就会发生改变。

我们家也是这样。我第一份工作是在中央机关，那时住在筒子楼里，房间很小，不到12平方米。我和太太结婚后借住在张维迎家里，那是一套建筑面积45平方米的小公寓，在中国人民大学附近。我太太生了小孩以后，母亲来照顾孩子，我们4个人就挤在这个非常狭小的空间里。这个实际使用面积大约30平方米的屋子被隔出一个小房间,里面仅能放下一张单人床,母亲比较委屈,白天辛苦照顾孩子,夜里就睡在小房间里。

接下来的一年里,我经历了从北京到海南又回到北京的一番折腾。在孩子3岁的时候,我有了一套自己的房子,一百三四十平方米,宽敞了些。这时,父亲刚好从西安的单位办了退休手续,三代五口人便住在了一起。

一家人在这样一个空间里住着,开始的时候感觉真的非常好。但是,很快我们就面临一个问题:当两个各自独立的家庭生活在同一个空间里时,到底应该谁说了算?比如,孩子要去哪家幼儿园,冬天穿多厚才够暖;母亲爱干净,每天洗衣擦地太操劳,要请个保姆帮忙我才安心,可是,要请什么样的保姆才好;母亲用不习惯应该怎么办;公司下属打电话或发传真过来讨论业务,我要不要刻意回避老人。创业期间工作辛苦,我几乎每天夜里12点之后才能回家,母亲眼巴巴守着门,边等边掉眼泪,因为担心我累坏了身体。有一回吃饭的时候,我妈又说:"儿子,不要这么累了。"我低着头,边吃边答了句:"没办法,我现在除了我娘的儿子谁也不能得罪。"原本只是一句调侃,想让她放轻松一下,没想到我抬起头时,看见她已是泪流满面。

这些事情,每一家都会碰到,都得设法面对和解决。我喜欢琢磨和说理,同时我跟父亲会很好地交流。我突然就想,在这个空间里,我们应该坚持"一家论",还是坚持"两家论"?

如果是一家,谁做主?是我们服从父母,还是父母接受我们的安排？如果是两家，两家合在一个空间里，该怎么更好地相处？

我跟父亲说："现在这些事情都不大，但是有些小矛盾出现的时候，我觉得最好还是坚持'两家论'。所谓'两家论'，就是在这个小空间里，我们是两个家庭，不是一个家庭。我觉得我们这一代人应该有决策权，但是你们有建议权。你们可以建议，但不能代替我们做决定。"

听起来好像有点生分，不过父母也接受了。但我觉得这并不是长久的解决之道。这种生活上的互相侵入、互相干扰会影响彼此间的情感。我们奉养老人，要让老人高兴，一定不能采取让老人不舒服的办法。

就在这个时候，一位朋友有套一居室的房子空出来，我就借了他的房子，自己和太太搬了出去，让父母住在大一点儿的房子里。我们两家住在同一个院子里，但不在同一栋楼。两代人很快就适应了这样的相处方式：经常见面，但两个小家的日常生活各自独立。这样既避免了互相侵入、互相干扰，又能互相照顾。我觉得，这样的居住关系真的非常好。

我跟父母的居住方式，就一直依循这样的"两家论"模式：住在同一个城市、同一个社区，相隔不远。我原来在西边住的时候跟父母也是这样，从我家的窗户可以看见他们的窗户，他们从窗户也可以看见我们的窗户。我们隔三岔五地去父母家吃饭，父母也隔三岔五来我们家看望孩子，关系一直非常融洽。我感觉自己作为儿子，能够这样照顾到父母，是我的幸福。

后来，办公室搬到了东边，我因为实在不堪忍受早高峰拥堵带来的压力，才搬到现在的住处，离父母又有些远了。2019年我终于决定把父母接过来，这样多了一些看望他们的机会，也因此能有更多时间跟他们讨论一些话题。

每次看到微信上弹出来的父母喊我吃饭的信息，以及当我坐下来，享用他们精心为我烹制的美味时，我都会觉得很幸福，同时也会生出有趣的回忆和观察。这让我觉得，在这样一个时期，能够这样待在家里尽孝，是很开心的。

我太太家姐弟三个照顾老人的模式也很有意思。因为性格不同，距离不同，他们和父母的沟通方式很不一样。大女儿从小跟父母一起生活，勤快、开朗、细心，小时候是妈妈的得力帮手，典型的"贴身小棉袄"，定居国外后，不管多忙，每个周末都会跟妈妈打很长时间的电话聊天，听老人家聊各种家长里短。二女儿住在北京，在疫情发生前，每两个月会回家一趟，带老人出去转转，品尝各种餐厅的美食。小儿子离家近，每个周末会赶回家，帮忙采买各种家用物品，亲手炒几个菜，陪父亲小酌。他们相约错开回家时间，这样可以把老人的幸福感拉长，而不是像大多数人一样每年春节赶回去团圆，之后留给老人整整一年漫长的等待和盼望时光。古人说"二人同心，其利断金"，我太太家姐弟三个在孝敬老人这件事上这样默契配合，应该也是一种很好的孝亲模式吧。

健康的逻辑

我这半生大抵上是健康的,没有得过什么致命的病,唯一一次似乎是得了致命的癌症,结果却是被误诊。但不管怎么样,这次误诊也的确警醒了我,让我有兴趣彻底探讨一下健康的问题。

那是在1993年,当时公司在保利大厦。有一天晚上我在公司跟人谈事,到很晚的时候我回到房间,突然感觉左边小腿很疼,卷起裤子一看,有一个很红的肿块。我不知道怎么办,就问同事。一个同事告诉我,他认识积水潭医院的人,然后帮我联系,连夜去看。差不多到夜里两点,才在医院进行了初步的检查。一位检查的医生告诉我,这是肿瘤,必须马上住院。

第二天,我住进了积水潭医院。这家医院以骨科闻名,也是治疗骨肿瘤最好的医院之一。

住院以后就进行了各种检查。扎了很多针,抽了很多血,为了在做透视的时候看得更清楚,还打了很多加强液到身体里,一管一管的加强液打进身体,我感觉昏天黑地。

检查的结果是确定要做手术。说是要锯小腿,后来又告诉家属一定要锯大腿,说是趁着还没转移多锯一点,避免癌细胞扩散转移。另外,从大腿根处切,将来装假肢比较容易。

我对此毫无判断力,只能听从医生的安排。

到了做手术前一天,我又做了两件事情。

第一件,我让司机开车带着我在北京城转了一圈。当时我觉得,虽然还有很多未了的心愿和事项,但锯完腿之后,自己恐怕将不久于人世,最后得再看一看。于是坐在车里,沿着长安街看了一路,又到二环、三环,这么转了一圈。

我坐在车里,感觉世界都在往上飘,而我的生命在往下沉。这是一种独特的感受,面临生死的时候,会觉得生命很重,而其他事情都轻飘飘的,在往上飘。

另外一件事情,转完北京城以后,我在积水潭医院附近最好的一家火锅店(山釜餐厅)请主刀医生、麻醉师、护士等相关人员吃了顿饭。

我也不知道这是什么潜规则,还是什么样的约定,总之我被安排买单就是了。

我把腿翘在轮椅上,陪着他们吃,看着他们吃,觉得这样一个行为非常奇怪。但是命运就是这样,人被推着走。

第二天,备完皮,我被推进手术室,打了麻醉,就完全失去了知觉,可是等我醒来后,一摸腿还在,我很诧异,于是问护士,怎么没锯?护士说,医生说了,你那个腿炎症太厉害,要先消炎,消完炎以后还得锯。

我心想,原以为是"立即执行",现在变"死缓"了。本来是一次就锯掉的事情,变成了消完炎再锯,痛苦被分成了几次,心里更加煎熬。

但没办法,从那天开始就不停地消炎,打一种强力消炎药,几天之后,红肿居然消失了,炎症没有了,而且我也没有任何身体生病的感觉。我感觉似乎活过来了,就问医生什么时候再锯,结果医生说,看这样子,得再观察一下。

于是从那天开始,每天有两拨人,专家带着实习生,来检查我的小腿,然后判断是肿瘤还是炎症。每次检查时,大家都窃窃私语,研究接下来的治疗方案。两拨人的意见不统一,一拨医生认为是癌症,另一拨人认为就是炎症。

不知不觉,一个月、两个月过去,我看他们没有结论,自己也没有什么症状,索性就出院了。啥事没有就好了,这样一个误诊,太滑稽了。

更诡异的是,8个月之后,主刀医生自己得癌症去世了。

这件事给我巨大的震撼和冲击,让我去想到底什么是健康,什么是病,什么是生,什么是死。

在医院期间,我一直在思考这个问题,也不停地和医生讨论。有一个医生跟我讲了一个观点。

他说,其实所有的病都不是治好的,是检查好的。任何病,发病都有一个时间,你只要检查得早,检查得准确,就能在病的初期把它解决掉,而不至于酿成后来的大病。而且病在初期的时候,人是没有症状的,所以怎么解决呢?就是靠体检的密度。30岁前后,应该一年查一次;四五十岁期间最好半年查一次;60

岁以后争取每隔3个月查一次。因为随着年龄的增长，免疫力在下降，病的生长速度会加快，你就要更密地筛查，然后及时在早期把它处理掉。总结起来，就叫"花钱花时间体检，省钱省时间看病"，这是保持健康的一个重要方法。

医生又告诉我，很多人看着很长寿，他们不是没病，而是有条件来保证随时体检，体检的密度很大，很早发现了问题，就及时处理掉。所谓保健医，不是他的方法能把你治好，如果得了绝症，再伟大的保健医也治不好。保健医只是像个健康教练，在你跟前不断地告诉你什么时候要体检，什么时候吃什么，这样的话，就能确保你的身体状况完全在医生的掌握之中，他随时告诉你有什么小问题要处理，这样才能够健康，而且长寿。

我一听，觉得很有道理。体检查出小毛病，然后修理小毛病，使小毛病不至于发展成严重的疼痛和最后要做手术的大病，的确是最聪明的办法。

从那之后，我似乎迷上了体检，每年至少体检两次，而且，国内国外，全世界最好的体检机构我都去过。这几十年里，我一直用这个方法来保持健康。

不仅我的身体按期体检，我的公司也要按期"体检"。公司把创立纪念日定为"反省日"，每年在"反省日"检讨过去一年公司的得失，总结经验，归纳教训，试图以此使公司的业务和运转变得更健康、持久。

我又和医生聊到了疾病。我问他，病是怎么来的？人为什么会有病？为什么有的病就能治，有的病就不能治？

医生告诉我，病是相对于健康而言的不健康状态。一个人会不会生病，与三个因素有关。

第一是基因。医生说，其实从你出生那天起，你从上一代遗传下来的基因就决定了你可能会得某些病，以及几乎不会得某些病。

医生跟我讲这话的时候，我还似懂非懂。这几十年来，我见到一些人莫名其妙地生病，最后医生给出的说法都是基因，我就发现遗传的力量的确是非常强大的。

我看到有认识的人，因为上一代有糖尿病，他以及他的下一代也都有糖尿病。我看到有资料说，有一些疾病更容易遗传给男性，也有一些疾病则有更大的概率会遗传给女性。前两年有个新闻，美国明星安吉丽娜·朱莉因为遗传基因存在某种缺陷，有很高的患乳腺癌的风险，为了降低患病的风险，她接受手术，切掉了一部分器官。

第二是环境。医生说，不同的环境会让人得不同的病。我们通常说的地方病、职业病就是环境造成的。过去，南方很多地方水不干净，长期在那里生活的人就容易得血吸虫病。长期在矿山工作的人更容易得硅肺病。还有很多会造成人得病的环境，比如被化工污染的地方，辐射异常的地方，等等，长期在这样的环境里，得病的概率就高。

所以，要想不得病，就得去环境清洁的地方，不能老在环境非常差、水不干净、空气也不干净的地方生活。

第三是行为。医生说，作息要规律，平时得锻炼，同时不要作。酒色财气，就是作。

如果每一天沉溺于此，脱离正常的生活规律，不停地熬夜，不停地喝大酒，不停地生气，一定会得病，身体一定会完蛋。

人的身体就像一辆汽车，你正常开，并且保养它，它就能正常工作很长时间。如果你非要乱开，不爱惜它，甚至伤害它，机器也会受不了，要抛锚。

总之一句话，健康其实就取决于这三件事，一曰基因，二曰环境，三曰行为。

医生的这个说法，我觉得很有道理。我这几十年几乎不得病，应该也是这三件事都做得比较好。

我检查了基因，我们家族基因是健康的，没有家族遗传病，而且家族里很多长辈都很长寿，对此我感到很庆幸。

至于环境，随着经济的发展，物质条件越来越好，环保事业也不断进步，我们的生活环境在变好，水更洁净，空气也更洁净，我们工作、生活的地方，也能远离那些不好的环境。

我也做到了规律作息，尽量不熬夜，平时加强锻炼，等等。所以，我对自己的健康是有信心的。

前一段时间，我又碰到了一个医生。我跟他聊起了自己早年前被误诊癌症的经历。之后，我又想起了另外一件事，便向他请教。

我说，最近这一段时间，抑郁的人很多，抑郁也是病，这个病到底是物质的还是精神的？我认识的一些抑郁的人，并没有遗传方面的问题，也没有去一些高污染的地方，没有特别伤害自己或者作的行为，为什么就会得抑郁这个病？

医生跟我说，抑郁这种亚健康或者说不健康的状态，是物质加精神造成的。

所谓物质的，是说在正常情况下，人体分泌的一些物质，比如我们所熟知的多巴胺、内啡肽等，能调节我们的身体机能，也会影响我们的行为和情绪。

当身体因为某种原因不能正常分泌某些物质时，身体机能会受到影响。某些物质分泌过多或者过少，就会引发诸如抑郁等精神或者情绪等方面的问题。如果是这种情况，对症服用相应的某些药物，会有效果。

但是，抑郁跟感冒发烧这类疾病有一个很大的不同，它不仅是物质层面的，还有精神的一面。得了抑郁症的人，往往负面情绪特别大，总是在责备自己、埋怨自己，对自己的存在感、成就感、生命的意义都持负面看法，不断给自己负反馈，怀疑自己生存的意义、价值，在一些极端的情况下，一些严重的抑郁症患者甚至会选择离开人世。

我也发现了这个奇怪的现象：有抑郁症的人往往对自己要求很高，都是在责怪自己。那些在道德情操、职业、家庭等各方面都对自己要求很高的人，容易抑郁，而江湖中的一些"烂仔"，好像从来不抑郁。

我问医生，这是为什么？为什么怪自己的人都抑郁了，怪别人甚至是祸害别人的人都不抑郁？

医生说，祸害别人的人，对自己存在的价值并没有否定。这些人不管偷盗抢劫，还是打架斗殴，都是在积极地为自己争取更好的条件，想改善自己的环境，这仍然算是一种积极的心理，所以这些人确实不会抑郁。

医生这么一说，我就明白了，关键在于要振作，要相信自己，相信自己生命的意义，相信自己是有价值的。这样激励自己，精神会更健康。

经过与医生的讨论，我也明白了，精神健康是身体健康的一个重要部分。要想精神健康，有几点特别重要。

第一，得乐观。

怎样才能乐观？对身边所有的事情，要能有一个合理的解释，这叫自洽。比如说被领导批评，做生意赔钱，或者是公司破产……遇到的事都得有个解释。要没有解释，就会认为这是无妄之灾，是被人迫害，然后让自己陷入悲情之中。有一个正常合理的解释以后，就会释然、放下。这在别人看来就叫豁达，就叫乐观。

当一个人突然遇到意外、困难、悲剧时，如果没有解释，他就会怨恨、愤懑、绝望、自卑、封闭，最后就归于沉寂。

所以有解释很重要，没有解释的人生是一个走向死亡的人生。我们常常说，想通了，想开了，然后心安。所谓通和开，就是找到了好的解释。

有了好的解释，为什么就心安了？是因为理得了，理得才有心安。当你没有一个合理解释的时候，心是不能安的。找到合理的解释，使自己理得，从而心安。心安之后，我们才能坦然，才能看开,才能豁达。再进一步,就能增强毅力、积极面对、改善现状、解决问题。

纵观这个过程,乐观是外在的,内在就是找到解释,得到理,然后心安,放下,看开,最后面对问题、解决问题,实现进步、发展,从而进入更高层次的精神循环。

第二,要融入群体。

这就需要我们顺乎人情、合乎事理。用一个大家常说的词汇,叫作有情商。

在一个群体或组织当中,你与人打交道,要能融入,要被接纳,同时要被需要。这个过程中,你的价值观、做事方法、性格、语言表达,甚至专业背景等等,都要能融入进去。

比如说,我不会踢球,但是我会研究,我对足球研究了很多。当我跟一群人一起看球的时候,大家就不会对我另眼相看,我就融入了。

但是,如果我不会踢足球,又从来不研究足球,然后大家都在一起看球时,我一个人只能在一边刷手机,大家就觉得"你这人什么意思,你在这里又不说话,要不你回家吧",这个时候你就会感受到被孤立,被打击,会有挫折感。

另外,当一个群体的价值观比较一致时,如果你跟他们的价值观相同,你也能比较容易融入。

如果别人的价值观一致,而你的价值观跟大多数人都不一样,你就很难融入这个群体,甚至语言对立、互相指责谩骂,起冲突。这个时候,万一你被骂、被打了,你也会觉得没有成就感，很失败。

很多宗教氛围或者意识形态氛围很强的环境下，价值观冲突带来的不接纳和挫败感是普遍存在的。在这种情况下，只有找到跟你价值观接近的群体，你才会被需要、被接纳，你就会有成就感。

第三，要有进取心。

如果一个人有很大的企图心，对自己的成就欲望期待比较高，觉得自己是个人物，未来能干成大事，一定要干成大事，那么，在面对眼前的挫折时，往往会很有毅力，能坚持下去。

远大的张跃默默坚持14年，砸进去90亿元，做了一个叫活楼的业务。

有人说，你做了这么久，好像也没多少人知道你这个事，商业上似乎不是很成功，你会有巨大的压力和挫折感吗？

他说没有。别人问他为什么没有，他说，因为我有更大的梦想。他还说，一个人的梦想越大，想的事情越长远，就越能坚持，眼下的困难就越微不足道。

这话真是太对了，而且和古人讲的是一样的。苏轼写过一篇《晁错论》，里面有一句话："古之立大事者，不惟有超世之才，亦必有坚忍不拔之志。"

也就是说，一定要有远大的志向，然后你才会能够为此奋斗，才有毅力去坚持。

如果你没有这样一种状态，没有任何企图心，什么事都可以放弃，那你当然就没有存在感。来到这个世界，你没有任何使命，不负责改变任何外部环境，你觉得每件事都跟你没有关系，那你当然就会放弃，就会绝望，就会自我毁灭。

所以想要精神健康，还得有志向，有企图心。

第四，要有兴趣，有雅兴。

有的人不一定非要有多么远大的理想，但是他有一个小兴趣，比如，喜欢美食，喜欢旅游，喜欢音乐，喜欢做手工，喜欢打游戏，喜欢养花鸟鱼虫，喜欢打掼蛋……他就很容易融入群体里，也容易觉察到生命的意义跟乐趣。

也就是，要有一些雅趣。好的爱好，我们称之为雅趣。

有一次，我在护城河边上，看到一位大爷在钓鱼。面前摆了三四根鱼竿，但是并没有钓起来几条鱼。

我就问他，这么待一下午，烦不烦哪？他说，不烦，钓鱼可有意思了。钓没钓到鱼在其次，浮漂一动，我就觉得兴奋。哪怕一条鱼没钓起来，我也挺高兴。

这就是雅趣，不在于结果，而是乐在其中。

第五，同理心、同情心很重要。

如果一个人在生活当中能够理解别人、同情别人，然后力所能及地帮助别人，也会觉得生活更有意义。帮助别人时，会感觉到自己存在的价值。

我记得我小时候，大家的生活还都比较窘迫。但即使是这样，有时候遇到要饭的敲门，我奶奶也会给他们一点吃的。

那时候我们在西安生活，但奶奶还保持着浙江人的习惯，吃剩的米饭会留到第二天做泡饭。这时候，奶奶便会把米饭热一热,给要饭的。陕西人习惯吃面食,我奶奶有时也会把家里的馒头给他们。

所以,一个人有同情心,在与人相处时还有同理心,时常帮助别人,给别人温暖,反过来也会让自己感到温暖,感受到自己存在的价值与意义。

总之,一个人的生命健康,不只有肉身的健康,还有精神的健康。肉身的健康与基因、环境、行为三件事有关,而精神的健康与五件事有关,分别是:乐观、融入、进取、雅趣、同理心。

这八件事都做好,我们就更容易获得一种健康状态,我们的人生就是快乐、健康的,而且对其他人是有帮助、有贡献的,这是一种幸福的人生。

骗子的逻辑

人一生中，会经历很多美好的事情，感受人与人之间的真诚、善良、友爱与情谊，也会碰到一些特别不好的事情，遭遇欺骗，感受怨恨，留下遗憾。

我刚开始做生意时，总听说有人被骗。当时有一个说法，"人遇不到骗子的概率小于掉进水井的概率。"也就是说，遇到骗子是大概率的事情。

在我过往的经历中，也遇到过一些骗局。因为这些经历，有时候我会去思考：这些人为什么要去行骗？骗子的行为逻辑是怎样的？

* * *

最近听朋友 X 先生讲，他遇到了一个骗子，他被骗的过程特别离奇，而这件事对他的伤害也特别大。

X 先生有一家大型流通企业，规模很大，年营业额接近千亿元。公司有一名副总,深得 X 先生信任,负责采购。

突然有一天,这名副总失踪了,公司、家里,还有其他可能的地方,都找不到他。

找了两天,在一个水库边上发现了他的车。车还在,但人没了。车后座上放着一页纸,纸上写着:"因为各种压力深感生活无趣,向大家告别。对不起家人,对不起老板。"

明摆着就是说,这个副总跳水里了。

公司又组织打捞,但找不着。于是他家人就报失踪,然后设灵堂,办追悼会。这事儿就算结束了。

副总家人给他办"丧事"的同时,X 先生安排人接手副总的工作。这时候 X 先生发现,副总在出事之前,有涉及多达两亿多元的不正常采购——副总直接付了两个多亿到一个跟他关系密切的人那里买货,但是货始终没拿回来。

副总失踪后,对方以和副总还有其他纠纷为由,不认账了。对方收了钱但是不发货,以各种理由各种办法对付着 X 先生,至于什么时候发货,发什么货,永远是"再说"。

就这么拖着,再牵扯上一些别的事,拐来拐去,X 先生实际上就损失了这两个多亿。

他怎么想都觉得很奇怪,最后明白过来,这整个是一场骗局,副总肯定还活着,这笔钱,八成是副总和那个供货商一起分了。

但是,怎么证明这是个骗局?非常困难。因为当事人找不到了。于是,这个事就一直没头没尾地挂着。

***

听了 X 先生的故事，我就想到了我近来遇到的骗子。被骗的过程，也是看似离奇，实际非常简单。

2015 年，有两个自称是夫妇的海归 L 和 Z，包装了一个与人工智能有关的创业故事，找到了一位博士，希望博士投资他们。

之后，他们又找到我，提供了商业计划书，向我推销他们的创业故事，描绘他们的创业梦想。他们同时还告诉我，博士已经同意投了，因为博士是人工智能等领域的专家，我认为他对此拥有相当专业的判断能力。

不久之后，博士与 L 和 Z 签了约并很快支付了承诺的投资款的一半，我得知后便与 L 和 Z 也签订了"协议"，给了他们钱。

除了拿到博士和我的钱，L 和 Z 还以相似的套路，找到了另一位投资人（基金）W 先生。当时，我和 W 先生并不认识。

就这样，我、博士、W 先生，三个人，给了 L 和 Z 将近 1000 万美元。

之后，L 和 Z 又试图来游说我和 W 先生，释放很多诱饵，想要我们再给钱。好巧不巧，之后不久，我和 W 先生在偶然间碰见，很自然地聊到给出的钱，忽然发现 L 和 Z 跟我和 W 先生所描述的公司相关信息对不上，分别给我们讲了完全不同的虚构故事。

我们意识到有问题，随后加大了对这家公司的关注。深入了解之后，我们才发现，L 和 Z 的公司，除了给他们自己发高额工资，其他所有的事情都是虚构的。他们虚构了自己的个人履历，虚构了项目，虚构了专家，虚构了所谓的研究成果，也虚构了可能的产品。

一切都是子虚乌有！

换言之，他们挥霍掉将近1000万美元，终于"创办"了一个空壳化的四无公司：无专利、无产品、无收入、无人员。

审计发现，这两个骗子，把钱大部分都花在了自己的生活享受上和用以掩饰"四无"的具有欺骗性的包装上。

当明白过来被骗之后，我们立即对他们的欺诈行为直接从刑事方面进行报案和追究。

为此我又找到博士，发现早在2016年，博士就从这个公司撤资了。博士深信"他们这个公司没什么东西，纯属骗子"。

后来我们又从其他方面了解到，博士在投了L和Z之后不久，就发现他们的公司有问题，于是强行要回了投资款。而为了顺利拿到退款，博士也答应了L和Z的要求，签署了禁言承诺书，不对外揭穿他们。

所以在我们报警之前，我向他了解这件事时，他都以有禁言承诺为由而未向我吐露真相。就这样，在长达三年多的时间里，我和W先生一直被蒙在鼓里。直到我们报警之后，博士才告诉我原委。他也表示："如果公安找我了，我会配合。说出实情。"

实际真相是：博士在给了L和Z一半钱之后，因为见不到任何成果、论文或者设计方案，便数次向L和Z询问具体的技术问题，但得不到满意的答复。他最终表示，必须要看一下项目文档，可以用 L 和 Z 的电脑当场看，不会拷贝走，也不对外说任何项目的事情。但是 L 和 Z 死活都不给他看任何东西（其实是真没有），他明显意识到被骗了，最后以闭嘴为条件强行收回了已给出的钱。

显然，博士在这件事情上比我和 W 先生聪明，最先识破骗局，快速跑了出来。而我和 W 先生却因为他的"禁言"闭着眼睛相继栽了进去。

所幸的是，当我们看穿了 L 和 Z 的把戏后就再没给他们钱。这二人把钱挥霍殆尽之后，眼见我们报警对其进行追究，连忙进行掩饰，甚至在境外故意挑起仲裁，企图掩盖合同诈骗的事实，非法图利，逃避刑责。

更为恶劣的是，这两个骗子长期躲在境外，继续操弄着"四无"空壳公司到处行骗。

* * *

回过头来反思，应该说，X 先生的副总和我遇到的这两个骗子，都有一定智商。他们设计的骗局，都经过精心的谋划。行骗的过程中，他们的逻辑、他们的思维、他们的依据和他们的行为方式都具有较大的欺骗性。

首先，骗子的本质是要图利。但是，骗子一开始往往是不和你谈利益的。

如果有人来告诉你一个很好的事儿，和你谈友谊，诉诸情感,还信誓旦旦地说,不图钱,只图事业,只图理想。大概率,这就是骗局的开始,他已经在骗你了。

其次,骗子们是怎么完成行骗的?非常重要的一点是,骗子们都会讲一个并不存在的故事,也就是虚构故事。

像X先生的副总,就虚构了自己的死亡。而我们碰到的骗子,虚构了一个所谓的高科技。实际上,L和Z这两个人,从来没有学习过这一类知识,他们并不是科学家,也没有真正地去请专业人士做研究,他们只是虚构了一个故事。

骗子们虚构的故事,为什么还会有人相信呢?

这是因为,他们虚构的东西有一个特点,听起来似乎还合情合理。比如L和Z一开始做的演示差点让博士都犯了迷糊。而X先生的那个副总,因为分管采购,当时确有那样的权限,没想到他就钻了空子。

貌似合理之外,骗子和被骗者有一些感情上的牵扯,也是骗局能进行下去的原因。

比如X先生非常信任那个副总,事情刚发生时,根本不相信副总会骗自己。而我们遇到那两个骗子时,因为了解到博士是超级专业人士,我认可他的专业判断力,他投了,我们也就把L和Z往好里想。这是情感投射,也是被骗的一个原因。

此外,骗子行骗时,用看似事实的虚构故事把你套进来之后,也会采用一些看似合理或必需的文件把骗局中的图利部分包装起来,固定下来。

比如X先生的副总,他把那两个多亿转走,用的是公司采购的方式，走了合规的流程。骗我们的骗子，和我们签订了所谓"合同"，所以，他们的行为属于合同诈骗。当然，骗子实施诈骗时，有时不一定会签合同，也可能用别的貌似合理的方式，套你口袋里的钱，或者让你用利益和他交换，来满足他肮脏的利益诉求。

最后，骗局一旦败露，骗子们怎么办？骗子以图利为目的，然后虚构故事，利用你的情感和一些看似合理的文件手续，把你套进去，让你把钱拿出来。但纸包不住火，谎言终究会被识破。

拿 X 先生遇到的骗局来说，虽然副总家里设了灵堂，可人到底死了没有？他的家人在办完"丧事"之后，还会因为他的"死去"而悲伤吗？那两个多亿，如果被瓜分了，他们总会拿去花，那么就会有蛛丝马迹，副总家人的生活状态会发生大的变化，这些都很容易被察觉到。

而我们碰到的这个事，一个四无公司忽悠别人六七年，把别人给的钱挥霍一空却又不被发现，是根本不可能的。

骗子跟杀人犯不一样。杀人犯被抓后，往往不否认杀人的事实，只是在动机上进行辩解。但是骗子往往会找很多理由，首先是狡辩，其次是掩饰，最后再想办法摆脱干系，逃避追责。

于是，他们会选择撒更多谎，编更多故事，试图一直骗下去。

比如我们遇到的那两个骗子，一开始讲的故事，是把人工智能应用到"智能交通"项目中，故事讲不下去之后，又变成了"机器人用人产品"项目、"治疗阿尔茨海默病"项目、"无人汽车驾驶"项目等。

疫情期间，L 和 Z 又宣称利用人工智能可以海选潜在的新冠药物，并且已经和武汉一著名研究机构合作开展实验。但没想到武汉的机构立即公开辟谣，指出 L 和 Z 纯粹就是碰瓷，他们跟 L 和 Z 没有任何合作。

我们也看到，一些"P2P"（点对点网络借款）以及其他一些诈骗行为中，都有这样的人。他们虚构了故事，在拿不出证据又圆不回去之后，就狡辩、掩饰，试图脱责。等到发现没法脱责之后，有的干脆就逃跑了。

X 先生的副总，就"诈死"了。他消失了，也许跑到了国外，也许隐姓埋名躲起来了，总之，找不到了就没法追究。我们遇到的那两个骗子，跑到国外不回来，不敢面对国内的法律追究。

还有一些骗子，手段更高，会请律师来帮他们粉饰、脱罪，或者是把罪责减轻，把大罪变成小罪，甚至把小罪变成非罪，把诈骗变成纠纷，等等。

* * *

骗子的危害是什么？我想非常明显。

首先，伤情。本来他是这么说的，你相信了他，结果他是骗你的。事后你感觉到自己轻信了，在情感上受到很大伤害，不再相信哥们儿和朋友式的真诚了。

其次，伤理。被骗的人常常会改变对人性的看法，改变做事的方法，很长一段时间都会受到被骗的负面影响。所谓"一朝被蛇咬，十年怕井绳"，X 先生被骗之后，可能就会对自己的高管有了更多的戒备心。而我和 W 先生被骗之后，我们对类似的一些投资项目就会很谨慎，甚至是不投了。

最后，当然是伤钱。被骗的钱，骗子挥霍了，你就收不回来了。而且，要追究骗子的法律责任，还要花代价。当然，这个代价也必须花，因为不把骗子绳之以法，经济秩序就会被破坏，社会的公序良俗就会失序、失范，最后就都乱了。如果骗子得不到惩治，交易的秩序、发展的秩序就得不到维护，投资环境、市场经济、社会都会遭受很大的伤害。

而对骗子的追究，常常是一个很漫长的过程。

骗子在骗你的时候，已经编织好了解套的理由和退路。这是骗子和杀人犯不同的地方。杀人犯也有灭失证据的，但是那些动作比较容易查证。而骗子们编织的理由和准备的脱罪工具，常常有很多迷障，他们甚至可以明目张胆地借此抗拒追究。

比如 X 先生的那个副总，法律上已经失踪，"死"了，还怎么追究？当然，我们相信，那两个骗子（L 和 Z）最终将被绳之以法。

天下之大，无奇不有，骗子也是花样百出，千奇百怪。我们要想把生意做好，让人生更顺利，一定要懂得骗子的逻辑，同时也要懂得被骗的逻辑。被骗过，见识了骗子之后，我们依旧要真诚做人，诚实做事，把企业发展好，把人生过好。

教育的逻辑

近日,我和一个地产项目的客户做了一次交流。一位家长,40岁左右的妈妈,因为孩子上学的事,非常着急,拦着我说了一些想法。她的孩子即将上小学一年级。她非常固执地想要孩子去她心目中最好的那所学校,但是由于这几年的教育改革、学校私转公等诸多因素,她的孩子很难如愿进入她心中期待已久的这所学校。

于是,她变得很焦虑,甚至有些抑郁,茶不思饭不想,然后到处找人,还找了一家所谓的中介,打算花很大一笔钱,以某种特殊的方式让孩子入学。

她跟我聊这个事。我就问她,为什么不能换一个角度去想这个事,比如说,孩子上学的目的是什么。

如果是要达到学习知识、长本事、学会做人等通常讲的教育目的,那么未必要执着于某一个学校。而且,也不是说进入大家都认为最好的这个学校,就一定能达成这些目的。

退一步说,即使小学阶段没有进入你所预期的这个学校,初中有没有机会呢？或者，中考他考好一点，是不是可以在高中进入你想进入的学校？高中之后，还有本科、硕士、博士……人生有很多可能的选择机会，如果每一个选择都执着于你的执念，非要上某个学校，那是不是也有悖于教育的初衷？

她没有反驳我，当然，她对我所说的也没表示赞成。她只是反复地念叨，表达着自己的焦虑，执着地陷入自己的思维逻辑里。

这件事也启发了我，让我开始思考：什么是教育？教育的本质，或者说，教育的逻辑是什么呢？

我们说教育，当然是说对人的教育。人的教育伴随着人的成长，所以我想深究一下人成长的过程。

从一个婴儿长成孩童，再成长为少年、青年……这个过程，实际上是成人通过一步步的培养、训练，使他在进入成人社会的时候，具有和成人打交道的能力，并在成人社会里施展出才华和抱负。

这种培养，在很长的时间是通过极少数人才能去的私塾来实现。私塾被学校取代之后，学校这种训练和培养人的方式，才让教育这件事变得社会化、标准化、规模化。

孩童进入学校之后，一步步地成人化，当他们最终离开学校进入社会的时候，已经能够掌握前人留下来的生存技能、知识、能力，同时也熟悉了成人社会的一些规则，于是大家认为，这些学生成熟了，完成了他们的社会化的过程。

实际上，无论是私人的教育训练，还是社会化的教育训练，都牵扯到一件事情：你怎么对待孩子，你对孩子未来的预期是什么样的？

在我看来，从结果反推，我们对孩子的塑造，最终结果无非三样。如果你完全不上心，只是喂饱他，那就是把孩子当动物养。如果你过于精心地喂养、呵护，实际上是把他当宠物养。可是，我们要的是什么呢？我们要的是人物。

我们不想要动物，觉得那样贫穷低微，而且被别人看不起。但是，如果太过宠溺，把孩子当宠物养，他又很难成为人物。

这三种方式，有着各自不同的逻辑。

首先，在孩子的成长过程中，如果完全不用心，就相当于把他放在一个类似动物成长的环境里，也就是说给点吃的，不饿死就行。

我甚至在一些书中看到这样的事。在一些特别贫困的地区，某个家庭，本来有两个孩子，又生了一个孩子，怎么办？就把原来两个孩子吃的饭，兑点水，再添一个碗，添一个勺子，给三个孩子吃。三个孩子就像动物一样，也给养活了。

这是在最贫困的状态下，最不负责任、最不上心的一种养育方法，把孩子当动物一样养。

很多动物，比如狮子、老虎，它们对于自己的幼崽，虽然也进行保护，但有时候它们也无能为力，比如幼崽生病，或者被鬣狗等猛兽袭击，断了腿，断了脊梁，它们也没办法再救幼崽。

另外，如果遇到大迁徙或者是其他因素突然地影响，导致动物们没有食物，饿得皮包骨头，幼崽就会陷入饥饿中，最终可能会饿死。

所以，动物，哪怕是处在食物链顶端的猛兽，对子女的责任，仅限于把它们喂饱，以及进行非常有限的保护。

人类对待下一代，也曾如此。在远古的时候，经济极其不发达，医疗也极其落后，人依靠本能生存。这种情况下，人对待下一代也像动物一样，仅仅是喂饱他们，提供有限的保护，遇到灾害、疾病时，给予一定的关心和疗愈，然后就顺其自然，任其自生自灭。

随着人类社会的进步，医疗条件变好了，经济发展了，食物也充沛了，甚至我们可以开始讲究营养了，在吃上有了很多的选择，食物不仅有咸的，也有甜的、辣的……食材越来越多，口味也越来越复杂。

而且，当人们更有钱的时候，还可以给下一代选择更健康卫生、更讲究的饮食，提供更多的照顾。这个时候，人类对下一代的养育，实际上就已经脱离了类似于动物的饲养方法。在下一代的成长过程中，所给予的远远不只是食物和安全之类生存必需的条件。

这个时候，人类对下一代的养育，就和我们现在饲养宠物没有什么两样了。宠物之所以成为宠物，就是因为你管它安全，管它吃饭（定时定量地管饭），而它管你高兴，陪你玩耍，使你快乐，得到安慰。

但宠物能干多大的事业？我们没有期待。我养了几只猫，但是我从来没有希望猫来拯救世界，干伟大的事业。我没有希望它们成为伟大的猫,我只是希望在我待着的时候,它们能够在我身边陪着我。

它们在身边趴着,会让人有一种温馨和安全的感觉,又会得到一种情感上的黏合,甚至是"腻歪"。有时候逗一逗它们,它们会做出憨态、媚态、娇态,让人感觉到很有趣,甚至是很舒服,也满足了一些情感需要。

如果我们用这样一种方式去呵护自己的孩子,我们在吃、穿、玩、健康等方面对孩子百般呵护、精心照顾,然后让他听话,让他乖。当你跟他讲话的时候,他能够积极地回应,而且百依百顺,完全按照你的想法来迎合你的需要,满足你的情感,让你得到安慰和愉悦,那事实上你就是在养一个宠物。

有时候,当一个家庭的经济条件很好时,父母会觉得,我就应该这样照顾孩子,就要富养。所谓的富养,其实就是把孩子当宠物养。

实际上,一个孩子在人类社会中的成长过程,是让他逐渐成人化,学习成人的技能,以及学会并掌握进入成人社会以后的成人规则。进入成人社会之后,他在成人社会里扮演他的社会角色,最终成就一个事业。

在这个过程中,家长的责任实际上就分成两个部分,一个是养,一个是育,所以叫养育儿女。

而动物式的养和宠物式的养,在育的方面,是比较差的。当然,这两种方式,也能让下一代获得技能。而且,获取技能的方式也不一样。

作为动物的养,下一代获取的能力是本能的能力,也就是说,它饿了自然会吃,遇到危险就躲避,遇到了挑战就要去打,去咬,去搏斗,这是一种自然的本能。

宠物获得的是另外一些技能。比如说,我逗猫,我会让它跳高,会教它做一些讨好主人的动作。

马戏团是把宠物驯到极致的地方,甚至可以把大象、狮子、老虎也驯化成宠物,让它们拥有能博取人类欢心的某些技能,而且还能用这些技能去创造一些市场效果,比如去赚钱。但是,这种养带来的能力其实也很弱。

现在很多家长特别关心自己的孩子,把他们打扮得花枝招展,然后满足他们的各种需要,甚至培养他们在马术、冰球等小众运动领域的爱好与能力。但是,这些能力并不能让他们的心智变得强大,因为育这一部分做得不足。

其实,育分为两件事。

第一件事是能力的继承和养成。育,尤其是在学校的育,是把前人认识世界所总结出来的知识,比如数学、物理、化学等知识,传授给未成年的孩子们。这些知识,是能力当中最重要的一部分。

如果说养是为了让下一代活着,那么育就是使下一代把前人的能力继承、学习、接收下来。远古的时候,传承的也许是捕鱼、狩猎、种植庄稼的能力。几千年前,古人也许会传授下一代九九乘法表,到了近代,学校要传授牛顿三定律……

正是因为育,我们认知世界的能力、知识、智慧才会一代又一代地传承和积累。

育的第二件事，是告诉下一代，这些能力该如何运用。

举个例子，在育的过程中，上一代教下一代射箭，传授了射击的能力。下一代也养成了这个能力，可能很出色，百发百中。那么，在教育的过程中，上一代还要告诉下一代的是，为什么要射击，可以对谁射击，以及什么时候可以射击，等等。

也就是说，怎样运用能力才是教育当中更重要的事情。为什么要射击？在什么情况下可以射击？向谁射击？类似这些都属于价值观的问题，或者说使命的问题。

或者，你掌握了更加复杂的知识，比如数、理、化、金融，你怎么运用这些知识？是用来谋私利，还是用来做公益？是用来研究技术创新，推动人类文明的进步，还是用来干坏事，甚至是犯罪？

然而，事实上，我们看现在的教育的整个过程，养这件事主要由父母和家庭根据自己的条件来解决。如果家里经济条件好，就让下一代脱离动物的养，接近于宠物的养。如果家庭条件不好，只是让下一代活着，自然生长，那就接近于动物的养。

育的事情则交给了学校。在传授前人的知识和技能这方面，其实，所有的学校之间相差不大。

很多所谓的好学校，往往不过是训练的强度更大。从应试教育的角度看，所谓的好学校能够让学生考出更高的分数，名师能给学生更准确的考点，学生会花更多的时间去刷题，甚至挑灯夜战。这些所谓的好学校，无非就是能够用最短的时间准确地把这些知识传授给孩子。

而所谓差一点的学校,就是学生对这些技能的掌握差一点,考试成绩差一点,对考点的掌握没那么快,而且老师可能不那么专注,甚至传授这些技能的方法也不太得当,以至于影响到孩子们的考试成绩。

但是,家长,包括社会往往都忽视了另一个重点,就是如何让孩子在学习的过程中明白怎么运用这些知识。这些知识和能力,本应该用于推动社会向更文明、健康的方向去发展,而不是仅仅用来应付考试,然后去博得一个被认为是相对好的职位。

很多学生,在学校学习技能的过程中,成了精致的利己主义者。把获得的技能、知识,紧紧地和自己未来的职业生活连在一起,而忽视了教育的另外一种使命,也就是用学到的知识推动社会文明的进步,以及关于如何运用知识的挑战,比如知识运用到什么方向、知识是否具有启发的可能性以及再创造性等等。

换句话说,我们的教育应该更注重于塑造下一代的价值观,将力量倾注于把他们培养成适应文明社会的角色,以及帮助他们把能力创造性地发挥出来等方面。

我认为,这方面强的学校,才是好学校。我从小学读到博士,经历过不同的学校,但对我影响最大、给我人生带来后续积极影响的,恰恰是在价值观、使命、文明观、社会观,以及怎么运用知识这方面给我启发的学校。

从小学、中学到大学,大家学的知识都是一样的,但是为什么后来的人生有那么大的差距?

同学之间的真正差距，其实并不是知识，而是怎么样运用知识，朝什么方向运用，为谁运用，以及用知识去创造什么样的社会进步。

有一些著名的高校，出了很多杰出校友。它们和那些二本、专科学校相比，教授的数理化知识并没有什么不同，但是，它们的学生进入社会以后，运用这些知识改变、创造，在这些方面做得更多，于是，我们认为他们更有成就。

所以，当家长在替孩子选择学校时，如果只执着于看学校是否能带给孩子考试成绩的提高，却忽视学校是否能教育孩子怎么运用这些知识，是殊为不智的。

因为真正决定孩子前程的，是他的价值观、人生观，怎么运用知识，怎么激发启发性的思维和创造性的思考，以及未来进入成人社会以后是否拥有改变某种不如意局面的能力。

如果是我来选择学校，某个学校可能在技能传授这方面一般，但它有非常好的传统和校风，哪怕不是重点，我也愿意让孩子去。

这样的学校，在教授怎么运用知识方面，是有方向性、指向性和使命感的。在这样的校园里成长，能激发孩子的创造性，培养孩子的道德感，能潜移默化地让他们在未来把能力用于为社会服务。

所以，回过头来说，教育的本质，其实不是知识的简单传承，而是传授怎么运用知识，怎么创造新的知识，怎么开拓人类更广阔的发展空间。

随着科技的发展,像脑机接口这样的技术未来一旦成熟,我们在继承和掌握前人的知识上,可能就不需要从小学到高中这么长时间,也许三两年就可以了。那剩下的时间我们干吗呢?大量的时间是用在运用知识上,而且要创造新知识,同时要推动人类拓展新的发展空间。

如果有一天,我们学知识的时间经人工智能和脑机接口这些技术的辅助而大大缩短,我们使用知识的时间就更长。运用知识改造人类世界可能会成为我们未来的一个更大的使命。

过去,多数人7岁开始上小学,27岁博士才毕业,要用20年时间学习前人的知识,然后27岁开始工作,到57岁,实际上也就30年。也就是用20年时间来学习、继承前人的知识,然后用30年时间来使用这些知识。

未来,也许只用10年,甚至5年时间就能完成从小学到博士的所有学习,那就会有更多的时间来运用这些知识,创造新知识,并且改造、创新技术,同时拓展我们的发展空间。

所以在未来,运用知识和创新知识变成了教育的重点。教育需要更多地教人怎么样运用知识,朝什么方向运用,以及为谁运用。

传授正确的人生观、世界观也会越来越重要,否则年轻人早早地掌握了知识,但是把知识运用到错的方向,可能会是对人类的灾难。

所以,我想跟这些家长再聊聊这个事儿。我们都想要把下一代培养成人物,但如果方法不对,可能只养了个动物,也可能养成了宠物，而宠物出了门就注定是废物。

如果更注重知识运用的价值观、方法和创造性，那我们就有可能把下一代培养成人物。越是能够很好地运用知识的人，最终越有可能会成为人物。

期待我们的教育，能够培养出更多的人物，让我们的生存空间越来越宽广、文明越来越进步、知识的创造越来越有意义。

读书的逻辑

读书可以帮助我们做到些什么？在中国的文化里，我们对读书有三重功利性的目的：一个叫千钟粟，一个叫黄金屋，一个叫颜如玉。也就是说，读书能够当官、发财、娶媳妇。

当然，这些都是过往对读书的一种期盼。其实读书不需要这么功利。

我们在读书的过程中，最大的得益其实在于"改变"——生命历程的改变，观念的改变，以及我们所接触的世界带给自己感受的改变。

我读了一本书叫《你当像鸟飞往你的山》，恰到好处地符合了我的想法，讲述了一个"改变"的故事。这本书的作者，其实也是这个故事的主人公，叫塔拉。

塔拉是一个生活在美国的姑娘，出生在一个摩门教的家庭。她在17岁以前，居然没有上过学。她父亲经营着一个垃圾厂，她母亲做着一个奇怪的和宗教有关的似乎是治病的工作，但不是医生。在这个家庭里，她像一个自然人，或者说像一个野人一样地生活着。

17岁以前，她以为她的家庭给她的这个世界，就是世界原本的样子。不洗手，随地大小便，不知道什么叫干净，也不知道什么叫读书，更不知道在家庭给她的小环境以外还有一个更大的世界。她对外面的世界完全没有概念。她的生活，她的记忆，都只与这个垃圾山以及附近所发生的事情有关。

17岁之后，改变发生了。

一个偶然的因素促使她有了怀疑的念头："世界果真就是这样吗？人生就应该是这样的吗？有没有可能外面的世界还有别的？"

好奇心的驱使，让她仿佛在黑暗中看到了一束微光。她期盼看到更大的光明，于是不停地凿壁偷光，点个蜡烛，向往光明。

她以这样的心情开始学习、读书，然后萌生出考试的意愿，结果居然考上了大学。

17岁以前没有任何正规教育经历的她居然考上了大学。考上大学以后，她又得到了一个机会，去英国剑桥大学交换学习。在剑桥大学，她一口气读完了硕士。硕士毕业以后，她又到哈佛大学去做访问学者，最后拿到了剑桥大学的博士学位。

之后，她的世界开始不同。在拥有了一个巨大的与以往不同的世界以后，她反过来审视自己17岁以前的世界，得到了非常多的独特的启发，认识到世界的真谛是什么，人生可以如何改变，文明是一个什么样的存在。是读书改变了她的命运，让她的世界由无知变成有知，由蒙昧变成了文明，由此地变成了他乡，由美国变成了世界，发生了这样非常大的改变。

这本书给我们巨大的震撼，它告诉我们：读书可以改变人的命运，读书可以引导我们去从未想象过的地方，读书可以让我们感受到从未感受过的内心世界的欣喜、冲动、好奇和满足感，读书也可以让我们的生活发生实质性的改变。比如塔拉，她最后有了正式的工作，有不错的收入，也有了家庭，这些都是读书带来的改变。

我也经历过这样的事。我在读小学、中学的时候，因为处在"文革"期间，大家其实都不读书，也以为世界上本来应该是没有读书这件事情的。幸运的是，我在中学碰到了一位对我影响很大的老师。

老师姓苏，她的家世背景非常独特，她父亲是黄埔军校的学生。因为一些特别的际遇，她父亲早早地离她而去。她考入了师范学校，最后在西安市三中教语文，成了我的班主任。那个时候，她身体非常糟糕，我和同学常去看望她。她住在一个光线昏黄的小房间里，她总是靠在床上，给我讲述那些家族故事，讲述她读过的历史，并告诉我应该怎么认真读书，来改变社会的不公正。

这样一段特别的经历，给我带来巨大的冲击。于是我就去找些历史书来读，苏老师也把她的藏书送一些给我。我拼命地去读这些人文、历史的书，去探寻改造社会的规律和方法，这推动着我后来考上了大学，又读了硕士和博士。一直到现在，我仍旧一边工作一边读书，读书引导我成为我今天的样子。

读书也引导我去努力，去改变我认为应当改变的小环境、大环境。读书也使我能够在创业和做生意的过程中，自觉去学习曾经不懂的东西和不熟悉的领域，去改变自己对企业业务的认知，从而使自己的公司和人生发生巨大的改变和提升。

＊＊＊

可以这样说，读书对我的人生，至少有三个方面的影响。

第一，少年时代读的很多书，后来为我创造了就业机会。

我在十四五岁时开始读历史，读马列，特别喜欢读一些和马克思主义相关的书籍，后来上大学就学了政治经济学，念硕士读社会主义理论。

在做生意之前，读书成了我的工作，成了我的职业。有些人特别喜欢历史，最后一辈子就研究历史了。我读马列，毕业之后就教马列。一开始是因为兴趣读书，然后读书成了我的工作，这是很有意思的。

第二，读书对人格塑造起了很大作用。

对一个男生来说，15到20岁特别重要，这是立志的时候。年轻时，我看过很多历史书，也看过一些伟大人物的传记，越看，自己就越想成为那样的人，慢慢地就有了所谓的"使命感"，就想着，"我也想成为这样的人"。

当时我读《三国演义》，把诸葛亮当成了偶像。觉得他怎么会那么有智慧？能够那样想问题，料事如神，每件事都安排得妥妥当当，"运筹帷幄之内，决胜千里之外"。

看到诸葛亮讲"淡泊以明志""鞠躬尽瘁死而后已",我"小泪纵横"。后来看到诸葛亮在五丈原去世,帐篷里蜡烛灭了,"秋风落叶五丈原",我也是潸然泪下。那会儿年纪小,就感到真伤心。伤心的同时,也会在心里生出一种使命感,会去思考:我应该成为一个什么样的人?我应该干什么?我能够为国家、为周围的人做什么?

就这样,在读书的过程中,我逐渐有了自己的人生方向,然后知道了自己要成为什么样的人。

第三,学会了说话,形成了自己说话的风格。

我上学的时候,特别喜爱鲁迅。逢鲁迅必看,而且逢看必做笔记。我家里有1973年版的《鲁迅全集》第一卷和第二卷。这两本书我反复看过很多遍,几乎被翻烂了。不光是读鲁迅自己写的书,也读他翻译的作品,比如他翻译的法捷耶夫的《毁灭》等。

曾经有朋友说,我说话不太正经时,像是受了鲁迅的影响。

鲁迅说,说话要有意思,应该学习"三种语言"。第一种叫作书面语言,这是正经的表达,必须要懂。第二,要懂俚语,就是乡间方言、口语。第三种是外语。说话的时候,如果掌握外国的词汇和民间十分接地气的土语、方言,再加上书面语言或文言文,你的文字就会与众不同,更有味道。

这么多年过去,虽然当时读过的东西有不少后来都忘了,忘了那些句子,忘了自己写过的感想,但是它们就像我吃过的饭一样,实际上变成了重要的营养。

据我的观察，长期不读书和坚持读书的人，差别很大。打个比方，这就类似于长期锻炼身体和长期不锻炼身体的区别。

锻炼是对身体的保健，能让身体健康。读书是对精神的保健。长期读书，能让人聪明，并且精神愉悦。所以，书是一种精神的保健品。

长期不读书，容易价值观模糊、错乱，对一些事物理解偏狭，遇到问题也常常难以搞定，最终导致生活出现诸多不顺利。如果你想成长，想变成一个有意思的人、精神健康的人、眼光独到的人、生活愉悦的人，那就多读点书。

当然，有些人把读书变成了一件很急功近利的事情，比如说要考职称、考硕士、考博士，或者说考一个别的什么东西，然后才读书。或者要做一件什么事，就看一点工具类的书。只读这些书，肯定是不够的。

如果想要开阔视野、提升认知、丰富自己，得多读一些经典。比如《道德经》，任何时候看都是正面的，没有坏处。还比如四大名著，这些书是中国人的符号，作为一个中国人，如果你不知道《红楼梦》《西游记》，不知道《三国演义》《水浒传》，就好像不是中国人似的。这类书，我觉得属于生命中的必备，要多读。

除此以外，能够满足自己兴趣的书，帮助自己思考当下问题的书，或者纯粹是为了消遣的文学、艺术类的书，都可以看。

拿我自己来说，我比较喜欢猎奇，所以就会看一些稍微古怪一点的书。比如，有一段时间我觉得特种部队很酷，好奇为什么特种作战会变成现在作战最主要的模式之一,于是我找了很多特种部队的书来看。后来又突然好奇怎么这么多人跳楼自杀,我就专门找研究自杀的书来看,比如《自杀论》。这几十年下来,我把好奇的事都弄明白了,这是源自兴趣,最后都变成了知识。

总之,各种各样的书读得多了,我们观察世界的角度会更加多元,于是在我们眼中,这个世界也会更加真实,更加丰富,更加有意思。人活得越长,越得把书当成保健品,但不能把书当成"速效救心丸"。

* * *

现在市面上书那么多,该如何判断一本书是好书还是坏书?

首先,经典的肯定是好书,经过几十上百年,甚至上千年反复锤炼之后,大家依然认为值得读的,肯定是好书。

最难判断是好书还是坏书的,其实是畅销书。有一些畅销书一翻篇就可能变成垃圾。畅销书里边能变成经典的,只有很少的一部分。

我们做建筑的时候,有一个智者跟我讲:"你要做时尚,还是做经典?"

我问:"你怎么分别时尚和经典?"

他说:"经典就是不管社会怎么变,这个东西永远有价值。时尚就是今天很多人追捧,但很多一翻篇就是垃圾。"

所以，畅销书的好坏是很难判断的。当然，要判断一本畅销的新书是好书还是坏书，我觉得也有一些办法。

第一，看它的细节。罗翔有本书叫《法治的细节》，敢于谈细节的，我觉得好书居多，至少它能够把细节给你，你看完之后肯定会有收获，不会浪费时间。

第二，看作者是不是真诚。比如说，作者为人做事很专注很真诚，那么他写的书就值得多看。比如说，曹德旺、王石做人做事做企业都很真诚，我觉得他们分享的东西很好，他们的书就值得看。

第三，看这本书是不是被人骂。我觉得也是个标准。

我读研究生的时候，要写硕士论文，有一次去向导师请教怎么写才算好。当时我二十三四岁，导师跟我说："我告诉你什么叫好文章。很简单，好文章就是一部分人说好、一部分人说坏，今天有人说好、明天有人说坏的文章。"

我问："这怎么理解？"

导师说："一篇文章写出来，如果所有人都说好，那说明你无非是重复了一个常识，没有任何新的东西。如果所有人都说坏，那说明你太违反常识了。所以，对一个事情的看法，既包含了常识，又不同于常识，才会出现有的人说好，有的人说坏；这部分人说好，那部分人说坏。这样的文章才能够提供新的东西，激发大家去思考。另外，一篇文章，如果今天大家都说好，明天又都说坏，这篇文章就有价值。传世的文章都是被人反复踩躏的，今天说好，明天说坏，后天又说好。一直都被说好的，不行；一直都被说坏的，也不行。就得有人说好有人说坏，不断地来回变。如果你能写一篇这样的文章，那就可以传世，而且有价值。"

他跟我讲的文章好坏的标准，我认为也适用于书。

怎么样才算把书读好呢？

想真正做到把书读好，对人生有所提升，从古人那儿就能得到些启示。王国维曾讲过读书的三个境界。

第一个境界是"昨夜西风凋碧树，独上高楼，望尽天涯路"，大体上是指追求知识是一个漫长的过程，有很多险峻，也有很多未知，需要耐心。

第二个境界是"衣带渐宽终不悔，为伊消得人憔悴"，表示读书要刻苦，要像思念远方深爱的人一样用心、专注。

第三个境界是"众里寻他千百度，蓦然回首，那人却在灯火阑珊处"，代表了读书过程中的豁然开朗、开悟、明白和提升。

读书的这三个境界，是一个从未知开始，通过刻苦努力，最后实现自我提升、完善，从而获取新的发展道路的过程。

* * *

总之，读书就像吃饭、睡觉、呼吸空气一样，是生命的一个部分，是活着的一个必要条件。人缺少书的陪伴，缺少知识的滋养，就像缺少水和粮食一样，会死去。读书、爱书，不是为了让别人知道，然后夸奖你，而是活着的一个基本条件。

读书于我，相当于成长过程中的一种营养，一种助力，也是一种陪伴。所以我爱读书，也希望和大家一起读书，分享人生的进步、快乐和成长。

文章的逻辑

从某种程度上说,人一出生就开始跟文章打交道。只不过我们在不谙世事的幼年时,往往是父母阅读文章,被文章打动,然后把故事讲述给孩子听。到了上学的年纪,就开始识字、读书,学习写文章。从这时候起,一直到死,我们都在跟文章打交道。

人一辈子跟文章打交道,实际上并不是一件容易的事。

古人讲过很多关于写文章难的事情。明代文学家袁宗道在一篇文章里写道:"口舌,代心者也;文章,又代口舌者也。展转隔碍,虽写得畅显,已恐不如口舌矣,况能如心之所存乎?故孔子论文曰:辞达而已。达不达,文不文之辨也。"

意思是说,言语是用来代替内心想法的,而文章又代替言语的功能。这样的话,把内心所想变成言语,再变成文章,即使文章写得通顺明了,也会存在信息的衰减。

同样的道理,信息的接收者看到文字,通过文字的表述去理解写作者的想法,也会存在信息的衰减,或者理解的偏差。如果接收者在理解之后再去转述,那么他所表达的和原作者想表达的，意思很可能已经相差很多了。

在古代，文字系统不够发达，词汇量比较小，这种衰减和信息传递过程中的误解比较常见。可以想见，在甲骨文的时代，就那么几千个字，词汇也相对不丰富，想要记录和传达特别复杂的心理活动、技术或事件，操作起来就比较难。

随着词汇不断被丰富，加上图形等工具的辅助，越往后，文章所能传递的信息越多，传递过程中的信息衰减也会减少。

如何把文章写明白，让文章准确地表达自己的想法，以及让读者在阅读文章之后，准确接收到自己想传递的信息，是写作的一个难处，所以我们经常说"文章千古事，得失寸心知"。

正因为难，写文章便成为多数人从小就开始的一项训练。

我们要学习写文章，首先要搞明白写文章能帮助我们达成什么目的。就我的理解，写文章的目的无非是三件事、六个字：表意、传情、驱策。

* * *

第一，表意。表意就是要把一个客观发生的事情，或者内心的想法、观点，清楚地表达出来。要做到清晰、准确，一就是一，二就是二，不能既是一，又是二。此外还要做到达意。文字背后可能有一些潜台词或者暗示性的意思，都要能准确地传达出来。

清晰、准确、达意，是写文章的基本要求。过去讲，翻译要做到三点，信、达、雅。信和达，其实就是清晰、准确、达意，雅指的是要让表达、修辞更符合特定的文化习惯、阅读心理。

表意准确的文章，对应的文体，大体上是记叙文和议论文。

我也一直在阅读文章和学习写文章。我上小学的时候，我爸爸经常让我写日记，写记叙文，也经常帮我改文章。那个时候，他写的文章经常在报纸上整版地发表，我很敬佩他，于是我也喜欢上了写文章。

我爸总是告诉我，写文章最基本的要求是文通字顺："你要保证你的文字是通顺的，文气是贯通的。"把事说清楚是文章的根本。如果你写出的句子不通顺、含混不清，甚至不合语法，是很难把事情说清楚、表达准确的，读者也很难理解。

我读研究生时，我干爹经常提醒我："千万不要写那些永远正确的废话。"也就是说，写文章，仅仅是文通字顺还不行，还得把文章中的水分挤掉。比如说，我们评判一件事是对是错，是可以说明白的。但是你说"这个事儿，既对，又不对"，那就是废话。干爹说："你不能见到任何两个事，都说既有联系又有区别。这个所谓辩证法的表述，在哲学上有讨论的价值，但是在写一篇简单的议论文章或者是记叙文的时候，你用这种句式，就是在说永远正确的废话。"

他告诫我，写文章要避免写那些永远正确的废话，而要写真实的内容，哪怕是有争议的内容。

比如说，你写的这件事，可能会引起很多人不同的看法。或者，有个东西，站在东边看，它是明亮的，而站在西边看，它可能是晦暗的。不管你站在哪里,你看到了什么,你就准确地把它描述出来,而不要在意别人怎么看它,或者别人看到了什么。即使你看到的不是全貌,你看到的和别人看到的不一样,你如实描述,这个文章就有价值。哪怕你的描述和别人的不一样,但你们经过讨论甚至是争论,最终就有可能得到一个更加完整、准确的事实。

我的硕士论文开题时,我去见导师。导师是一位写文章的大家,曾经担任过《红旗》杂志的总编辑。他告诉我:"什么是好的文章?就一个标准,一定要增加新的内容。旧题目你也要做出新意来,但不要把新题目做出旧意来。"

这句话给了我很大的启发。哪怕是一件过去的事件,重新去写它时,也要有新的观点、新的看法、新的感受,而不应该是完全的重复。重复就叫作永远正确的废话,毫无意义。

导师还说:"一篇文章,如果今天有一部分人说好,明天有一部分人说不好,后天又有人说好,或者一部分人说好,一部分人说不好,这也是好文章。因为你准确地表达了你的观点,增加了新的观察、新的记叙、新的内容,才会引起大家的讨论。"

所以,要清楚表达一个观点,准确记述一个事件,其实是有很大的挑战的。如果只是写永远正确的废话,实际上就没有必要写这篇文章。如果不提供新的内容和观点,也没有必要写出来。

比如说,这儿有一摊屎,已经有无数人写过,你又写了一篇文章,告诉大家这儿有一摊屎,当然就没有意义。还是那一摊屎,你写出了它的变化,或者发现了它的新功用,提出了一个关于屎的新观点，哪怕是一个奇葩的观点，那也是一个贡献。

受到导师启发以后，我写文章就坚持按他说的去写。

我开始做生意之后，有一段时间在海南。有一天，我发现我写的一些东西被收录进了一本名为《天涯》的杂志里。当时，著名作家韩少功南下海南，对《天涯》杂志进行了改版。改版后，杂志有一个栏目叫《民间语文》，收录那些非正式的文章，比如通信、请假条、通知、批判稿、发言稿、邀请信等民间的小文章。我的这些文章，杂志称为"老板讲话"。

我当时就觉得很特别，开始关注这个杂志，也读韩少功的书。我发现他一直在提倡一种民间的、自然的、真实的表达，甚至是完全口语化、不加粉饰、不加修辞的表达。他认为这样的表达就是最真实的表达，而且是一种原生态的记叙实践和表达情感的方法。

这也对我产生了很大的影响。我在写文章时，就会去注意怎么写能够减少信息的衰减，努力做到准确、清晰、达意，从而让阅读者能够较为准确地接收到我想传递的信息。

于是我就想了两个办法。

第一个就是韩少功说的，用口语，用最接近真实的表达方式写作。我在文章中大量使用口语式的表达，就像我现在写的这篇文章，也是口语化的。我尽量正常说话，减少抽象的概念和模糊的定义，然后再适当地把文字里边的水分收拾一下，使行文干净。这样的话，读者接收到的信息会比阅读纯书面化的文字时更多。

第二个办法是采用故事加启示录的表达方式。

我观察到，历史上，当文字的使用还比较有限，特别是能够读懂文字的人非常少的时候，比如几千年前，识字是少数人的特权，多数人不识字，人们怎么传播信息？讲故事。那时候出现了很多讲故事的人。早期的文献，很多都是讲故事。有的是只讲故事，有的在讲完故事之后再讲一点启发。比如《圣经》里边，讲了很多和耶稣有关的故事，讲完故事之后，后边往往加一些评论性的内容，或者是概括性的启示录，进行点评和指引。佛教的很多经典也是如此。

我就发现，如果文章的阅读者中有一些人的文字水平不是很高时，文章最好也用故事加启示录的方式，尽可能地讲浅显的故事，使用大家都熟悉的生活中的事做比喻，然后点出它带来的思考点和启发的方向。

就我的体会，口语体和故事加启示录的表达，能够把事件描述清楚，把意思表达清楚，同时减少信息在传递过程中的衰减，这比简单地用所谓标准化的语言概念写的文章，效果要好得多。

总之，文章首先在于表意。表意要做到清晰、准确、达意，这是最基本的要求。如果这一点都做不到，就不要去写更复杂的文章，至于小说、长篇论文、学术著作，那就更谈不上。写更复杂的文章时，还牵扯到逻辑、价值观等方面，同时也需要写作者具备其他很多方面的能力。

***

表意之外，文章的第二个功能是传情。

我们要通过文字传达我们对某一件事情的看法，喜欢或者不喜欢，赞成或者反对，认为它是善或者是恶……这些都是一种价值判断，也是一种情感偏好。

比如说，面前有一棵大树，描述它的客观存在，一句话就能写清楚。除了描述它的存在，你还可能会描述对它的态度——"这棵树长在这里不好，因为刮风时它总会有落叶，我得打扫，这让我觉得很烦。"

你也可能借着它去表达某种情感——

"水是生命之源，树则是万物生长、欣欣向荣最直观的体现。"

"有了大树的光合作用，才有了氧气与二氧化碳的平衡，是大树组成的森林庇护了丰富多彩的世界。"

"树冠宛如一把大伞，带来了清凉。我们在树荫下乘凉歇脚、闲谈聊天，享受夏日午后的惬意。"

写文章时，难免会对一些客观事物表达情感，展示对它们的态度，喜欢还是不喜欢。展示态度、表达情感时，有一个字最重要，那就是"真"。

写文章一定要表达内心真实的感受和看法。如果不真，你传达的就是一个不存在的东西。比如说，你明明很喜欢这棵大树，写文章时却非要说很讨厌它，这就是在传达虚假的情感。

有一类文章，表达的情感往往最为热烈，那就是情书。

情书要充分表达爱意，让对方感受到"我爱你"的真切。即使你的内心满是爱意，但如果你的文字传达过去的意思没有让人感受到这份爱，甚至因为表达的偏差让对方以为你的爱是假的，对方当然就会离开你，甚至是鄙视你，你的情书就写失败了。

要做到真，的确是非常不容易的。除了要有真实的情感、真实的观点，表达能力也非常重要。你的词汇量是否丰富，你能否准确使用词汇，你是否拥有足够好的语言能力和表达方式，都影响你的表达结果。

同样是爱的表达，你可以很简单地说一句"我爱你"，也可以像一些文青或者诗人那样，用十分丰富的词汇和语言来表达。

往往文字能力越强，词汇的选择范围越宽。举个例子说，某一些颜色，在有些人眼中，都是红色，但是在另外一些人眼中，粉红、浅红、紫红、桃红、绛红、深红……各种红是不一样的，他们能用很多不同的词汇，准确地表达出这些红之间的细微区别。文字表达也是如此。词汇的掌握越丰富，表达时也会更准确，更真实。

如果你的词汇量不够，你对真实的表达，往往就难以完全被阅读者感受到，这时候，你只能辅之以行动语言。

比如说，有些人在书写爱意时，无法像诗人那样用情感浓烈的词汇来表达丰富的情感，只好说"我愿意全心全意对你，你有困难时，我会帮你，你生病时，我会去照顾你"等等，然后再借助行动来辅助自己的语言，表达自己的真。

假设一种情况。情人节到了，有两个小伙子都想对一个女生表达真爱。其中一个对这个女生说,"我是真的爱你",然后牵了一头牛过来,想送给她。因为牛是他家的重要财产,他想以此来证明他的真爱。

可是,女生长期以来接收的信息是,情人节是个浪漫的节日,男生在这一天应该送出的礼物是玫瑰花、巧克力,有情人应该在一起吃烛光晚餐。于是当看到男生牵着一头牛走到自己面前时,她会觉得诧异,甚至觉得被羞辱。她感受不到这个男生的真,甚至会把他赶走。

另外一个男生,不仅拿着玫瑰花、巧克力,还预订了烛光晚餐的座位。这个时候,女生就会感觉后边这个男生是真的。然而,事实上,后边这个男生可能只是在完成一个程序性的事。情人节到了,他便按照这样一个多数人都遵循的程序来表达喜欢和爱慕。

其实,一束花、一盒巧克力、一顿烛光晚餐的花费,可能远远低于一头牛的价值。也可能,买花的男生表达真的程度不如牵牛的男生,可是这个女生的感受却是相反的。

所以说,要表达真的情感其实是不容易的,用文字把它表达准确,更不容易。不仅不容易,有可能还会引起歧义,正像上面讲的这个故事那样。你是真的,但是她认为你是荒唐的,是假的。

也可能反过来,你粉饰了一份感情,明明是假的,却被别人当了真。就像现在很多人说的"海王",也就是"渣男""渣女",他们没有真实的情感沉淀在里面,但是能说会道,情书写得好,或者信息发得好,让人误判了以为是真,于是回应了个真,结果非常失望,最后一地鸡毛。

我们经常会看到这样的故事,但这就是表达。想在文章里用恰当的语言和形式把真的内容传达给对方,其实是一件非常难的事情。

我是在上中学的时候,第一次理解到真这件事的重要性。在那个动荡的年代,我们的一位老师,因为家庭背景的原因,遭受了巨大的冲击。

有一段时间,老师病了,心绞痛,经常躺在床上,非常孱弱。有时候,愤懑之际,她会在墙上涂抹写字,作为发泄。

我当时是班长,时常和几个同学一起去看望老师,陪她说说话,聊聊天。老师告诉我,当世界充满虚假的谎言时,要能识破,即使很难,也要敢于讲述自己所知道的真相,表达自己真实的观点和立场。

老师给了我这样一个明确的指引和要求。后来,我在写文章时,始终记着,表达观点和情感时,"真"是基本底线,也是最高境界。

* * *

在表意、传情两件事之外,文章的第三个目的,或者说功用,是驱策。驱是驱使,策是勉励、鼓励、鞭策。我们为什么要写文章?其实都是为了这一件事。

我们通过准确描述一件事情，让对方感觉到我们对这件事情的态度，对方接受我们对这个事实的观点之后，我们所期待的，是他采取某种行动，去做出某些我们预期中的回应。

比如说，写情书，描述自己的感情，反复传达自己的爱意，目的是什么？当然是希望对方有回应，对方也爱自己。否则写这个情书干什么呢？

所以，写文章其实就是为了驱使、激励、鞭策对方，让对方产生某种行为，而对方的这个行为，正是写作者所预期的，对写作者有利。当然，如果写作者足够伟大，他写的东西，就有可能对全人类有利。

既然文章有这样的功能和逻辑，写文章就是一件重要的事情。不要把写文章当成儿戏。所谓"文章也是会杀人的"，在古代，掌文案的官吏、讼师，都曾被称为"刀笔吏"。他们凭借文章，能让人死，也能让人活。

所以，我们要谨慎且认真地去写好每一篇文章，客观描述事实，表达真实的态度和情感，进而引发读者的积极回应，让他们的行为和自己的愿望相协调，得到我们期待中的美好结果。

说话的逻辑

我们每天都要说很多话。

一位以色列历史学家提出了一个观点：自从有了说话的功能，人就变成了可协调的人群。人类通过共同的想象，构造一个个故事，然后集体去为之奋斗，最后就汇聚了巨大的力量。于是，两条腿的人，作为个体打不赢大象，打不赢狮子，但作为集体的人类则有能力打败甚至消灭别的野兽，驯化其他动物，占据了食物链的顶端，发展出了文明。

可见，对我们人类来说，说话是多么重要。

当然，历史学家讲的是遥远而宏大的故事，我想，切近而言，说话在人与人的关系中，有几个方面的作用也很重要。

第一，输出与倾听。

在一个一对一的人际关系里，他说得多，你说得少，你用少量的话引诱他说出更多的话，你则通过倾听他的话，获得了信息、方法，甚至是情报。这种说话可能是单向的，一个人说很多，一个人说得少。你是倾听者，对方是诉说者，甚至是传达者、训诫者、教育者、布道者、传授者，这种情况下，诉说者与倾听者有地位、身份上的分别，一方布道、训诫，另外一方只能服从、听取。

20多年前，有一个客户租用我们的写字楼。后来他犯了事，坐了16年的牢。出狱之后我们再见面，我问他："在里面10多年，总会有点什么收获吧？"

他说："收获就是听别人说话，听得我自己都快不会说话了。"

我开始以为他是开玩笑。后来有一次，我们一起去参加一个企业家的会，一位领导干部在上面重复着一些永远正确的主张和宣示，他听了一会儿，就跟我说："大哥，咱出去吧，没啥可听的。他还没我讲得好呢。"

我很好奇："怎么会没有你讲得好呢？"

他说："我在里面，每个星期都要听两次这样的讲话。我听了16年，早背下来了。我去讲，准比他讲得好。"

我一想，也是。他在监狱里，当了16年的倾听者。作为倾听者，很多时候要唯唯诺诺，所能做的回应只能是"对对对"，或者"是是是"。

第二，呢喃。

两个人谈恋爱时腻在一起，轻声细语、嘟嘟囔囔、甜蜜地你一句我一句，这样的说话叫呢喃。这时候，说话更多是一种情感的交流，说的内容可能就只是非常简单地表达对对方的依恋和喜欢。

呢喃要达到的是情感效果。两个人是在完全不设防和平等的情况下诉说内心的感受,两个人都处在一种愉快、甜蜜、不知疲倦的状态之中。

类似的平等的说话情境还有很多。比如说同学之间的说话、同事之间简单地核对信息等等。如此说话时,人会有一种轻松愉快的情绪。正常说话,把话说好,把人说舒服了。

第三,说服。

说服是一种很困难但很有必要的说话方式。我们在工作当中有大量需要说服别人的时刻。领导者要让底下的人跟着自己做事,不能只靠命令,还要说服。

说服别人有很多技巧。

举个例子,一般的战前动员,往往是这样喊话:"战士们、兄弟们、同志们,我们要不怕牺牲,不惜一切代价,坚决消灭敌人。"这样的动员,听众们热血沸腾,但也会在心底含糊:"我这么冲上去,要是牺牲了,回不来了,可怎么办?"

也有不一样的动员。比如,有一位将军在出发前进行动员时,很明确地说:"大家马上就要出发了。但是,我们出发不是为了牺牲。我们是为了胜利而出发。我在这里等你们凯旋。"他说服的方式就很不一样,这不仅是一种说服,还是一种命令、一种感召。

在我们的日常生活当中,说服别人是一件很难的事。诸如谈判、辩论这样的场合,你讲你的理,他讲他的理,都想说服对方。

这时候,就要考验你的知识、经验、表达方式、修辞、逻辑等方面的能力了。如果你没有这些能力,你就没法说服别人。说服的目的当然是让别人赞同你的看法,进而让对方产生行动,做出你想要的行为,最终获得一个你期待的结果。

那么,怎么说服?

公开、强有力地论证、辩论,这当然是一种有力的说服方法。但有时候,会遇到很多软性的抵抗,或者,你和要说服的对象不熟悉,你就得先取得对方的好感,然后拉近关系,最后再晓以利害,让他接受你的观点。

还有一些人,比较装,装成情圣,装成道德圣人,装成某种社会角色,一副高高在上的样子,他会觉得有些事他不齿,他不能做。这种人就很难说服。在这种情况下,要说服他,就得像韩非子在《说难》里头讲的那样:"知饰所说之所矜而灭其所耻。"也就是说,你要巧妙地掩饰他在人多时不愿意让你提到的东西,那些令他害羞的、不齿的地方,从而让他坦然地接受。这就要考验你的智慧。

《说难》是韩非子两千多年前专门写的一篇文章,列举了说服别人时的各种情况和困难之处。说服别人这件事情真的是有困难,所以需要训练,也需要学习。

一个人说服人的能力来自三个方面。

第一,知识。比如说这件事涉及物理,你懂,他不懂,那么你有知识,你就能说服他。或者,他是文盲,你是大学生,你说点常识性的事,他也许会对你很景仰。当你有知识,你懂得更多时,往往就能说服人。

第二,天然的权威。比如说,全世界都知道你是某一领域的专家，是权威，而且有光环，你去说服别人，大部分人都会相信你。

第三，某些拥有行政权力、政治权力的人士，或者村社里边德高望重的年长者，拥有某种威权，这让人们不敢反抗，只能认为他们是对的。盲目的服从成为习惯以后，人们对他们说的一切都会相信，相信的要相信，不相信的也要执行，也要相信。久而久之，他们的权威使得他们具有了无可置疑的说服力。

我们在一个组织当中做事情，想要有效地完成任务，取得好的结果，说服人的能力至关重要。

我经常观察同事们如何做事。

有的同事出去办事，回来之后，问他什么结果，他说，"我跟人家说了之后，人家说了几点。第一是什么，第二是什么，第三如何如何……"事情没有进展，但是他听别人说了很多。他就是典型的倾听者。

有的同事，出门之后很快就把事办成了。怎么办成的？因为他专业能力很强，有很充分的知识储备，再加上善于察言观色、懂得人情世故，知道哪些地方可以怎么说，很容易就说服了别人，把事办成了。

实际上，输出与倾听、呢喃、说服这三种说话形式，大体上就是我们生活中最常见的三类说话场景、方式和功能。

当然，我们也常常看到，一些政治人物、科学家、企业家、演艺明星在公开场合的表达，被媒体、公众认为是欠妥的，觉得他们怎么能那么说呢，实在太不成熟。事实上，每一个人，因为其社会身份、角色的不同，公众对他们的期待和要求是不一样的。加之他们在表达时又有自己的想法、目的，如果这中间出现了错位，就会闹出很多误会、笑话，甚至是悲剧。

比如说，我们都希望科学家说的是真话、有理的话，因为科学家所做的就是探寻自然运行的规律，探寻真理。

2023年诺贝尔生理学或医学奖获得者卡塔琳·考里科曾经长期专注于研究信使核糖核酸。在长达40年的时间里，她的研究始终不受重视，甚至被边缘化。她还因为坚持自己的研究，三次失业。但她坚持对真理的追求。在新冠疫情暴发后，根据她的研究而生产的疫苗拯救了无数人。

她完美符合了大众对科学家的想象和期待。人们对科学家的期待是他们说科学的话、正确的话、符合真理的话。而一些科学家不在自己的领域说话，说科学以外的事情，犯错的概率就大得多。

人们对政治人物有期待，并不是因为他们说的话都是符合真理的话，而是因为他们有政治权威，有领导的威权，当和他们的意见不一致的声音被屏蔽掉之后，我们只能说他们说的是对的。

我们对政治人物，尤其是中下级的政治人物的期待，是他们能办事，那自然就会希望他们说的话有结果、有效果。举例来说，某个地方，因为拆迁、环境污染或者其他问题，突然聚集了很多人，他们提意见，表达不满，甚至出现一些过激行为。

这时候，来了一个领导和民众沟通。他讲了一席话，大家情绪缓和了，散了，这就叫有效果。如果他说了半天，人越聚越多、越来越激动，甚至酿成重大事件，那这个领导就是不会说话。

所以，对一般的组织者、领导、基层公务人员而言，说话就要说有效果、有目的、有结果的话，必须要解决问题，而不是去宣示多么伟大的真理。

公众对企业家说的话也有期待。有些企业家老想说对的话，想宣示真理，想说自己在人文社科或者商业领域当中发现的真谛、真理，其实这是错误的。

企业家要说的话，万变不离其宗，就是有利的话。所谓有利，就是对企业、股东有利，对客户有利，对自身有利，这个利既是经济利益，也包括改善外部环境。说这样的话，是企业家的本分。

如果一个企业家天天说一些对社会、世界、人类有利，却对企业、股东、客户、自己无利的话，那这个企业家就一定出问题了。

总之，说话人的身份、角色，决定了他说什么话是对的，也决定了对他而言什么是该说的，什么是不该说的。这就是现实生活中说话的角色与说话的动机及目的之间的关系。

在说话这件事情上，我们经常会听到大家评价说"这个人会说，那个人不会说"。会不会说，除了与前面提到的这些因素有关，还与词汇量有关。

语言是思维的形式，而语言是需要词汇的。想要学会说话，需要不断学习、丰富自己的词汇。词汇量越大，逻辑越清晰，联想越丰富，脱口而出的表达才准确，才会富有感染力，而且有力量。

*　*　*

说来道去，我们想把话说好，需要词汇量、语言能力、修养、逻辑、判断力。如果做不好这些，很可能就会说不好话。

小说家的作品，为什么吸引人？他们往往都很会说话。其实写作也是一种说话。我和一些作家接触的时候，发现他们的词汇量都很大，说话很有意思，不管是说的，还是写的，都直击人心，说到人的痛处，挠到心里的痒处。

鲁迅曾经说过，他说话，是三方面的内容汇合起来的。一是江浙的土话，一是文言文，一是日语等外来语。所以他的表达就很有特点，像拿了手术刀一样，刻得很深，下手很准，说得很清晰，有些还会让我们暗中发笑。

所以，我们要把话说好，才能把事办好，才能把人活好。明白了这个道理，我们的人生才会变得轻松、自在、宽广、愉悦、幸福。

友谊的逻辑

我们谈论友谊的时候,总会想到一些名人的感受和论断。

柏拉图就讲过,友谊是一种精神之恋,是完全可以超出肉体的精神关系。

亚里士多德也有一句经典名言,他说,"友谊是另一个自我"。也就是说,我们在与朋友交往的过程中,会找到自己观念的投射、回应和共情。

西塞罗在一篇论友谊的文章中讲到,友谊是善与善之间的一种连接,彼此之间,持久地表达善意、善念、关爱,就构成了友谊。

宗教也会讲到友谊,而且对友谊有更宽泛的定义,有些宗教甚至会把对敌人的爱也包括进友谊的框架范围内。

西方文艺复兴时,有些人谈到友谊有一种特别的功效,认为它是一种亲切的疗伤之药。当一个人遇到困难,在悲伤、软弱、需要求助的时候,如果有友谊伴随,伤痛就会舒缓,甚至可以让人从痛苦中走出来。

我们经常会看到，当一个人在失恋、失去亲人，或者遭遇重大挫折，陷入极度悲伤、绝望的时候，如果身边有朋友陪伴，絮絮叨叨地说些话，照顾日常生活，那么这个人无论是心理上的伤痛，还是身体上的伤痛，都会有所减轻，同时在痛苦中看到希望，找到生路，然后走出来。

进入现代，我们讨论友谊，往往隐藏了一个前提：友谊是一种平等的关系，朋友之间精神对等，人格独立，在此基础上，彼此释放善念，彼此关爱。

君主跟仆人之间是不可能形成友谊的，下级和上级之间，本质上也是很难形成友谊的。推而广之，统治者和被统治者之间、对立的两方之间，都很难形成友谊。

但不管怎么说，友谊是一种弥足珍贵的人际关系。这种人际关系是我们活在这个世界上感到自己有价值、被需要、有希望的一种内心的力量。

这种力量，是如何持续地支持我们的呢？就我的观察，我认为友谊就像保健品一样，至少有四大功效。

第一，因为友谊，我们能获得认同感，进而获得自信。

一个很弱的人，如果和一个强者建立了友谊，会从强者身上获取力量。近距离观察强者的成功，自己也能慢慢自信起来，取得些许进步，一些小的进步能累积成大的进步，最后获得成功。

比如说，你和一个在文学、艺术、运动或者在商业方面很厉害的人建立了友谊，在他的熏陶之下，你也可能在相应的方面有所进益。至少，在他给予你肯定，愿意持续地跟你互动交往时，你会获得正向的激励。

也就是说,你和什么样的人建立友谊关系,你就会得到什么样的回应。从这个角度说,朋友的确是另一个自己。这样持续、稳定的朋友关系,会使人不断地精进。

古人常有一些朋友圈子,比如竹林七贤、江南四才子等,同类人之间,不仅因为互相的理解、欣赏、认同与共情走到了一起,还因为这样的友谊能够使各自的专业能力和事业得到长长久久的共同进步。这大概是友谊的一种独特的功效,也是很多人在年轻时渴望友谊的一个原初的动力。

友谊的第二个功效是提供一种安全感。

人在无助的时候,会想到朋友。陷入事业低潮的时候,会因为有一批友谊深厚的朋友,而想到自己还会东山再起。遇到挑战,甚至陷入绝境的时候,相信有朋友托着自己就不至于饿死,而不至于崩溃。

很多人遇到困难时,做的第一件事情就是找朋友。这种朋友,既可以是同性的,也可以是异性的;既可以是同龄人,也可以是跨年龄、跨代际的;既可以是本地的,也可以是异地的;更远地说,既可以是本国的,也可以是异国的;既可以是本民族的,也可以是跨民族的。

总之,朋友会为我们的一生编织起一张安全网。交友的范围越广,跟这些朋友彼此的认同感越强,连接越紧密,这张安全网就越大,越有效,越持久。

这是我们很多人需要朋友的一种潜在的心理需要。都说多一个朋友多条路，说的就是这件事。朋友多了，我们安全的路就多了。不仅通向安全的路多，通向事业成功的大门也都敞开了，友谊还能帮助我们获得更多的发展机会。所以朋友不仅带来托底的安全感，还能帮助我们打开事业的上升通道。

友谊的第三个功效，是朋友之间会产生不间断、不确定、非预设的利益上的互惠。

在友谊当中，我们更多的是强调无私的帮助和付出，以及不求回报的相处和关爱。当然，在这过程中也不排除会有偶然性的利益交换，这和爱情是不同的。我们会不会跟一个朋友做生意，会不会有利益上的交换？不一定。有可能会，但这不是预设的。

友谊可以是非物质的、纯精神性的、付出性的。朋友关系中，利益的交换是偶然发生的和不确定的，而且这种交换还是可以拒绝的。有时候，拒绝并不会影响到友谊，以及彼此之间的关爱和联系。

友谊的第四个功效，是会让我们有成就感。

这个成就感来自哪里呢？朋友事业成功，我们也会有一种与有荣焉的成就感。我们会因为分享了朋友的成功而获得一种喜悦。经常会有这样的场景，大家在聊天时，谈起某个人的成就，会有人说"他是我同学"，或者"他是我好朋友"。分享朋友的成功，我们也会有某种成就感，这种成就感会激励我们不断努力前行。这是友谊带给我们的特别的地方。

所以友谊被珍视、被传颂。因为友谊，我们看清了自己，获得了安全感，分享朋友的成就，自己也得到激励，另外也可能会在利益层面受益。这都是我们珍视友谊的理由。

有时候，我们谈到友谊，也会产生一些误解，甚至走入歧路。

比如，在一些情境中，尤其是在商业环境下，总有人讲要混圈子。其实混圈子不是建立友谊的方法。所谓的圈子，从来都不是靠刻意编织而建立的。真正的圈子，是在以事谋人和以人谋事的过程中，一批彼此认同的人，逐渐建立的一种彼此加持的友谊关系。这种天然形成的圈子和刻意营造的圈子是完全不同的。

大家一起做事，因为一件事我去找某个人，叫以事谋人。大家一起做事，感受到彼此在价值观、方法、能力上有非常多的互补，而且彼此都很认可，也很相信对方，然后愿意在一起开启一段旅程，去做一件新的事情，这就是以人谋事。

久而久之，在这样一个循环往复的交往过程中，随着互相之间价值观的沉淀、性格的了解，以及彼此被第三方、第四方所认同后，就逐渐形成了一个自然成长的圈子。

这个圈子不需要谁去刻意维护，大家也不会刻意把它变成一种可以图利的连接，它是一种比较松散、开放、自由、轻松的关系。企业界、艺术界等，各行各业都有这样自然形成的圈子。

现在有些人刻意去做圈子、跑圈子、钻营圈子，其实一开始就错了。我从来没有见过一个通过在各种圈子里钻营，最后获得很大成功的人。那些混圈子、跑圈子、钻营圈子，然后把圈子拿出来晒，再利用圈子来牟利，甚至获取一些不正当好处的人，往往会被自然形成的圈子唾弃。

钻营圈子，还不如经营社群。在互联网时代，有相同趣味、相同爱好、相同利益导向的一群人，通过网络连接起来，互相交流，甚至是一起从事一些经济活动，就构成了社群。这是一种坦然、自然、开放、不排他的，往往也没有严密组织的行为。社群是流动的，就像沙滩上的沙堆一样，被浪花不断地冲刷，再重新组合。

我很鄙视专门去钻营圈子的人，也特别不相信一个人会因为善于混圈子而获得成功。自然形成的圈子，大家往往有相同的价值观，在此基础上，互相信任，彼此欣赏。如果你和一个圈子里的人没有相同的价值观，也不存在被欣赏的特质，还不愿意付出，那么即使你混进了这个圈子，也迟早会被踢出去。

人是群居动物，我们在人群中，能迅速地找到彼此认同的同类，然后彼此给予关爱，获得安全感、认同感，甚至可以把共同的兴趣转化为共同的事业。友谊因此而珍贵。

我们不可能脱离所有群体独自生存。一个没有朋友、没有友谊的人，孤零零的，和没有感情的山间枯树、路边石子有何分别？友谊会滋养我们一生，甚至当我们离开这个世界的时候，友谊还会留在朋友之间、亲人之间，留在活着的人们的生活当中。所以友谊万岁。

约会的逻辑

大概没有多少人能记得住、数得清自己一生之中有多少次约会，但是，人生的道路却因为一次次主动或被动的约会，不断地发生着改变。有时候，一次约会就使人走上了岔路，有时候，约会又会给人生创造奇迹。

谈到约会，我首先想到的是，约会这件事本身所透露出来的人际关系是平等的。不管是约同学、朋友，还是约哥们儿、兄弟、闺蜜，不管是约来吃顿饭、喝顿酒，或者喝下午茶、说点事，在呼朋引伴时，都有一种特别自然、特别舒服、特别轻松愉悦的心情。

相聚之前会有期待，约会的过程是一次快乐的时光，有时候，一场欢快的约会，能让人记很久，多年以后想起还是会觉得美好。

当然，情人之间的约会同样是一种快乐的记忆。而且，情人之间的约会更频繁，约会时的心理过程更加微妙，有期待，有焦虑，有担忧，有愉悦，也会有失望，有嗔怒，甚至冲突，以及释然,等等。法国哲学家罗兰·巴特写过一本《恋人絮语》,书中就详细、准确地描绘了情人约会的过程及其中的一些行为及情绪。

商务活动中,也会有频繁的约会。这种约会往往跟钱有关。约会的结果,要么赚钱,要么赔钱,要么爆发或者解决与钱有关的纠纷。

商务约会总想要个结果,一次没结果,那就两次、三次。我记得在纽约做"中国中心"项目的时候,律师告诉我:"你不能着急,我们一起工作,会开很多很多的会,每次开会就会形成一个文件。当这些文件摞起来跟你一样高的时候,这件事情差不多就做成了。"

商务约会还有一个特点,即它真的是"约会"——先要约,再开会。开会的各方,天然有一种平等、合作的关系。

还有一种比较独特的约会,叫故人相见。比如多年不见的发小,毕业后各奔东西的老同学,大家偶然相聚。或者十年八年没见的老友突然登门。故人相见,聊起往事,聊起共同的老师、朋友,聊起各自的境遇,总会有说不完的话题。所谓"夜半客来茶当酒",故人见面,聊得愉快时,往往能从夜晚聊到天亮。

当然,故人最重要的就是"故"。故人跟你现在在做的事情是没有关系的,所以相互之间能超脱你当下人际关系里的利益纠葛,而只有纯粹的友谊。故人的意外重逢,这样没有约的相会,是一种奇特而美妙的经历。

也有一些约会是被动的约会,比如跟敌人的约会。其实你不想见他，但是因为某个原因，你要去引诱他犯错误，甚至要和他决斗，于是约他到一个地方进行谈判或者是较量。很多江湖电影里描绘的约架，就是这种类型的约会。

和敌人约会，虽不情愿，但要英勇向前。关云长单刀赴会，其大义凛然的英雄形象，就被无数后人称颂。这种被动的约会，一般人在一生当中碰到的机会并不多。

还有一种被动的约会带有某种偶然性，那就是梦里的约会。

有时候，我们会在梦里碰到一些人。睡觉前，我们并没有想到要见谁，也不可能和这些人事先有某种约定。但是，梦里见到了，这就是一种被动的相见。当然，也可能你想见某个人，白天没见到，在梦里见到了。

这种"约会"，实际上，在醒来之后人会有淡淡的回忆，甚至在那么一瞬间里，会有一种非常浓烈的情绪。但是，这种回忆或者情绪很快又会消失掉，甚至在一段时间之后，梦境里的故事和情绪都会被忘掉。所以，梦里的约会是一种很容易被忘掉的约会。

还有一种被动的约会，那就是被召见。你没有主动去约，但是别人召你去，而你又不得不去，这就是被约会。

主动的约会往往是平等、愉悦的，被动的约会则未必。被召见时，你需要听领导讲。有的时候，你甚至可能产生一些关于该如何讲话的错觉。比如被召见后你自己主动讲，或者领导给你机会讲，但你没讲好，最后，这个约会对你而言算是失败了。

我有过一次特别的被召见经历。

那次是被一位部长叫去谈话。部长叫了两个人，我和我的一个同学。部长说想听听我们对当时的一些社会现象和如何推进改革的看法，他想了解年轻人的意见。

那时候我们20多岁，想着领导召见我们，应该是想听我们的真实想法、真知灼见。于是我们两个人讲了一堆，比如自己看到的社会问题、改革当中遇到的困难，以及我们认为今后应当怎么办。我们都有一肚子话，还抢着说。说了半个多钟头，领导说："你们就说到这儿吧，我给你们做一个总结。"

领导一发话，我们就闭嘴了。随后，领导总结了三句话。这三句话我至今记忆深刻，而且坚决照做。哪三句话呢？

第一句，他说："年轻人，你们讲了很多社会现象和问题，你们着急，我们更着急，我们是坐在椅子上的人，万一这些问题大了，椅子被掀翻了，我们比你们还惨。"

第二句话："你们知道，我比你们还知道。"这句话什么意思呢？在那个年代，地位决定了人的信息量。这位部长在关键岗位上，掌握的信息比我们多得多，尤其是他还掌握很多我们没有机会接触的内部信息。所以，我们说的这些社会现象和问题，他都知道。

第三句："你们说了很多，教我怎么干，但是，我想告诉你们，你们就照着我说的干。"

这个约会，一下子挫掉了我当时的冲动和锐气。对我而言，是当头棒喝，或者说是醍醐灌顶。

后来我发现，他讲的这三句话，是年长的位高权重者与年轻人交流时，非常有代表性的一种表达。第一，你知道，我比你更知道。第二，你着急，我比你更着急。第三，你教我怎么干，我要你跟我干。

这次被约见之后，我似乎变通透了。之后被大领导召见时，我再也不夸夸其谈了。我始终有一个想法："他知道的比我多，我跟着干就好。我不说了。"可以说，这次被约会重新塑造了年轻的我。

总之，大多数普通的约会，约会双方是平等的。你约他，他若有事，就可以不来。只有在少数情况下，比如被召见，约会的双方是不平等的。

事实上，由于约会双方的地位以及关系的不同，约会的场所也不同。比如，我们被召见，地点当然就在领导的办公室、会议室。朋友之间的约会，地点就比较灵活。哥们儿、兄弟、狐朋狗友，约会主要都是饭局，在餐厅比较多。当然，哥们儿、兄弟、闺蜜之间，也会在家里约会，喝点小酒，吃点东西，然后非常放松地聊天。

商务约会当然要在会议室、办公室里，也有一些在比较正式的餐厅。

不同的约会形式，对场所的要求是不同的。场所是否选对，对约会成功与否有很大的影响。

20世纪80年代的时候，大家都比较穷，男女朋友之间的约会，往往选择去公园。那时候也没有其他地方可去，一起去一趟公园，两个人的感情就能升华。

现在，能够自由选择的地方很多，谈恋爱时就未必会去公园，可能去酒吧、去餐厅，或者一起旅行，或者一起运动，如滑雪、打球等等。但不管去哪儿，约会场景的选择，对情感的升华与否是有影响的。

商务约会的地点则要讲究一些。尤其是如果有一些不想被外人听到的事要谈，就希望约会的地点相对私密。有时候，约会的双方之间还不那么熟，存在请托的关系，或者还有第三者居中介绍的时候，尤其如此。场所既要相对私密，环境还要能让谈话的氛围放松。我们又习惯于在饭桌上谈事，所以，饭店的包厢就变得很重要，因为总不能在大厅里。也就是说，中国的商务活动对包厢的依赖比较大。但是在西方，他们在吃饭的时候不怎么谈这么多正事，也不强调要遮人耳目。这是东西方文化的差别。

除了场所，约会的人数不同，效果也不同。

情人约会当然就只是两个人之间的事。多数时候，被领导召见往往也是人数比较少的事。领导特定地召见你，你就特定地向他汇报，表达你的意见，或者是听听他的教诲。

朋友相聚，其实也有一个最佳的人数，那就是三五个人。七八个人相聚时，说话就会出现互相照顾不到的地方。

十个人以上的聚会往往容易生是非。一来，人多了，就会三三两两地说话，不聚焦。二来，人越多，人与人之间就越有可能存在纠葛。有可能两个不想见的人意外碰上了，也有可能两个朝思暮想的人在这儿见到了，但又不方便说话。

所以，通常情况下，朋友之间约会，或者说聚会，人数以三五个人为佳,这样的话,大家的交流会比较透彻。七八个人是上限,不要太多。

我还曾经历过几次很不一样的约会。由于对方的处境比较特殊,进了监狱,和他们约见时,就会有一些格外不同的经历。

好些年前,我的一个熟人因为一些问题,在武汉的一座监狱里服刑。我约了时间去看他。

见到他的时候,他还有一些诧异,说:"你怎么来了?"

我心想,我这不是提前打过招呼,约了时间的嘛。但想着是不是监狱里边哪个环节没沟通好,就打了一个哈哈,把这个话题跳过去了。

后来又有一次,我去北京的一座监狱看望另外一个熟人。办了手续,进去之后,看到一个篮球场。我往里边走,迎面就看到监狱管理员带着我要看望的熟人,他拿着一个大茶缸子,还带着一支笔和一个笔记本。

我跟他打招呼,他也有点蒙,问我:"唉,大哥,你怎么也进来了?"

他一下子把我问乐了,我心想:我提前约好了来看你,你怎么还以为我也进来了?看到他身边的管理员也在笑,我瞬间想起之前在武汉监狱的经历,就明白过来,监狱不会提前把有朋友要来看望的信息告诉服刑的人。

不告诉的原因,大概有两点。第一,担心这会干扰对犯人的改造。第二,犯人在监狱里,随时都要服从管理,所以是否提前跟他说,都不影响接下来的安排。他能不能见谁,什么时候见,都不由他决定，这是由狱警决定的。

由于这两次探监的经历，我才知道，原来有一种约会是不需要告知对方的。这种约会，我是主动的，他们是被动的，而且是不得不见我的。这是一种非常独特的约会。

约会还涉及买单的问题。不同的人际关系和不同的约会目的，决定了买单的方法，以及由谁来买单。

有一个普遍的规律，叫谁求人谁买单。比如，我想找某个朋友帮忙，请他吃饭，这顿饭当然就是我买单。如果他来买单，那就会让人觉得我不懂事。

另外，情人之间约会，通常一开始都是男方买单，在中国，这似乎是一个约定成俗的文化。当然，现在的年轻人，情侣之间也有AA制的了。

如果是更多的人约会，也可能是AA制。

至于被领导召见这样的约会，基本上都是在办公室、会议室里，通常就不涉及费用了。当然，你来的交通费你自己解决，领导也会给你准备茶水。

商务约会，一般是谁发起、谁主动，谁买单。

有时候，通过买单，我们也能看出一个人的状态，或者说咖位，尤其是在多人聚会的场合。地位高的人通常是不吱声的；而求人办事的，或者是这群人里的下位者，往往在大家没察觉的时候，就悄悄把单买了。如果聚会结束，你还在慌里慌张地掏钱买单，那说明你在道上、在商场、在社会上，地位还不是那么显赫。

敌人意外相逢的约会，谁来买单？

曾经看过一部电视剧，里面有这样一段情节：两个互相不对付的大哥在餐馆不期而遇。A大哥趾高气扬，吆五喝六，对B大哥一通嘲讽。等他吃完饭准备结账的时候，跑堂的悄声告诉他，B大哥已经把您的单买了。这个时候，A大哥一脸错愕，气势也跟着弱下来了。当然，B大哥的地位一下子就高大起来，也显得更强势、更自信了。

当然这是一种戏剧化的呈现方式，来表达人物之间的心理博弈。在现实中，买单的方式确实能反映不同人之间的地位高下。

另外，朋友聚会时，也经常会出现抢着买单的情况。这一般是熟人、朋友之间表达情谊和诚意的一种做法。

我们与人约会，总会实现某种目的，或者说获得某种收益。

哥们儿、朋友、同学、闺蜜、故人约会，吃吃饭、聊聊天，获得的是情感上的收益。大家的情感进一步加深，互相信任、依赖的关系会在一次次的约会过程中得到升华、沉淀。

过去几十年下来，我也有一群经常聚会的朋友。大家会时不时地聚一聚，吃饭、喝茶、聊天，天南海北地聊，有时候可以聊非常久，然后带着非常愉悦的心情回家。

我觉得，这种约会，带来了友谊的积累、情感的愉悦、知识的拓展、眼界的开阔。这种约会是最快乐的。

在现实中，还有很多目的性非常强的约会。商务上的约会都是想收获利益的。都希望通过约会，增进沟通与交流，进而推动事情的发展，比如推进项目，实现商业利益。

此外，我们是一个人情社会，很多时候，约会的目的就是要办事，而且往往办的是难办之事，要通过约会来请托，来交易。但在这个过程中，也存在一种文化上的陋习，或者说不好的地方，那就是一些关系不太熟的人之间，通过约会、吃饭，进行一些灰色交易。实际上就是把约会变成了一个交易，把不可变通的事给变通了，把原来不能办的事想办法办了，或把可以小办的事给大办，最终获得一些特殊的利益。

这样的约会目的性强，又伴随着灰色的交易，往往会给人招致一些特别的是非，而这些是非可能会毁掉约会参与者的一生。

在我们的生活中，约会不可避免。我们当然希望能够在约会时增进友谊，提升见识和眼界，同时也正常、正当地获取利益。而对于那些可能给自己招致祸端、让自己落入深渊的约会，一定要能躲多远就躲多远。

喝酒的逻辑

我本不喝酒。因为我父亲不抽烟不喝酒，只是读书，所以我从小就被"传染"了读书，但没有"传染"喝酒，当然也不抽烟。没想到做生意之后，几乎隔几天就会和酒打一次交道。酒成了一个不可躲避的"朋友"，一个特别的媒介。

如果说人与人交往时有很多媒介，我相信酒一定是其中非常重要的一个。其实，一开始我不知道这个媒介能做什么，直到有一天，我接到了王功权的电话。

那是二十五六年前的事了。功权在电话里跟我说："我已经喝大了。"

当时功权正在和一位汪总谈贷款的事。他告诉我："汪总跟我说，咱们想多贷，我就得多喝。现在是一杯一百万。我已经喝了将近十杯了，快扛不住了。你说还要不要再增加？"

我说："如果他说话算话，你就尽力而为。"

功权说："那我就喝倒。"

功权果然喝倒了。汪总也非常守约，在我们原来想贷的金额基础上，又按照功权喝酒的杯数，加了1000多万。

经过了这件事，我才相信，有时候喝酒真的是为了办事，而且还真能办成事。

之后我见到了这位汪总，才知道他和功权一样，也是东北人。我就想，喝酒能办事，或许在东北人之间真的可以。

遗憾的是，汪总太爱喝酒，伤了身体，后来，他在差一点到60岁时就故去了。

虽然过去了很多年，但这个事，给我留下了特别深的印象。

* * *

我不嗜酒，对喝酒的兴趣并不大，所以我没有功权那种因为喝酒办成事的经历，当然我也没有因为喝酒办砸过事。

但即便如此，有时候三五好友聚在一起吃饭、聊天时，如果没有酒，也会觉得似乎差了点什么，就好像有些喜欢抽烟的人，如果手上没有烟，就觉得好像说话都很困难。

所以我在做生意之后，在工作忙碌时，有压力时，和同事、朋友出去吃饭时，偶尔也会喝酒。

我印象最深的，而且算是喝出一点愉悦感的，是在1993、1994年的时候。当时刚创业不久，大家都很年轻，三十出头，对公司的发展，以及对未来都有很多设想，激情澎湃。

那时候我们住在保利大厦。我和小潘，还有几个同事，时常会到附近的一家餐馆吃饭。餐馆名叫"大嘴餐厅"，门口的匾额边上有一句很有意思的招牌，或者说广告语，像对联一样："大嘴吃八方，还是这里香。"后来这家餐馆好像被人收购了，改名为"这里香"，但当时它叫"大嘴餐厅"。

餐厅在保利大厦东边的一个胡同里。我们总是在晚上下班以后溜达过去，点几个菜，每人要一瓶"小二"，也就是一小瓶只有二三两的二锅头。

大家喝得非常放松，也没有目的性，几个人一人拿一个"小二"，一边聊天一边喝。这个时候，我体会到喝酒还是很令人愉悦的。

这是种怎样的愉悦？我很好奇，后来还专门去研究了一下。

原来，人在将醉未醉之时，血液循环加快，身上会出浅浅的一层潮汗。不是大汗淋漓，也不是只是热没有汗，而是身体有点潮湿，有一点润的感觉，就像是身体有一层浅浅的露水。此时，人的意识也是似清楚不清楚，人处在自觉意识和潜意识之间的一种状态，会有一种特别愉悦的感觉。

如果我们在主席台上说话，那个状态下主导我们思考的是自觉意识。当然会很紧张，脑子里会想出很多词来，同时也会考虑社会观感，考虑讲话内容在水平、道德、思想、观点等方面的观众接受度。所以，人站在主席台上说话，八九不离十，都不会出错的。

做梦，那就是潜意识。在梦里说话没人查，对错都只有自己知道。当然，自己也管不住。你管不住自己在梦里说什么，这就是潜意识。

喝酒喝到愉悦时，就是处在自觉意识和潜意识之间的一种状态。时而把心底的东西释放一点，时而又清楚，会考虑到周遭或社会环境的观感，把潜意识里想说的压制住一点。于是，喝酒到微醺时，血液循环加快，出潮汗，再加上这种意识状态，事实上就出现了一种和高潮反应非常相似的状态。

我曾专门看过一些资料，发现这种状态叫非性高潮。我们人类除了有通常讲的生理上的性高潮，还有非性高潮，也就是跟性没关系，但身体同样可以出现高潮特征的这种体验。

出现非性高潮的体验，其中一种就是喝酒。但是喝大酒喝倒了不行，刚开始喝也不行。喝到将醉未醉时，潜意识出来以后，这个时候就有了非性高潮。所以喝酒为什么愉悦，它会给人带来非性高潮的感受。这种感受令人愉悦，而且会上瘾。

总之，我在大嘴餐厅喝二锅头时，体会到了喝酒是可以令人愉悦的。

后来，也参加过很多酒局，包括一些所谓"高大上"的酒局，其实都唤不起我美好的回忆，只有那时候大嘴餐厅的二锅头让我一直怀念。

***

做生意的过程中，也参加过一些很尴尬的酒局，喝得很辛苦。

印象中，是在20世纪90年代的时候，我们到了山东的一个县里谈事。吃饭的时候，进来一位县领导。他一进屋，就让两个大汉抬了两筐酒，有啤酒，有白酒。

随后大汉出门时，直接把门给锁上了。然后领导就发话了："喝不完，不许出门。"当时我有点吓到了，但我又想，一屋子那么多人，又不是我一个人，估计能喝完。没想到，喝到后来不胜酒力，喝得反胃。

这本来该是一场愉悦的交往，却让我感觉到喝酒成了一种摧残、一种蹂躏，似乎是他要看着你难受，他才高兴。把正常的交往、喝酒，变成了摧残对方，把自己的愉悦建立在看对方的痛苦之上。这让我感到不适，心里特别排斥，想拒绝，但是我们也没什么办法，只能继续喝。

更夸张的是，后来，当我的一个同事坚决不再喝的时候，领导居然翻脸了，突然生气地对他的秘书说："张秘书，你怎么陪酒的？你给他跪下！"他要他的秘书给我们跪下，非要让我们喝酒。

这次经历让我感到，如果过分地劝酒，别人不能喝却非要让人喝，无异于蹂躏别人、奴役别人，是极不尊重人的。

这之后，我对酒的心态，由曾经的还有一些愉悦，变得特别警惕。喝酒的时候，只要有人灌酒，我就坚决不喝。我觉得一旦强行劝酒，喝酒的性质就发生变化了。他是在摧残你、奴役你、玩弄你，我就有了逆反心理。

***

当然,如果是自己选择喝大的,那就是另外一种情况,我们可以称之为"尽兴而归"。

最近这五六年,我也有过两次喝大、喝断片的经历。

一次是在青岛。当时和企业界的一些朋友在海边谈事情,大家一边喝酒一边聊,谈得很高兴,最后喝着喝着,啪一下子,我断片了。

也许是岁数大了,不胜酒力。一断片,不记得自己说了什么,也不记得自己做了什么。等到第二天醒来的时候,我发现自己在一个房间里,身上的衣服都没有了。我赶紧打电话问。他们说:"你昨晚上吐了一身,我们就把你的衣服扒了,给你洗了,晾在那儿了。"

我觉得非常难堪,然后缓一缓,一天不怎么吃东西,肠胃清一清,只喝水,慢慢缓过精神。但是回想起前一天晚上很尽兴,我仍然觉得很开心,不后悔。

还有一次是去延安参加一个活动。正式活动结束之后,我想听一听陕北民歌。当地的朋友带我去一个听歌的地方。听着听着大家就嗨了,一边喝酒一边跟着唱。我也喝了很多,然后断片了。

等我醒来,发现自己又在酒店的床上。再一看,衣服没脱,穿着衣服睡了一晚上。当时是秋天,穿得还挺多。这回还好,没吐,他们把我抬回来,扔床上就走了。

我醒来以后，感觉歌声还一直在耳边回荡，人还在那个歌声的情景当中没有缓过神来，也还是挺开心的。

所以，喝酒这件事情，我觉得应该自愿，这样才会彼此尽欢，而不应该强迫。

总之，我做生意以后，关于酒，还真是有很多经历和体会。我觉得酒变得像是一个朋友一样，时常伴随着自己。

＊ ＊ ＊

有一些人说，"好像不喝酒就做不成事儿"，这个看法我不赞成。因为我有一些很好的朋友，事业做得很成功，但他们不喝酒。

其中一位是王石。十六七年前，我们曾沿着"玄奘之路"，在戈壁行走。在那之前，他还喝一点啤酒什么的，在行走的过程中，到了喀什，正好赶上斋月，他说："我也体验一下，我就不喝酒了。"

当时大家以为他就随口这么一说，没想到他是认真的，从那以后真的就不喝酒了。到现在十六七年过去，王石滴酒不沾。有时候，在饭局上，大家都反复劝，他就拿起酒杯举一下，但他不喝。他不喝酒，但也没耽误任何事情。这也可以看出王石的自律，说不喝，就真不喝，一滴都不喝。

有时候我觉得这也不是啥原则问题，觉得有人劝的话，就少喝点。但他说："如果有人劝，我就少喝一点，别人就会认为我装,最后我还得多喝,所以干脆就一点都不喝。"

刘永好也是不喝酒的。我认识刘永好有二十七八年了,常见面常吃饭,但真是没见过他喝酒。不喝酒,不影响他把企业做得这么好。

所以我觉得,做生意和喝酒这件事,关系不大。你喝也行,不喝也行,这不是件绝对的事情。不是说只要去创业、做生意就一定要学喝酒。

不存在不喝酒就做不成生意,不喝酒就做不成事情。相反,我认为人的交往,最主要不是靠喝酒,还是要靠事情本身,靠你的价值观,你的诚意。谈生意,关键在于是不是互利,你的产品、你的服务水平是不是别人需要的,这些东西是根本。至于喝酒,只是用来调剂说话时的气氛。如果你能够运用别的方法来办成事,差点酒也不耽误事,没必要硬喝。

我也不觉得人必须要学喝酒。喝酒与否,是根据你的心情、性格和交往的具体环境,以舒不舒服来决定的。喝酒舒服,那你就喝,不舒服,那你就不喝。

* * *

在我们的现实生活中,酒似乎无处不在,酒的广告铺天盖地,酒企的股票也走得很不错,甚至有企业家做直播卖酒了。为什么会消费这么多的酒呢?这说明酒有某种社交属性。

虽然我把喝酒这件事看得比较简单,但是不少人都把酒作为一个重要的社交媒介。比如说，在一些比较"高大上"的场合，大家都要喝茅台，要上档次一点，这其实跟有些人要开辆好车、穿套好衣服、用个好的器物一样，来跟自己的身份进行某种互相证明。

于是，把酒做成一种媒介，在社交场合上带来话题，能让彼此更快地接近，让彼此放松，拉近距离。

酒酣耳热之后，原来不好张口的事，现在就可以张口了；喝酒之前，互相吹捧多少有点尴尬，喝多了，热闹话就可以随便说了；喝酒之前，低头求人觉得不好意思，被求的人心情上也不放松，喝多了之后，求人的话也更容易说出口，上位者应承时也更放松，而且说得信誓旦旦；甚至"我爱你""你爱我"这样的话都可以说得很直截了当。

有时候辟室密谈，也是找个包间，喝点酒，这是常有的事。当然，喝酒时谈的事情，多数时候未必都有那么大的效果，只是喝酒的人感觉会有效果。

有时候，会有人炫耀"我跟谁昨天喝了一顿大酒"，表明关系很好。但事情能不能都成呢？其实还是要看事情本身，而不是喝酒。实际上，酒场上说的很多事情，最后也不一定算，尤其是喝大了以后说的，八成都是不算的。

把酒当成社交的媒介，我认为前提还是要有真诚。非常真诚的交往，喝点小酒，调剂调剂说话的气氛，这是可以的。事办不成时，企图用喝酒，甚至是灌酒的方式把事办成，这种动机就有问题，而且多数时候也办不成，甚至会坏事。

※ ※ ※

酒也会带来一些很麻烦的事情。比如说,小说里的西门庆跟潘金莲的故事,他们就是通过喝酒,喝到最后,就搞上床,搞出事来了。

也就是说,男女之间的事,酒也是个媒介。但这个媒介背后,往往会有一些悲剧故事,浪漫故事偶尔才会有。

过去有一句很有意思的话,叫作"风流茶说合,酒是色媒人",也就是说酒后边往往是色。所以爱喝酒的人或者常常跟酒打交道的人,往往也会在色上掉入陷阱。

于是,有一些居心不轨的人,以酒谋色,通过喝酒来搞定他追求的对象,或者是陷害他追求的对象。所以在喝酒的时候要特别警惕。看看周围,大概判断一下大家为什么要喝酒,喝酒的动机是什么,以避免落入陷阱。

当然,酒还有一个特别之处,就是有礼仪和礼节的作用。比如说,国宴时,有祝酒词,要说为什么举杯,祝祖国强盛,祝友谊天长地久,祝来宾身体健康,等等。这种喝酒,就是借着敬酒完成一种正式的礼仪。我们可以看到,很多大型的正式活动,也会借酒来表达一种尊敬和祝福。

※ ※ ※

酒在家庭当中,也是一种调剂气氛的好东西。酒会增加亲近感。一些家庭，无论是逢年过节还是平时，会小酌两口。

尤其是过年的时候，全家人在一起，或者来了一堆亲朋，吃饭时总得喝点酒。这个时候就不存在谁强行灌谁，只是在喝点酒以后，大家的话会多一点，说一说一年的经历、成绩、遇到的问题，彼此之间互相出出主意，聊一聊家长里短。所以说，酒能增加家庭成员之间的情感交流，拉近彼此的心的距离。在家庭气氛当中喝酒，我觉得是很健康的。

前几天，我看到一个视频，很有意思。一个老爷爷和一个老奶奶，两个非常朴素的农村老人，都90多岁了，坐在那儿，也没有菜，各自拿一个小杯子，喝酒。视频底下有一条评论："这就叫相濡以沫，举案齐眉。"

哪怕一句话都没有，举起杯子碰一下，这时候情感的流淌和彼此之间心心相印的感觉与情绪都非常浓烈。也正因为如此，这个视频让人感动。有的影视剧，也会出现类似的场景。这个时候，实际上酒是次要的，人才是主角。

* * *

最近十来年，有了一个小时尚，许多人开始喜欢喝红酒。这没有什么不对，但是，一些人强调自己的专业性，过于强调酒的产地、价格这些东西，把喝酒变成了一个炫耀的过程。这种做法，其他人未必会感到愉快。因为这个过程中，真诚的东西变少了。

唯有情感真挚，言语坦诚，酒才能喝出感觉，才会喝得舒服，喝得尽欢。《三国演义》里有个故事，叫煮酒论英雄。虽然曹操和刘备的这场酒喝得跌宕起伏，"说破英雄惊煞人"，但始终在彼此猜疑、试探，就很难说是一场宾主尽欢、彼此愉悦的酒局。

总之，但愿不喝酒的人，能远离劝酒的困扰；爱喝酒的人，喝好酒，把酒喝好。

送礼的逻辑

礼物和我们的生活很密切,我们都接受过礼物,也送过礼物。不同的人对礼物有不同的理解。十几年前,我读过一本书,叫《礼物的流动》,是一名社会学家的博士论文。这本书的作者做田野调查的时候,住在一个村子里,专门研究礼物在这个地方的流动,然后根据调查结果,结合其他的研究和人类学的文献,写出了这本书。阅读这本书,我明白了送礼的逻辑。

《礼物的流动》这本书讲了什么呢?我把它拆开来重新组织一下,它大概就讲了6件事:第一,什么是礼物?第二,为什么要送礼物?第三,礼物怎么送?第四,送礼物的过程中有什么潜规则?第五,送礼物有什么额外好处?最后,这本书还讲了礼物当中的一个特别形态——彩礼。

什么叫"礼物"?从比较严谨的定义来讲,"礼物"实际上是礼节的载体,我们通过礼物传达一种意见、一种情感,乃至一种观念。它不仅仅是个普通的物件,它有着很丰富的内涵。

比如谈恋爱的时候,你送对方一件礼物是为了表达爱意。但在另外的时候,你送给敌人一把匕首,是为了表达恨。都是礼物,表达的感情和含义却不一样。

一般来说,要满足三个条件才叫礼物。第一,要表达一个清晰的意见,你是尊敬他、喜欢他、想接近他,还是烦他。礼物的这个意义得是清楚的。第二,它是一个物件。第三,这东西不能太贵,贵到一定的程度就不叫送礼物,叫行贿。

关于"礼物",其实一直都存在争论,争论什么呢?大家觉得礼物有两重性。对送礼者而言,礼物具有单向性,也就是说礼物只表达送礼者单方面的情感意见,但同时,它又有一种潜在的"心理交换"的意思,礼物给出去以后,送礼的人似乎还期待着被回赠点什么,可这个"交换"又不同于商品交换。

首先,礼物没有办法明码标价。比如说我给你买了一个10块钱的礼物,你要回给我的,不一定也是一个10块钱的,可能"滴水之恩,涌泉相报",也可能什么都没有。而这个事情还不能明说,只是心里有这个期待,不知道具体会给多少。

其次,礼物没有等价的即时性,回报的时间不确定。礼物的交换不是说马上就要进行,也许是下一刻,也许是10年后。

最后,回报的形式也不确定。我收了你的礼物,是回你一份礼物,还是帮你办个事、给你钱呢?都不确定。

于是,礼物就有了这样的两重性。它一方面是正常的礼仪,表达尊敬、想接近、爱慕或者仇恨的情感。另一方面,又有对回报的期待,情感的回报、价值的回报或利益的回报。这两方面是合在一起的。尤其是送大礼的时候总是会抱有期待,比如我们一听到有人落魄的时候往外送烟送酒，就知道他这个时候送礼物的目的性很强，送了就是要回报。这个礼物也叫礼物，只是目的性更强。而人在平顺的时候、心情比较好的时候送礼物，送了就送了，不太讲究这些。

我们为什么要送礼？通常来说，送礼物很重要的一个原因是维持关系。要维持的关系可以分为两种。一种是血缘关系。包括与生俱来的血缘关系，也包括结婚、嫁娶以后的血缘关系。比如说晚辈经常去看望老人，送点礼物。这种情况下，晚辈并不指望老人什么时候还礼，这就是纯粹的情感。

某种程度而言，这种关系中，送礼是互相尽义务，老的照顾小的，小的照顾老的。很多时候并没有太多含义，但是关系要通过送礼维持，如果一直不送，关系就会越来越远，甚至到最后相互不联系了，所以这种送礼是一种义务。

另外一种是非血亲关系。一个人走向社会以后，血亲以外的关系越来越多，同学、同事、朋友、朋友介绍的朋友，或是聚会又认识了更多人，关系越来越多。就需要从中筛选出哪些人需要强化某种关系，逢年过节怎么送。时间久了，自然就会有一个送礼物的名单了。

其实送礼主要的目的就是加强非血亲的关系。我认识一个文艺青年，他可能不在乎对方的回报，觉得人家好就送礼物。但是有些商人就会考虑，这人有用，那人能办事，那就送个礼。也就是说，人在加强自己的社会关系时，会根据自己的人生态度、价值观，以及要办的事、所处的人生阶段，给非血亲关系的人送不同的礼物。

我们送礼物,是希望血亲关系稳定,非血亲关系得到强化。需要注意的是,强化这种关系的表意方式和载体得选对。比如说男生向女生表达爱意,城市里的方式很简单也很明确,送束花,意思就是"我喜欢你"。但是比如,来一个乡下小伙子,牵头牛到姑娘办公楼底下。牛也是礼物,而且肯定比花贵,但是这个姑娘一看到小伙子牵牛来,觉得在同事面前很没有面子,心想怎么认识这么一个笨蛋,然后就对他说"赶紧走,赶紧走"。小伙子心想:"我这牛可比那束花贵啊,你怎么还这样?"这就是他表意表错了。

所以,送礼时,这几点一定要注意:第一,不要太大;第二,要有用;第三,表达的含义要特别清楚。

送礼一般是在什么情况下送呢?有两种场景或者说形式。

一种是公开的,比如两个国家之间送礼物。我看新闻说中国送给日本一对朱鹮,这就是公开的送礼物。

另一种比较复杂,私下送。一对一的时候怎么送?比如说,你去办个事搞不定,你想送礼,肯定不会在办公室送,一定是在对方回家后,或者是在路上的时候拦着他,偷偷地把东西给他。这是一种非常有意思的送礼方式。在这种场合下的私下送礼,"你对我的关照我心里有数,我给你一个礼物",彼此都能够会意。但是这种情况如果是和权有关,走了极端以后就容易变成权钱交易。如果是和私下的其他利益交换有关就容易变成行贿,这是很危险的。

也就是说，送礼和行贿之间有一个边界。越私密，送的礼越重，礼就越容易变味。礼不会太贵，几百块钱，上千块钱了不起了，但行贿就不会是这个数，是很大的数。由此可见，送礼也有很多讲究和学问，不同场合、不同氛围、给不同的人送东西都需要注意。礼物送得对，对方才能够感受到尊重或者是体贴。

此外，送礼有很多规则，比较累人。比如，得反复送。过去我们叫"礼尚往来"，逢年过节就得送。彼此礼物来来回回的，价值也差不多，这就是一个规则，虽然没说出来，但是大家都默认了。另一个规则，叫送礼的因果不要改变，一改变因果，人际关系就会发生错乱。还有个规则是要回礼，这个很有意思。在中国，送礼是一套活，这套活你得把它做全乎了，逢年过节都是这点东西。就像《礼物的流动》里讲到的，就那么几样东西，在村里转来转去。

我们在前面讲了，送礼这个事主要是要强化人际关系，关系在中国是用来干什么的？往往被用于搞特殊，用来不按规则办事，关系越熟越不按规则。所以在人际关系中，送礼会带来额外的好处，一是可以沾光，二是可以有面子。

这两件事情会让我们发现，面子和关系有关，礼物又强化了关系，所以关系、礼物、面子、人情，构成了中国人的"生存文化"。人们在交往的过程中，一旦有面子、有人情、有关系了，就有例外，有了例外就不按规则办。只有到了没面子的时候才开始按规则办事。为什么我们的很多规则难以通行、法制难以有效地推进？很大程度上就是因为这套文化，大家也弄不清哪个对、哪个不对,反正大家都这样,累得半死,最后效率还很低,都为了例外或"变通"。

《礼物的流动》里还讲了一个特别的礼物,就是彩礼。不光在中国,在很多国家都有这样的现象,婚嫁的时候,男方要给女方一个很大的彩礼。

这个东西是干什么用的呢?在旧式婚姻里,彩礼一方面是表达尊敬,但是更主要的是通过彩礼交换了"奴役这个女人、指使这个女人做家务和繁衍后代"的权利。在旧时代,女人一旦嫁过去,基本上不存在离婚,得生孩子、干一辈子活。所以某种程度上女方家要一个大彩礼是有道理的。

而女方家给的礼物叫嫁妆。嫁妆是什么意思呢?就是说这个礼物是给婆家这个家庭的,不只是给男方父母的。过去子女是父母的附属品,婚嫁都是父母做主,所以是跟父母做生意。嫁妆是爱惜这个女儿,它代表女方家里的意思,跟男方父母没关系。

都是礼物,但是它们有区别。给了嫁妆并不要求回报,但给了彩礼是有回报的,就是女人的劳动和生儿育女。

在乡村里头,评价一件婚事有没有面子,通常都有一个标准。很有意思,这个标准不是看彩礼而是看嫁妆。如果说女方父母收到100块钱彩礼,全部给了女儿做嫁妆,这叫送姑娘。女儿要送,这是最有面子的,基本上都是家里头条件好不差钱,对女儿好的才会这么做。第二种是父母收了100块钱彩礼,留了30块或40块,把其余的60块或70块给女儿做嫁妆,这叫嫁女儿。第三种,父母把收的100块钱全留下了,一分钱嫁妆没给,这被称为"卖女儿",就很没有面子。

所以这本书里写过去乡村社会的婚礼,彩礼和嫁妆最后变成了男方家长和女方家长面子的较量。乡村社会的彩礼制度又一次证明,人们在人际关系当中很强调面子,面子代表了被尊重的程度。

不只在中国,在其他亚洲国家,比如在日本、韩国都是这样的,送礼是很重要的一件事。人一生当中会面对无数多的人情问题,可能会因为一次礼送对了而一生受益,也会因为礼物送错而搞砸了事情。

当然,现在社会更开放了,人与人之间的关系也在弱化,不像以前的农村这么强,这就让送礼的形式发生了变化。随着互联网的发展,发个表情都是人与人之间连接的方式。逢年过节也不一定大老远去送礼,发一个红包,或者网上买一个礼物,快递小哥就给送过去了。

但是不管怎么样,万变不离其宗,人的交往需要一个媒介。通过礼物这个媒介,我们才在非血亲关系之间建立起紧密的联系,然后强化,互相给面子、互相沾光,最后游刃有余地立足于社会。

面子的逻辑

从小就听大人唠叨"谁和谁又怎么样了"。你与我、他与她的关系中,会带出一个词叫"面子"。但是小时候不懂什么叫"面子",所以总是不知其所以然。

长大以后发现,无论是在学校还是去经商,无论是办公事还是谋私事,在各种场景中,人们总会说"和气生财",要和别人搞好关系,要人缘好。这中间夹杂着一个出现频率极高的词——面子。

"面子"这个词很多人说,这个东西在我们的生活中像货币一样流通。你给我面子,我给他面子,他又给你面子。老张给老李面子,老王给老马面子……这个"面子"的流通让人和人之间一团和气。

可见,要紧紧抓住中国人精神世界中的"面子",才可以打开一个人的心门,从而在实际的生活中变得更加游刃有余、进退裕如、左右逢源。

我们和人交往、做事情,尤其是在中国文化中做事情,一定要懂得"面子"这件事，不懂，就容易被认为是低情商。

我曾经看过一些19世纪末、20世纪初在中国的传教士写中国的书，发现很有意思，大部分书的第一章都不约而同地谈"面子"。可见当时的外国人在中国，最搞不懂的就是"面子问题"。

我有一段特别有意思的经历。10多年前，我们公司请一个美国人来做管理。这个美国人曾经在老挝参加过战争，回到美国之后从事商业活动，最后到了我们公司做商业管理。为了融入中国，他特别认真地研究了中国文化。

有一天，他非常隆重地约我见面，说只需要占用我一分钟的时间。我说："美国人果然很有效率，一分钟你要和我谈什么？"

他说："我就问你一个问题：为什么所有人都在冲我笑？我都不知道谁是我的敌人了。"

我当时就乐了，说："你的意思是不是说，因为所有人表面上对你都很客气，他们按照中国人的方式在给你面子，但是你却不知道他们真正的意图、意见、想法、动机是什么了？"

他说："没错，我到公司之后，发现所有人每天都对我很好，但是我不知道他们真实的想法。如果这就是中国人做事的方法的话，那我没办法做下去，我要辞职。"

一个外国人被给足了面子之后，反而陷入了窘境。中国人这种复杂的交往模式，外国人经常会搞不懂。他们会觉得中国人都非常友好，彼此尊重，互相见面都会拱手作揖、笑脸相迎，因为中国人有句话叫"伸手不打笑脸人"。把这叫"懂规矩"也好，叫"顾全大局"也好，总之大家都表现出一副一团和气的样子。

但这种状况也常常会让人误判，忘记了真实存在的利害关系。经常出现的一种情况是，你尊重了他的意见，给了他面子，而他却不给你面子，结果导致误解和冲突，最后撕破脸、互掐，演变成一场纷争。

我们公司曾经还有另外一个外国人，他和公司发生了纠纷，自己处理不了，于是他想捞点好处之后就离开。他辗转通过别人告诉我，说要请我吃饭。我说："吃饭就不必了吧，我们就有事说事。"结果他说："你们中国人不是要先吃饭才能办事吗？"我心生好奇，虽然觉得这个老外没搞懂中国人的套路，但还是答应了。

在饭桌上，他说了他所有的想法和要求，眼巴巴地看着我，希望我能同意。最后我告诉他，大部分要求我还是不能同意。他突然有点生气，面有愠色地说："中国人不是吃了饭就可以办事了吗？为什么你吃了我的饭，最后又不答应了呢？"

我也乐了，我说："你邀请我吃饭，我愿意来是给你面子，但不等于要答应你所有的要求。因为你想要得到的利益，比这一顿饭要重要得多。"

"面子？好复杂啊。"

"那好吧，为了让你更有面子，今天我来买单。"

"这又是为什么？"

"这样你就可以和别人讲，是董事长请你吃饭。"

结果他说："太复杂了，太复杂了。我们还是按美国方式来吧，我就是希望公司能满足我的这个要求，如果不能满足的话，我就找律师。"

那么，让我的这两个外国同事搞不懂的"面子"，究竟是什么呢？

大家知道，陕西有五千多年的历史，陕西人特别重视面子。其实越是传统的社会、乡土的社会、封闭的社会、古老的社会，面子越重要。

陕西人对面子的解释，我觉得特别实在，也特别准确。陕西人解释面子，就是"你把人给尊重一下"。

这个"尊重"，说的就是"面子"，"面子"文化的核心其实就是尊重。

在交往中，要使对方感受到更多的尊重，我们就要说一些套话，还有一些套路，以便最后达到目的，这是中国人的交往中非常重要的一部分。

在交往当中，你抬高别人，别人就会尊重你。

怎么抬高别人呢？最直接的方式是吹捧，赞美他的能力、财富、美貌，然后赞美他的孩子，这都是抬高别人。还有一些法子，比如降低自己。要是实在没法吹捧对方了，就通过降低自己间接达到吹捧对方的目的，让别人感觉到舒服。

不仅如此，为了表示尊重对方的意见，而选择放弃自己的意见，或者通过实际行动带给对方一些实实在在的利益，从而使对方获得一种被别人赞赏、尊重的优越感。这样一来，就在很大程度上满足了对方的自尊心、虚荣心。

当然，尊重别人的时候，手段得是合情合理合法的。行贿也是给人面子，但就涉及违法乱纪了。

我问过外国朋友，"面子"这个词他们怎么翻译。他们的翻译如果再直译回汉语，就是：你的行为使我备感尊荣。

总之，在我们中国人的语境下，面子实际上就是人与人在交往时，尽量给别人尊重。

那么，互相尊重、给面子，有什么用呢？作用在于交换，或者说驱使与被驱使。

中国台湾社会学家黄光国教授写过一本书《面子——中国人的权力游戏》。这本书里，他就专门研究中国人的文化、心理特点，研究人和人之间的关系，以及研究人和人之间怎么驱使和被驱使。

什么叫驱使？我让你办一件事，或者求你，你得答应、必须办；或者是你交代给我一件事，我不能拒绝，这就叫驱使。这个驱使、被驱使的游戏规则，也是一种"权力游戏"。这里的"权力"不是公权力，而是我们老百姓之间私下的潜规则当中的一些权力，主要就是让人办一件事儿，怎么样能够不仅让人把事给办了，还办得漂亮。

比如找我办的事，最多的就是买房子想打折。我就得权衡，打几折。甚至有人问我："我给你打这个电话，值多少钱？"这很有意思，就是把面子和钱数挂钩，等于说这个面子就值了多少钱。但是事后的结果是什么呢？我们从客户关系的维护上发现：给面子越大，闹事就越厉害。

大家觉得奇怪，我也开始琢磨为什么会这样。他因为有面子，占了便宜，所以就上瘾了。他不懂面子是要"储蓄"的，是会用完的，小区里一有事，就打电话，永远在用面子。我给了他一次面子之后，他闹事就变得很厉害，这时他的面子在我这儿就没用了。

那么"面子"是怎么形成的？按照黄光国教授的说法，面子是建立在人和人的关系基础上的。所以要想把面子搞清楚，就一定要搞清楚人和人之间的关系。这种关系包括三类。

第一类叫工具性关系。所谓工具性关系就是生人之间的关系，比如我找你打扫卫生，我给你一笔钱，这是工具性关系。在这种关系里，我不用吹捧你，你也不用赞美我。

第二类叫混合关系。是半生不熟、时生时熟、时热时冷的关系，同学、同事、邻居、前妻、前夫、前女友、前男友，这都是半生不熟的关系，也即混合关系。关系密切的时候就是最好的时候，比如说谈恋爱的时候，那面子能给到极致，要啥都给。突然有一天翻脸、关系变差，就回到了工具性关系。

第三类关系叫情感关系。家族、父母、子女。和父母、子女、兄弟姊妹的关系改变不了，这种情感关系会伴随人一生，而且说的事多数不能拒绝。这种关系里，人际关系最紧密、持久，是安全性很高的关系，但谈不上太多的面子不面子。

这三类关系中，在我们的"人情困境"中，最难处理"面子"问题的，是第二类关系，混合关系。关系不同，处理时给面子的分量就不一样。第三类关系里，给不给面子，你妈都还是你妈；第一类关系中，给不给面子也都那样，比如说美国人谈生意,往往都有律师,都是生人规则。法律是什么?法律是生人法则。道德是熟人法则,面子更加是熟人法则。

在第二类关系中,人们在什么情况下容易给别人面子?在面子背后,有功利的计算,答应帮别人办一件事的时候,人们往往会拿捏付出和回报。所以往往是在觉得有更大的潜在回报的时候,人们容易给别人面子。同时,成本要特别低。如果成本很高,或者说看不到回报,这时候人本能地趋向于不给面子。

另外,人们会去看"求我"的人是谁。假如说现在有一个很牛的人找来,哪怕没有回报,也可能给对方面子,因为可以到外面炫耀:"这么牛的人都来找我了。"这也是一种回报。

所以,给不给面子,一个是利害的算计,一个是看对象。为什么我们常说"人情冷暖"?当一个人落魄的时候,面子几乎为零。我做生意之前在体制内,单位有一个司机,经常拉我。刚开始做生意时,我很落魄,有一次又坐他的车,他把我拉到政府门口。我说:"我还没到呢。"他说:"你已经不是领导了,我只能拉你到这儿。"后来我们公司发股票,他来找我。他忘了自己不给我面子的事情,来找我希望我给他一个面子。我当时觉得挺窝火,但想一想,算了,还是给他个面子。

这样说来,面子也随着对方重要性的变化而发生变化。如果人一直落魄,到哪里就都没面子;如果很牛,找谁都会给你面子,别人也会找来,希望你给个面子。

也就是说,在人一生当中,永远都不要去算你的面子给谁不给谁,也不要去算计面子当中的利害得失,做好自己、拥有更大的成长性时,你的面子自然就有了。

当然,我们中国人交往中的这套虚辞,其实损失了很多效率。但是,如果按照西方的方式,直接通过律师来处理问题,虽然可以提高效率,但在中国文化的环境里,会觉得彼此之间的相处非常难堪、非常痛苦。

所以,处理事情的最高境界,是"既有面子,又有里子",名利双收。这是我们的文化所能接受的最理想的状态。

其实每个人每天都要面对大量的利益关系、人际关系,这种复杂的关系交织起来,都被"面子"操控着。要创业,但不懂得"面子"的哲学,在与人交往时就会显得很笨拙。

古人说:"世事洞明皆学问,人情练达即文章。"所谓"人情练达",就是能在"面子"之间游刃有余,在"面子"和"里子"之间找到一个巧妙的平衡点。

鲁迅曾经说过一句非常深刻的话,大意是:面子是中国人的精神纲领,就像头上的辫子,抓住了"面子"就抓住了辫子,他的身体就会跟着过来。可见,要紧紧抓住中国人精神世界中的这个"面子",才可以打开一个人的心门,从而在实际的生活中变得更加游刃有余、进退有度、左右逢源、无往不胜。

吃醋的逻辑

日前,为了讨口好吃的,我专门去了一家特别的川菜馆子——"天下盐",老板叫二毛。

本打算去过个口瘾,吃点麻辣菜,没想到坐下来聊天,老板二毛却大谈起酸,谈起醋来,这让我始料不及。一开始,是我向他请教做川菜的诀窍,他说:"你们都知道辣和麻,却忽视了川菜的一样重要调味品——醋,比如宫保鸡丁等菜品,全都是要靠醋来调味的。"我特别好奇,就继续请教,知道了一些和醋有关的故事与知识。

中国的很多事,只要提起来,一定要说"古已有之"。醋也不例外。关于醋的起源,一说是在西周,一说是在春秋。传说最初,雨水落在马槽里,一些物质发酵,最后出来一种味道,人们开始有了"酸酸的"这样一种味觉感受。之后,人们又逐渐地把承载这个味道的东西作为一种调味,于是有了醋。

不论是西周还是春秋,都是两千多年前的事了。两千多年前,古人的舌头上开始有了酸的感觉,"甜、酸、苦、辣、咸",

酸算是一种比较早就有的味觉。

当然,人们不可能永远喝马槽子里自然生成的酸味液体,《齐民要术》等一些典籍里,总结了汉代人做醋的方法。"醋"这个字的写法,其实就和它的制作工艺有关,做醋得 21 天——"醋"这个字的右半部分,表达的就是这个意思。

醋在饮食中的地位非常清楚。绝大部分时候,醋是一个配角,不管什么样的菜,只要放点醋,它就能调味。做鱼,放点醋可以去腥;炒土豆丝,炒豆芽,最后都要来一小勺醋。它不是主味,它是调味,调别人的味。什么叫调味呢?没它也不是不行,但有它更好。它的存在使主要的角色变得丰富,变得高大,甚至完美起来。比如调甜,糖和醋在一起,我们称之为糖醋。没有醋的话太甜,有了醋,这个甜就变得曼妙起来,甚至让人感觉这个味道中的糖,和传统的糖、一般的糖居然不一样了,身价提起来了。

人在社会中也是这样。我们年轻的时候,在组织、单位、企业,在社会里的存在,也只是一个"调味品"。我们调了什么味呢?我们初出茅庐,难免有许多青涩的地方,我们会犯错误,会做傻事,会冲动,但这些,也许在某种意义上是创新的动力。而且我们的酸涩,也正映衬了成熟者的周正、稳妥,年轻的我们正如醋,没有我们这坛醋,衬不出别人的甜。

各种配角里头,醋是最重要的。当然了,在一个组织当中要演好配角很不容易,要是你没演好,演砸了,你就不是"醋",而是"咸",是"辣",也可能是"腥",甚至是"臭"了。行走在社会中，我们得去演好配角。有的时候，我们得做好二把手、三把手乃至群众的角色，然后反衬出主角，反衬出红花，反衬出美女，反衬出明星。我们看电视剧，配角其实就是个"醋"的角色，没有它好像也行，有了它主角更牛。

有些人，比如一些大学毕业生，刚步入社会开始工作，为了功名强出头，不愿意经历一段时间来做"醋"的角色，上来就想"甜"、想"咸"、想"辣"，就要自己做主角，这样做往往会和社会原有的秩序发生冲突，自然会受到打压和排挤。

回想起来，这顿饭吃完，我可是长了学问了。人生何处不吃醋？人生何时不吃醋？吃醋乃人生第一大学问。你想要做好大哥，做好领导，先要学会做"醋"，先要学会做配角，先要去衬托别人，先要去抬举别人，先要去赞美别人，先要去举荐别人，先要去支持别人，先要去让别人成功，然后自己这罐"醋"才算尽到了责任，才算演好了配角。

说到醋，我想起"打破了醋罐子"这个说法。"吃醋"这事儿是说男女关系的。这个典故来自房玄龄的故事。唐太宗想笼络大臣，要为宰相房玄龄纳妾，遭到房玄龄夫人的反对。唐太宗赐下一杯"毒酒"，让房夫人在喝"毒酒"和纳小妾两件事里，二选一。房夫人宁死不低头，端起"毒酒"一饮而尽。房夫人含泪喝完后，才发现杯中不是毒酒，而是浓醋。

唐太宗用赐一杯醋的方式，褒奖或者说调侃了房夫人的委屈、不满，那种急劲儿，那种有点着急又蹬鼻子上脸的心理状态。这件事后来在民间不断地传来传去，就变成了描述男女关系的一个特定用语，叫"吃醋"。

当自己的心爱之人可能要被别人撬走，或者是当别人对自己的心爱之物表示出羡慕并企图占有时，一个人所表达出的不满，可能心头酸酸的，但又没有强烈到要死要活的程度，这就是吃醋。

从这个角度来看，吃醋的过程，有三个要素很重要。

第一，要发生吃醋这件事，最初的两个当事人一定有一个共同的利益和情感关系，或者是虚幻的共同体关系。比如说夫妻，就是特别直接的利益、情感共同体关系。有些时候并不只是夫妻关系，这种关系会放大到你喜欢的一个东西，或者移情到一个物件上，比方说宠物。总之，你的情感投射到某个人、某个动物，甚至物体上面，产生了一种泛化的连接和精神、情感层面上的虚幻的共同体的感觉。这是吃醋的前提。

第二，当你建立起这样一个共同体的感觉后，哪怕是虚幻的共同体，有另外一个人插入，他也表示出强烈的喜欢，并且企图从你身边把你喜欢的人、物拿走时，你会产生一种抵触心理，感觉到不高兴、难受，甚至别扭、恶心、生气、不满……你产生这样一种情绪和表达冲动，这个时候，就是醋劲儿来了。

第三，你得表达出来。你光内心有醋劲儿还不够，既然叫"醋劲儿"，这个"劲儿"就得表达，比如说摔盆子摔碗，或者猛地一下把门关上，给别人脸色看，或者是突然之间丢出一句不轻不重的话，甩个脸子。表达的目的就是让闯进来的这个人看到、感觉到你的不满和反感，然后退却。

不光是人类，动物之间也会表现出醋意。比如，一只母猫在给小猫喂奶，这时候来了另外一只动物，试图把猫妈妈拉走，这时候大猫小猫的连接关系会被破坏掉，于是小猫产生醋意，叫两声，或者拿小爪子挠一挠。

"围观"这个过程，我们可以想象出这样一幅画面：其乐融融的夫妻、朋友，或者你跟宠物、跟一个物件的关系处在非常美好、平静、祥和的状态的时候，突然有第三方插进来要破坏这个结构，甚至要把你爱的人或你喜欢的东西挪走，把你们的关系撕破。这个时候，你当然会表达出一些小小的不满和些许的难受，并在言语上表达小小的抗议，或者在行为上表达出一种反对，这个过程就是吃醋。

吃了一顿饭，我把"吃醋"这件事的逻辑也给弄明白了。

我发现，吃醋本身还有点小美好，比如刚才描绘的这些小场景和这些表达方式，都挺好。但在生活当中，很多事情都不是这么简单。不少人在表达吃醋的时候，并不止于言语，或者摔个门、瞪个眼，而是会把不满的表达进行升级。升级以后叫什么呢？比吃醋更高一层的叫嫉妒。

所谓嫉妒，就是说，你要的东西别人想要拿走，你要表达不满，不只是表现在言语上，而且会直接采取行动，可能出一些阴招损招，破坏对方的行动。这个破坏，甚至包括挖坑、造谣，或者找人抽他俩耳光，把他的车给砸了……总之，嫉妒是吃醋在坏的方向的一个高级形态。吃醋是浅浅的表达，而嫉妒，是大家都想要一个东西，而你觉得应该属于你，却被对方占有了，然后你用强烈的手段进行回应，特别是采取低级趣味的、阴暗的手段如造谣、诋毁，或在金钱财物上打击"情敌"，甚至是在身体上伤害对方。在表达方式上，嫉妒与吃醋非常不同。

如果你有了嫉妒的情绪却不管控，往往会造成很严重的后果，比如说致伤、致残对方，甚至剥夺对方的生命，或者摧毁对方的事业，或者彻底破坏对方喜欢的东西，或者彻底毁掉大家都在争夺的某样东西。这样的表达就超出嫉妒了，变成了一种仇恨的表达，变成了"有你无我"，或者玉石俱焚，同归于尽。

显然，失控的醋意有可能变成嫉妒，而失控的嫉妒可能变成仇恨甚至暴力，这是特别危险的一件事情。人类社会中，在任何时候都会有人吃醋，因为总会有值得吃醋的地方，但是要加以管控这种情绪，避免它朝着仇恨与暴力去癌变。

吃醋会不会有良性的结果？也有可能，吃醋有时候会转化为一种良性竞争。比如说有个好东西，你想要我也想要，那怎么办？我更努力，我做得比你好，我通过做得更好来留住我原来想要的东西。

我有个朋友的事就很有意思。他再婚以后，新太太打听到他前妻做面条做得非常好，而且即使离婚了，逢年过节仍然到前婆婆那儿去做饭，前婆婆非常喜欢。一次，新太太到婆婆家，婆婆尝了她做的面条，就说，你做的不如谁谁做的好，也就是说她做的面赶不上前任。她有点郁闷，当然也有点醋意，回来就跟老公聊天，言语中打听前妻做面条的诀窍，然后不断地练。终于有一天，她跑到婆婆那儿去做了一碗面，婆婆突然间觉得这面很好，不比前儿媳妇做的差，连说了几个"比她好"，这下她就释然了。从此，婆婆喜欢上她做的面了，前妻也就不再去那儿了。这是良性的竞争关系，让这个朋友的现任妻子跟她的婆婆建立了新的连接，婆婆也就接受了这个新的儿媳妇，现在，这一家人过得很幸福。当然，这碰巧是一个婆媳的故事，主角换成翁婿也是一样。

生活就是这样，我们可能会对同一个事物有共同的追求，但是在共同追求的过程中，我们是把醋意转化为嫉妒，转化为仇恨，还是把醋意转化为一个小小的良性竞争，从而保护大家都想要的事情和情感氛围，让这个事情不仅得到维持，还能够朝好的方向有所发展？这需要人生智慧。

说到这儿，醋已经成了我们生活中一个特别好的朋友。醋意无所不在，但是控制醋劲儿是我们的责任。我们不能任由自己内心的醋瓶子倒了以后，让恶意无限蔓延，造成破坏，甚至引起更大范围的骚动。我们应当做一个开开心心的人，有一点浪漫的醋意，有一点温馨的醋感，让我们的生活滋味多一点，生活状态轻松一点。

痛苦的逻辑

人生总有很多痛苦。我们可以感受到痛苦，但往往并不自知，不知道自己的痛苦是从哪里来的，不理解痛苦为什么偏偏找到自己，使自己陷入一种进退、生死、是非的旋涡当中。这是生命中特别负面，有时候甚至会毁掉自己的一种状态。

然而痛苦是与生俱来的。实际上，人类自从直立行走以来，不论是作为群体，还是作为个体，必定要经历某些痛苦，没法逃避。

我们不想经历痛苦，我们希望快乐、自由、富足、舒展、被爱，可这些恰好就是痛苦的反面。

佛家专门从"苦"的角度解释我们的生命过程。佛家认为苦分为两类。

一类是身体的苦，生老病死。生命的过程，总会面临很多苦。生的时候，弱小，很容易因为自然或者外力的原因死掉，这是苦。老当然也是苦，病更是苦，死虽是苦，但是也离开了苦，离苦得乐。

另外一类是生命状态中的行为的苦。这一类苦又包括三种。一是怨憎会,你和某个人有怨,互相憎恨,却还老见面,这是苦。二是爱别离,相爱的人不能在一起,或者是被外力分开了,这是苦。三是求不得,你有一个欲望,你很想要一样东西,可是因为种种原因,比如你可能没钱,或者说你被限制了自由,你没办法满足欲望,没办法得到想要的,这也是一种苦。

当然,我们知道,人经历的痛苦,其实并不止这些。

人是有思想的动物。大脑这个器官在持续地工作,进行判断、推理、感知、表达,大脑在运转的过程中,人在精神上就会感知到很多苦。

除了生、老、病、死、怨憎会、爱别离、求不得,还有很多状态、行为让人苦,比如,没解释。一个人,一旦在很多事情上没有解释,就会陷入矛盾、悲悯、焦虑,甚至绝望。没有解释带来的苦是一种特别的苦。有些人很豁达,原因就是,在面对很多事情的时候,他们能够坦然接受,而且能够自洽,有解释。

举个例子来说。

为应对考试,你费了很大的劲。和同学相比,你更聪明,下了更大的功夫,结果你没考上,一些不用功的同学考上了。你会嫉妒,会有不满,也不知道该怎么解释这个事。最后,家长可能会安慰你说:"是你太重视这场考试了,过于紧张,导致发挥失常。下次放轻松点就没问题了。"这样一解释,你的痛苦或许就没有了。

但是,还有一些事是没法以常理解释的。比如说,有的人一生当中总是会遇到很多悲惨的事。比如生下来就缺一条胳膊，然后被父母遗弃，好不容易活下去，磕磕绊绊长大，立业成家，在青壮年正有力量的时候，又得了癌症，无钱医治，还被家人嫌弃，然后在病榻上苟延残喘。

面对这样一连串的不幸，他很难解释，然后就痛苦。最后只能找到一种解释："这就是我的命。"归结为宿命，意味着"这个事不怪我，而是上天的安排"，他接受了这种解释，也许就释然了。

在现实生活中，有些时候，由于组织内部的人际关系处在一个固定的状态，以及一些伦理关系、法律关系不能逾越，造成一些事情得不到解释，或者说，在旧的解释里，人会陷入矛盾、冲突、痛苦之中，唯有得到新解释，人才能从痛苦中解脱出来。

这样的事，最常见的是民间的捉奸行为。按照过去的道德来解释，人们会天然地认为原配打小三是天经地义的行为，在这种观念下，小三是一个过错方。

如果换一个解释，也可能是一个渣男骗了两名女性，原配和小三都是受害者，那么原配也就不会去打小三了。这就是有了新解释以后，人的行为由此发生了根本性的变化，冲突变成了和谐，你死我活变成了相互理解，甚至能开辟新的合作和生活。

在现实生活中，我们每天都有可能与他人发生矛盾。在网络上，我们可以看到各种各样的辩论甚至对骂。每个人都执着于自己的那一种解释，觉得很自洽，很舒服。突然看到别人提出一个跟自己完全不同的解释时，就要去争论，去批判。如果不敢说，不能批判，或者被对方用言语压制，用不文明的说话方式甚至是暴力压制，就会陷入痛苦。

世界上很多事情，当我们不理解，没有办法解释时，就会陷入痛苦。或者我们自认为能解释，但是外力又不让我们这样解释，只能被迫接受别人的某种解释，违心地去接受那种解释，这也是一种痛苦。没有选择解释的自由，更是一种痛苦。

除没解释外，还有一种痛苦的来源，那就是没钱。佛家说求不得是一种痛苦。在商业社会中，人的很多需求都是靠钱来实现的，钱是从求不得到求得的途径。

比如我想要买房，没钱，求不得，于是感觉很痛苦；或者我今天出门，上公交车前一摸口袋，没钱，只好又下车，又痛苦；或者，我很饿，想吃一碗饭，看着早餐店门口蒸笼里热气腾腾的包子，却没钱买，依旧是痛苦。钱作为一般等价物，可以帮我们买很多东西，满足很多欲望。所以在没有钱的时候，人会痛苦；得到钱的时候，会快乐。

我认识一个老板，他曾经穷过，穷的时候非常窘迫，每天都有人上门要债，连他母亲有时候都嫌弃他，甚至把他赶出家门。他便一直觉得，当他没钱的时候，所有人都欺负他，连母亲都嫌弃自己。后来他挣到钱了，就使劲花钱。有人劝他要节省，不能这样浪费，不能这样花天酒地。他就回了一句话："这个世界上只有钱对我最好，我让它干什么，它就能干什么。没有谁比钱对我更好，包括我妈。"当他有钱以后，他感觉到所有人都对他尊重，他的自由度增加了，他的生存条件改变了，他想要的东西能得到了。

也就是说，物质的匮乏或金钱的短缺，会让很多人陷入痛苦的泥潭。这是很多人的一种境遇。

还有一种痛苦，既不是没解释，也不是钱的事，而是没办法。所谓没办法，就是说，人陷入一种状况，有钱也解决不了问题。

比如说，你遭人陷害，卷入法律纠纷之中，你口袋里其实是有钱的，但是恰恰可能是因为你有钱，你才遭受这个迫害，陷害你的人，可能是贪赃枉法的权势者，或者是勾结一些有权势的人打压你、迫害你，这个时候，你没办法。

还比如说，前些年有一桩很知名的案件，内蒙古的一个年轻人，因为司法部门的误判，被认为是杀人案的凶手，被枪毙了。多年以后，真凶落网，大家才意识到，他是被冤枉的。但是，他已经枉死多年了。在被冤枉到枪毙的过程中，我相信，他有无限多的痛苦，但是他没办法解脱。

人在陷入一种特别的困境，再被压迫、被摧残、被折磨、被陷害的过程当中，面对的这种痛苦就叫作没办法，你只能任人宰割。在这个过程中，痛苦比没有钱时的痛苦更强烈，因为此时还有冤屈、愤怒，甚至是仇恨积压在心头。

此外，还有一种痛苦的来源，不自由。比如说，在一些婚姻里，两个人不断吵架，每天还得见面，陷入一种没有自由、无法逃离的痛苦。最后终于分开，两个人各自自由了，痛苦就减少了，所以过去流传这样一句话：结婚是误会，离婚才是理解。相互误会，不理解，痛苦就多；理解了，痛苦当然就少了。

还比如，在一个公司里，同事之间不太愉快，有些人总是被算计、被排挤，这个时候，被算计排挤的，如果拥有了自由，避开了，眼不见心不烦，痛苦就没有了。

还比如，过去，当一个人追求自己认为是正确的主张、观念、见解、理论时，不见容于社会，最后被抓起来，成了政治犯，他会因为不自由而感到痛苦。相比于那些因为杀人越货而蹲监狱的刑事犯，政治犯的痛苦往往是更深重的。除了身体的不自由，他还有精神上被奴役的感觉，会有更大的痛苦。

还有一种痛苦，源自没有爱。一个人如果始终得不到爱，会觉得痛苦。爱是什么？爱是一种价值上的肯定，是生命中的温暖和精神上的激励。一个人被爱，实际上意味着三件事情。

首先，一个人得到另一个人的爱，会有成就感。为啥？因为被肯定。如果爱你的人还特别优秀，你就会有更大的满足感，觉得自己也很优秀。

其次，生命中的互相温暖和依恋，会让人在心理上得到一种安慰。

最后，被爱也意味着激励，会让人觉得自己的生命不仅有价值，还可以更有意义。我们经常可以看到这样的故事，一个人因为感觉到被爱，于是变得更勇敢、更努力，拼尽全力去做好自己的事，最终也变得更优秀、更成功。这都是爱激励出来的力量。

所以，当我们没有解释，或者没有钱，或者没有办法，或者失去自由，或者没有爱的时候，我们就会彻底地陷入痛苦。如果这些同时加之于身，那一定会被击垮。

在我们的一生当中，这些问题总会轮流出现。我们得通过自己的力量，找到解释，挣到钱，想出办法，获得自由，赢得爱，这样就可以解除痛苦，使生命不断地往前走。人生就是这样，在痛苦和快乐的不断交替中，实现自己的价值。

一个社会，当多数的人普遍在这几个方面都得到满足的时候，他们就会拥有幸福，就会有所成就，就能去创造，就会拥有快乐、自信的人生，这就是一个文明昌盛的美好社会。

幸福的逻辑

曾经看过一段采访。记者拿着话筒,拦住路人就问:"你幸福吗?"多数路人被猛然问到这个问题时,都有些诧异,似乎回不过神来。要么不假思索地说"幸福",在大庭广众之下这么回答,也是一种政治正确;要么迟疑片刻,大约是觉得这个问题不知所云,然后就躲开了。

事实上,不少人都会对自己的人生产生疑问,经常问自己:我幸福吗?我会幸福吗?等等。

这就引起了我的思考:什么是幸福?幸福是怎么起源的?要说清楚这件事,先得说不幸福是怎么回事。

关于不幸福,有三件事情,我们能特别直接地观察到或者说感受到。

第一是没钱,经济出了状况,生计成了问题。困顿失业、流离失所、囊中羞涩、债台高筑……这些词所描述的,都是人在经济条件不佳时的窘迫。所以说,吃不上饭不能算幸福,肯定是痛苦,这种痛苦的极致,当然是饿死。

第二是身体受到伤害。当我们的肉体遭受折磨、伤害、流血受伤的时候，我们会感受到痛苦。面对这种痛苦时，人和被伤害之后挣扎、绝望、无奈、惨叫的动物，可以说是一样的。

第三是精神陷入崩溃的状态。当一个人处在困惑、迷茫、无知甚至仇恨的心理状态时，想不清楚这都是为什么，对自己的处境也没有办法找到一个出口，看不到方向，于是感到烦躁、惶恐，乃至于抑郁、绝望，这是精神上的痛苦。

明确地感觉到这些痛苦以后，我们就可以从相反的方向了解到什么是幸福，以及幸福是怎么起源的。当然，这种反方向，并不一定是简单对应。

在我们理解幸福的过程中，有时候会把快乐和幸福画等号。事实上，人之所以处在幸福的状态下，是因为伴有一些快乐的感受和活动，但是准确地说，快乐就是快乐，它不等于幸福。

为什么这么讲呢？

快乐可以是很简单的生理上的一种瞬间的满足感。比如说，喝一顿大酒，或者突然遇到多年未见的朋友，两个人非常高兴地拥抱，然后说起往事，这都是快乐。这之后，朋友离开，两个人分别之后，回到正常的生活当中，这个快乐就结束了。

所以我们会发现，快乐经常是一种短暂甚至是瞬间的满足感。这种满足感有口腹之乐，有精神上的愉悦，也可能源自一个意外的惊喜。比如说，在很平淡的日子当中，突然有人送你一个你曾经想要但还没得到的礼物，那一瞬间，以及这之后的一段时间里，你感受到快乐、兴奋。这种快乐与兴奋，是会在生理反应上体现出来的，两眼放光，嘴角上扬，持续地绽放笑容，甚至身体会分泌更多的内啡肽、多巴胺等等。还比如说，性爱也是一种快乐。

所以快乐往往伴随着器官的刺激，它是很短暂的，是很快会消失的。

有时候快乐也是一种意外的满足感，比如说，走在回家路上，看到路边的餐馆，突然特别想吃一个苹果，或者一碗红烧肉，一回到家，家人正好准备了苹果或者红烧肉，这都可能使你感受到一些瞬间的快乐。

有一些快乐是可遇不可求，甚至是偶然发生的。当然我们也期待一些计划好的、有预期的快乐，但和那些意外的快乐相比，计划、预期的快乐带来的满足感、兴奋度总是要差那么一点。

比如说，我计划去见一个朋友，花两个小时，吃顿饭、聊聊天，这是一种快乐。

一个我很想见但一直没见到的人突然出现在我面前，然后约我去吃顿饭、聊会儿天。这显然比计划好的见面更快乐，因为出乎意料，而且超乎预期。

所以，有的时候快乐是很难复制的，往往越出乎意料、越超出预期，人越感到快乐和满足。

幸福不是这样的。幸福是一种持续的生命状态、生存方式，幸福的人会有一种持久的满足感和愉悦感，在这种持续的感受中，人会时不时地遇到一些快乐的事，感觉到快乐，但是长期的满足、愉悦和安全的感觉，却是短期的快乐所不能比拟的。

那么，这种相对稳定、长期的满足感带来的幸福的生命状态是如何获得的呢？在我看来，大概有三件事，决定一个人是不是很幸福。

第一件事，对自己遇到的事情，以及自己生命的存在状态，是否能有一个很好的解释。如果对自己的收入、所处的状况、人际关系等，都有一个合理的解释，这种解释会让人感觉到，自己的存在和所做的事情具有正当性、合理性。同时，这种感受，这种正当性、合理性又被外界给予某种承认或者道德上的褒奖，人就会感觉到幸福。

这就是解释系统所起的作用。举个例子，在封建社会，有一种解释系统叫"男女授受不亲"，按照这种解释，妇女不小心碰到了一个家人以外的男人的手，就会觉得没办法向家里的丈夫、老人做解释，更"无颜见乡亲"，于是只有以死明志，上吊或者跳井里了。

到了现在，都市生活中到处可见娱乐场所。一些人在这些场所里搂搂抱抱，不仅会碰到陌生异性的手，甚至有更大面积的肢体接触，对这种接触，大家不仅不抵触，反而开怀大笑、放声歌唱，认为这是娱乐，是欢乐，是友谊。更有甚者，比如社会上存在一些有偿陪侍场所，人们与陌生异性的身体接触就更多了。对于这些行为，有些人却给予了包容，一些人也因此得到了快乐。

从过去到现在，解释发生了变化。解释不同，结果就不同，人的幸福状态也不同，前者带来了痛苦和生命的终结，后者带来了快乐和生命的绽放，两种不同的解释带来两种不同的结果。

还比如那个特别著名的"隔壁老王"的段子。这个故事当然带有某种虚构成分，但不管怎么样，这个故事同样说明一个道理，一件事可以有两种以上的解释，而不同的解释导致的后果是不一样的。

我们再来看另外一件事。

过去有一套传统解释，叫作"男大当婚，女大当嫁"，一名女子，如果嫁不出去，人生就是失败的，生不出孩子，人生也是失败的，甚至一度出现了一个名词——"剩女"。似乎不婚不育就一定会孤独终老，人生就会走向不幸。于是，不管男女，到了一定的年龄，就会遭遇家长的催婚，所有人都会为婚育而焦虑，并因此导致很多悲剧。

而现在的年轻人，"00后"这一代，好多人换了一套解释。不少人不再相信婚姻能带来幸福，不再认为两个人可以持久地在一起分担彼此的生活重压，也不再认为生孩子就能给自己未来的养老带来保障。他们开始认为不结婚不生孩子也可以简单地得到幸福。

这些新的观念、新的解释就导致了一些年轻人不结婚，甚至是不恋爱。有些人觉得，可以交朋友，或者可以同居但不结婚。即使结婚也可以是"两头婚"，逢年过节各回各家，各养各妈，房子也AA算账，对结婚以后要融入对方家族等让人心力交瘁的社交，则能逃避就逃避。

由于解释的改变，现在在大都市里，不婚不仅不丢人，反而被视为是一种解放；不育也是一种个人的选择。相较于过去，社会对此给予了极大的宽容。

我还知道一个大姐，现在50多岁了，她从20多岁开始，不停地谈恋爱，不停地有同居对象，但是她不结婚，也不买房，一直租房子住，把自己安顿得极其认真，确保了很好的生活质量。

她没有孩子，50多岁了依然在谈恋爱。她就是内心里有一套自己的解释，对生命价值、个人情感，都有一套自己的定位，她也不在意周围人的眼光，所以她一直活得精彩。

早些年，她不被周围的人理解，大家都觉得她特立独行，而到了最近这些年，她却得到了不少人的支持和认可。

现在，这种对生活做的新解释越来越多。比如说，过去认为，生孩子一定是夫妻合法结婚后才会做的事，但是现在，大家看到了一些人的做法，又觉得"原来还可以这样"。比如，一名女子通过一些专业机构，购买或者是受捐赠获得精子，进行人工授精，然后生出一个小孩，并且能够将孩子培养得很优秀。在孩子成长的过程中，社会学意义上的父亲是不存在的。甚至，孩子生物学上的父亲是谁，孩子可能都不知道。

也就是说，关于孕育生命这件事，现在也有了不止一种解释，这就展现了更多的包容性。当社会给予更多的包容时，人们在生活当中就会觉得更从容、更舒服，做选择的时候，要面对的压力也小了。

所以，我们在现实生活中是不是幸福，主要就取决于要面对的生活、所处的处境，以及做人生选择的时候，是否有一个能让自己心安的解释。所谓心安理得，事实上应该倒过来，先有理得，于是心安。如果没有理，没有自洽的解释，是很难让自己心安，也很难有满足感、幸福感，以及充满自信的存在感。

所以，如果要寻找幸福的起源，最重要的是先要给自己的生活境遇或所面对的事情，找到一个很好的解释，让自己能够理得，然后心安。

当然，也有一些人经常感到不幸福。

我有一个观察，很多感到不幸福的人，往往会做这几件事：去庙里上香，找"大师"或专家请教，或者找心理专家做心理咨询。

当"大师"、专家、心理咨询师都不能让自己心安时，还有一个办法：找兄弟、闺蜜一块儿吃饭、喝酒、聊天。反复聊，保不齐就会蹦出一句话来，得到一个新解释，让自己一下子豁然开朗，于是有了幸福感。

人生的很多困境，以及不幸福，往往都来源于观念的堵塞，如果得到疏导和新的解释，人生会很不一样。

我曾经看过一个故事。

一个村里，有一个寡妇偷人，生了一个孩子，她很害怕，因为在那样的环境中，村里人议论的口水都能把她淹死，她很难把孩子拉扯大，于是她就把孩子放到了寺庙门口。庙里的和尚以乞讨的方式把孩子抚养长大。很多年以后，这个寡妇找到庙里的和尚，想把孩子领走。她感谢和尚为了抚养孩子，多年来一直承担着骂名——大家都骂他是花和尚，身为出家人竟然有了孩子。和尚却说："你不用感谢我，我没有任何损失，因为我一出家就已经断了是非,他们说什么都跟我无关。我还要感谢你,给了我一次考验的机会。"

这个故事里,寡妇和村里人有一套解释,和尚有另一套自洽的解释。同一件事,这两种解释带给个人的感受,却是完全不同的。

所以,当我们想要进入幸福的状态时,一定要在各种解释中,找到一个对自己来说好的解释,从而做到理得,然后心安。

我们要想获得幸福,除有解释之外,还有一件事情也很重要,那就是在面对问题、解决问题和处理问题的时候,手段要大于这些问题本身。简单来说,就是你要有足够的手段来解决这些问题和麻烦。

比如说,你饿了,要去吃顿饭。此时你手里有1万块钱,所以下馆子吃一顿饭就不是问题。而且什么时候吃、吃什么,都没有问题,因为你口袋里的钱远远多于这一餐饭的花费。或者,你想要去旅行,你口袋里有足够的钱,你可以想去哪儿就去哪儿,想怎么旅行就怎么旅行。你就会有幸福感。

解决问题的手段,很重要的一种是钱。衣食无忧是幸福的一个重要的标志,要衣食无忧,当然就得有足够的钱。当然,足够的钱并不是说要成为巨富,这是一个相对的概念。比如说,我们一个月的生活费5000块钱就够了,但是每个月有2万块钱的收入,这就可以说是"足够"了,就是衣食无忧。

而且,这个钱不仅是我们口袋里的钱,其实还包括社会支付的公共福利。如果一个社会的公共设施和服务都非常完善,福利也非常好，小孩上学、老人养老、个人看病等，政府都替大家想到了，把问题都解决了，在这种情况下，个体自然是衣食无忧的。

也就是说，所谓的钱，一方面是指个体的收入，还有一方面是指公共福利。

通常来说，在一个经济稳步增长、社会公共福利与保障制度完善的社会里，有幸福感的人更多。比如，北欧国家就是福利型国家，个人收入不错，政府的公共福利制度也不错，居民幸福指数比较高，这就是衣食无忧的幸福。

此外，我们还需要有自我价值实现的感觉。也就是，被人尊重也会带来幸福感。

在专业领域有过人之处，往往会获得他人的尊重。在某专业上有成就的人，比如科学家、艺术家、匠人、运动员、明星等等，他们有专业能力，在专业的领域里做出贡献，得到认可，受人尊敬，他们的幸福感常常比衣食无忧的普通人更多一点。被人仰视，是一件快乐、满足、幸福的事情。

如果是在一个权力本位的社会里，一个人一旦拥有一些权力，就会被人仰视。而且，处在不同层级的权力位置上，拥有的幸福感、满足感也是不同的。权力位置越高，往往幸福感越强。我们甚至可以通过他们的走路状态、面部表情，以及身边人前呼后拥的程度，来观察他们对自我的幸福感、满足感、成就感的满意程度。在一个权力本位的社会当中，如果这些有权的人感觉到他自己可以支配的物质财富、可以役使的人越来越多，他的成就感就会越高，这也会给他带来幸福。

当然，不管是衣食无忧，还是个人成就的被尊重、被仰视，都离不开安全的保障。如果没有持续的安全条件的保障，幸福只会转瞬即逝，那就变成了昙花一现的快乐，而不是持久满足的幸福。

也就是说，我们想要获得持久、满足的幸福，前提是得有一种稳定的社会机制和可预期的持久的和平稳定，以及法律有对个人的生命和权利持久的、确定的保障。

有了这样一种确定的保障之后，我们有解释，我们衣食无忧，我们的专业技能被尊重，我们就有很大的概率获得一种持续、可预见而且是长长久久的幸福。而这也正是现代文明社会所能带给我们的幸福。人类文明总是在不断地向前走，我们向前走的目的，就是要使每个人不仅得到快乐，还要得到持久的幸福，这是我们生命的向往，也是政府的责任，更是人类文明的方向。

爱情的逻辑

爱情是一个经常被提到的词汇。爱情常常被认为是人与人之间的关系，特别是在两性关系当中，爱情是最美好的一种关系。

然而，这样一种让人有无数憧憬和期许的美好关系，实际却是很脆弱的。它的脆弱性表现为它仅仅是一种道德关系，而不是一种法律关系，是一种会随着时间而变化甚至结束的关系。在这种不断变化的关系中，道德的约束力也在不断变化，甚至减弱。

说起来，爱情这种两性之间的道德关系，四五千年以前就开始有了。而汉语中，"爱情"这个词汇的出现，则是相当晚近的事，大概也就100年的时间。在此之前，我们的语言，或者说传统文化里，并不把这种关系称为"爱情"，只称为两个人之间的"爱"或者"情"。

"爱情"这个词汇是在白话文普遍使用之后，新创造出来的。这个词常常被用来描述稳定的一男一女之间的情感关系。当然，这是描述，也是一种美好的道德评价。即，在一对一的男女关系中，彼此长期忠诚的关系叫爱情。人们对这种关系给予一种特别的肯定和颂扬，也在道德上给予持续的美化。这是现代汉语当中"爱情"这个词最基本的含义。

那么，这种道德关系是怎么产生的？为什么会产生这种特别的一对一的男女关系？其实，爱情和其他的道德关系一样，都产生于基本的经济关系和现实生存方式之中。

我们倒回去看。在人类社会的发展初期，曾经有过一个母系氏族阶段。在这个阶段，物质资源匮乏，人们集体狩猎，集体生活，男女之间存在着非常不确定的性关系，后代也由大家共同抚育。这个时期存在一种群婚制。群婚制有一个好处，种族繁衍的速度会非常快。因为性交没有任何道德障碍、法律障碍，只要有冲动就可以，种族个体到了一定年龄就会发生性行为。

随着社会的发展，群婚制出现了一些问题。

我们知道，任何一种制度或生活方式，实际上都是人们为了满足某些生存需要，或者克服某些生存中的困难而创设出来的，在这个过程中，又产生了新的人与人之间的关系。

到氏族社会的后期，随着工具的进化、生产力的进步，物资不再那么匮乏了，开始出现了剩余。剩余物资的支配权往往落在部落首领的手中。而且，生产工具、捕猎手段越发达，部落拥有的剩余财产越多，部落首领们拥有的支配权也越大。久而久之，就产生了私有的观念。部落首领们会产生一个想法，希望把这些财产传给自己的后人，而不是传给所有人。

这个时候，问题就出现了，怎么确定这个孩子一定是他的？于是就由群婚制发展出了对偶婚。其实对偶婚也不能够让首领完全准确地判断孩子是他自己的。当时唯一的办法，是把一男一女的关系固定。这就是一夫一妻制的起源。

所以，一夫一妻制的诞生并不是因为爱，而是以这种方式组成一个稳定的家庭，可以确定生出来的孩子是自己的，进而确保把财产传给自己的孩子。

再往后，一夫一妻制也面临若干挑战。有可能出现这样一种情况，即在两个人结婚的时候，女方已经怀上了别人的孩子。

为了排除这种可能性，又出现了一种新的"制度"，那就是处女崇拜。而人类在进化的过程中，恰好又进化出了一种特殊的身体构造——处女膜，处女膜破裂时会流血。于是，在一些民族的文化中，结婚当天要见红。妻子以此证明此前不曾与别的男人有过亲密行为，男方也以此证明或者说宣示未来生下的孩子肯定是自己的。

结婚以后，一对一稳定的性关系确定下来，也还会出现问题。

第一，妻子长期不生怎么办？于是就出现了另外一个补充制度——纳妾。正妻不能生的时候，由妾来生育；妾生的孩子，要认正妻为母亲。

第二，在一对一的婚姻状态中，万一妻子出轨，偶尔跟别人在一起，然后怀孕了，怎么办？这时候就出现了惩罚和鼓励。

在很长的历史时期里，对女性出轨的惩罚都相当严酷，我们在文学作品和影视作品中，经常能看到对此种惩罚的描绘，典型的就是所谓的"沉塘"和"浸猪笼"。在国外一些地区，则是石刑，或者是荣誉处决。

另外一方面，对忠诚于这种一对一的稳定关系的女性，则在道德上给予高度的肯定，甚至专门编了很多故事来歌颂这种稳定、忠诚的关系。实际上，就是把这种忠诚上升为一种至纯、至高、至美的道德伦理，以此确保一对一两性关系的稳定，以及双方尤其是女方对这种关系的忠诚，从而确保私人财产能传给自己的后代。

实际上，这种道德关系从一开始，美好就是相对的，而它的功能却是非常准确和确定的，就是为了保护一夫一妻制下的私人财产的有序传承。

说到这儿，很多人大概会感觉到一丝失望，这么美好的一件事，却被我说得如此庸俗。难道这种一对一的两性关系不是源自爱情，就只是为了保证私有财产传给自己的孩子？然而，现实的确就是这样骨感。

当然，我们想象中的美好的爱情关系，的确还是很有诗意的，也有无数个让我们激动的瞬间。也正因为如此，在人类的历史上，不断地涌现出很多故事和文艺作品，歌颂这样一种一对一彼此忠诚的两性关系，我们也接受并不断强化这种道德规范。

也就是说，一对一之间，必须彼此相悦、相爱、相守。相守的时间越长，越纯粹，越没有其他人干扰，这种关系越被认可。不出轨，不介入别人一对一稳定的关系中，越来越成为一种被普遍接受的伦理。一旦别人想要介入这种稳定的关系，当事者就可以拿起道德武器去批判介入者。

当一对一的关系非常好、非常稳定的时候，我们会歌颂这种爱情，如果其中一方出轨了，我们会批评他，说他滥情。就这样，爱情成了一对一彼此忠诚的象征。爱情也成为一种最被向往和肯定的关系。

然而，现实总是有骨感的一面，有很多挑战会破坏这种一对一稳定的两性关系。爱情会不断受到挑战，同时，爱情也会挑战婚姻。实际上，婚姻本身对于爱情就是一个挑战。

爱情是两人相悦相守，可一旦建立婚姻，就要承担相应的义务和责任。婚姻承载的东西非常多，它不仅是一种伦理关系，还是建立在财产关系基础上的法律关系。由于这些关系的存在，婚姻关系成了一种非常具体而牢固的社会关系。婚姻关系会因为柴米油盐、照顾老人、抚育小孩等生活的细节，而变得不像爱情这种道德关系那样诗意、纯粹。

所以才说"婚姻是爱情的坟墓"。结了婚之后，两个人的爱情就会慢慢减少，最终，大部分爱情会土崩瓦解。现在离婚率超过50%，也就是说，50%的婚姻，结婚之前是爱情关系，结婚之后爱情都瓦解了，爱情在现实面前不堪一击。

另外一个挑战，是来自另外的爱情关系的挑战。也就是说，一对一的感情关系中，某一方出轨了，和另一个异性建立了一对一的情感关系，而这个情感关系胜过了最初的那个爱情关系。

最典型的就是赵四小姐插足张学良、于凤至婚姻的故事。赵四小姐刚开始跟张学良好的时候，于凤至只是把她看成一个年轻的孩子，不懂事、冲动，就把她收留了。没想到，赵四小姐和张学良厮守，情感关系稳定，非婚姻状态和后来的婚姻状态加起来有40多年，远超于凤至跟张学良最初的十几年。于是，外界的评价也开始改变，说赵四跟张学良的关系是爱情。

可见，我们说爱情的时候，只在意一对一的两性关系持续的时间。也就是说时间可以让这个原来不道德的两性关系最后变成合乎道德的关系。

除了这样一种关系，爱情也会遭受另外一些挑战。

我们在说到爱情的时候，往往因为它是一种道德关系，而总是把它跟美好结合起来。我记得，我读中学时，在阶级斗争的年代，似乎只有好人才有爱情，当时斗争了很多坏人，人们谈论这些人时，似乎他们没有一个人有爱情。我就产生了一个疑问，坏人有没有爱情？

后来我读到一个故事，它让我明白了，如果我们把一对一的稳定的两性关系叫爱情的话，其实任何人都可能与他人产生爱情关系，享受爱情。好人可以有，坏人也可以有。

20世纪40年代，湘西的一个土匪头子覃国卿，抢了十七八岁的田玉莲为"压寨夫人"。田玉莲是一个有钱人家的女儿，还上过学，被迫成了大自己十几岁的覃国卿的压寨夫人，一开始未必会对他产生爱情。然而，让人想不到的是，相处的时间久了，她居然对这个土匪动了心，而覃国卿也因为她，不再去糟蹋别的良家妇女。

解放后，湘西开始大规模剿匪，覃国卿团伙逐渐瓦解，只剩下他们两个人。两个人逃亡进山里，彼此依靠，竟然过活了十几年。直到1965年，在又一次大规模剿匪行动中，覃国卿被击毙，田玉莲被抓，随后被枪决。

这两个人，一开始可能就只是性关系，甚至是被强迫的性关系，在相处的过程中，居然产生了情感，然后在逃亡的过程中，彼此依靠。逃亡过程中，田玉莲不止一次怀孕。但是，每次孩子出生之后，覃国卿就会把这个孩子捂死，然后扔掉。

第二个孩子出生的时候，田玉莲就跟覃国卿说：我有一个要求，能不能让我给孩子喂一次奶？覃国卿答应了，但提了两个条件：第一，不许出声；第二，太阳下山以后，立即把孩子给他，他还是要把孩子弄死。田玉莲给孩子喂了奶，感觉到了作为母亲的幸福。眼看着夕阳西下，她哀求覃国卿把这孩子留下，但覃国卿还是把孩子抢过来弄死了，只有这样，两个人才能继续逃跑。

看到这个故事，想象他俩所处的环境、场景，我认为他们也是一种爱情关系。

所以我想，爱情是一种普遍的情感关系，同时也是道德关系。爱情是一种普世的价值，就和自由、人权、平等一样。它特指一对一的男女之间的互相依恋、爱慕、守护，彼此忠诚。凡是这种关系都可以叫爱情。

今天，任何一个区域、文化、种族的人，都会有这样一对一的爱情的关系，也都会歌颂这样的彼此忠诚的、相守的关系。而各种文化之间的密切交流，也让表现爱情的形式在不断趋同。

比如，谈恋爱的人，不论男女，都喜欢烛光晚餐；相爱的人之间，都会嘘寒问暖，彼此惦记；见面之后喜出望外……还比如，情人节送花、结婚纪念日送礼物、生日送礼物……这样的场景,在全世界都一样,在小说、诗歌、电影等作品里也大量存在。爱情的表现形式,表达它的语言,它给人带来的身体和内心的冲动,实际上是那么一致。

随着现代科技的发展,稳定的一对一的两性关系遭遇了很大的挑战,一夫一妻制的婚姻在瓦解,家庭的瓦解也在加速。在这个过程中,一对一稳定的关系也慢慢弱化了。

罗素曾经有一个研究,稳定的婚姻关系有三个功能,或者说理由。

第一,合法地生育孩子。这是婚姻最基本的功能。因为只有一对一稳定的关系,合法组成家庭,生出的孩子才被大家祝福,才有身份,才能够在社会立足。

第二,稳定的性生活。在长期的农业社会和传统社会当中,婚姻以外的性生活是不被鼓励的,是要被惩罚的。

第三,在经济方面更合适。彼此依赖,可以节省生活费用。彼此照顾,也有利于度过人生的艰难岁月。

但是,进入现代社会,经济发展了,科技进步了,人们发现,即使没有婚姻,这三件事情也能比较好地解决。

第一,现在很多国家,包括中国,婚生子女和非婚生子女都有平等的权利。这样的话,结不结婚,对生孩子都没有影响。孩子都是合法的,有继承权和其他的所有的权利。

第二,性生活方面,现在很多人,除了有固定的伴侣,还可以通过VR等各种虚拟的科技产品,实现幻觉的性兴奋体验,进入性快感状态。另外还有大量的性工具、性用品,来满足人的性需求。总之，现代社会，人在性方面的选择日趋多样，对依靠婚姻来获取性的满足的需求就在减弱。

第三，现代社会，社会分工更细致，社会保障制度也更加完善，于是过去只能依赖于家庭的很多事情，现在都可以交给社会。过去，大家都在家里吃饭，或者去饭店，现在有了外卖，就方便了很多。做饭也越来越便捷，比如有了预制菜。有了保险，人在遇到困难之后，就不一定要在经济上求助于家人。甚至养老也可以不依赖子女，而是由保险公司负责。

也就是说，家庭的这三个功能，现在或多或少都在被替代。婚姻这种一对一的稳定关系，也在瓦解。

而道德化的爱情关系，就更加像被风吹雨打后的墙皮一样，慢慢剥落了。也就是说，我们今天看到越来越多斑驳的爱情、孱弱的爱情、轻飘飘的爱情；而过去数千年来一直被歌颂的，如"望夫石"故事里描述的那种古典爱情、坚定的爱情、持久的爱情、浓烈的爱情，似乎越来越少了。

此外，婚姻和爱情在未来还面临着另外两个挑战。

第一，过去我们讨论爱情、婚姻，讲的都是一男一女的稳定关系，现在出现了不少同性之间的稳定的性关系和情感关系。

第二，一些科技公司，比如马斯克的公司，创造了仿生机器人。如果这些具有高智能的仿生机器人在各方面都跟人类几乎没有两样，我们跟它产生了感情，这种人机恋算不算爱情？这对我们的道德是一个巨大的冲击和挑战。

说到这儿，我们就捋清楚了爱情背后的逻辑。爱情只不过是两性关系中最稳定的一种关系。在人类把两性关系美化、道德化后，我们把这种关系称为爱情。

但这样的关系也仅止于此，美好只能留在想象中，现实中这样的关系会受到无情的挑战，这样一种道德关系在未来也可能会随风飘散、越来越淡。最终，我们会建立一种新型的人与人之间的两性关系。人在本质上也会变成一种新人类。人和人之间的道德关系中，也可能会保留一部分爱情关系，但也可能变成普遍的爱的关系，或者情的关系。这就是我看到的爱情的过去、现在和未来。

皇帝的逻辑

我手边有本书，书名叫《趣说中国史》。"趣"在哪儿？它做了一个很有意思的表达设定：用建微信群的方式，把中国过去两千多年历史上的422个皇帝聚在一起，开一个座谈会，看看大家会聊点什么。

在"聊天"的过程中，除了各自讲述自己的丰功伟绩，当然也会有人反思和吐槽。反思什么？吐槽谁？

作为皇帝，他们最关注的问题当然是权力的巩固和传承。于是，反思与吐槽的重点，自然也与这件事情有关。

这两千多年里，皇帝拥有天下，皇帝又有自己的家庭。在这个家庭里边，老婆多，三宫六院。不仅老婆多，孩子也多。家天下的时代，国和家（皇帝的家）是一回事，皇帝和天下是一回事。

既然是一回事，那么天下安宁、国家兴旺，皇帝家里边的日子才好过。反过来，从皇帝的角度来说，天下安宁、国家兴旺的前提，就是皇帝在这个位子上坐得稳当，皇帝的权力能够不断巩固和传承。

事实上呢，这422个皇帝的共同感受，概括起来，却是这三个字：靠不住。谁靠不住？

首先是子孙靠不住。

如果子孙靠得住，秦不会二世而亡，也就不会有刘邦什么事了。如果刘邦的子孙都靠得住，那就不会有三国群雄什么事了……正因为每一姓王朝都有靠不住的子孙，才让其他人有了机会。于是，你方唱罢我登场，从秦汉一直到明清，两千多年时间里，出现了大大小小几十个王朝，422个皇帝。可见，从权力的巩固和传承来说，子孙是靠不住的。

不只是子孙靠不住，老婆也靠不住。

汉高祖刘邦死后，他的正宫娘娘吕后就想专权。如果不是陈平、周勃这些老臣把吕家荡平了，老刘家的江山就要晃悠，甚至被吕家拿走。

武则天先是唐高宗李治的小老婆（昭仪），后来才成为正妻（皇后）。李治死后，武则天建立自己的王朝武周，李家的江山也没有守住。

那兄弟靠得住吗？兄弟也靠不住。

兄弟要靠得住，李世民还会发动玄武门之变吗？由于皇帝的老婆多，孩子就多。这些孩子，有的是同父同母的兄弟，有的是同父异母的兄弟。兄弟之间为了争夺继承权，不断地争斗、厮杀，你坑我、我杀你，最终谁狠谁上位。

兄弟之间，彼此都是竞争者，所以对这400多个皇帝而言，兄弟也靠不住。他们上位前或者上位之后，一定会想办法把兄弟们给办了，要么杀死，要么抓起来囚禁，要么发配到很远很远的地方。

大臣靠得住吗？大臣也靠不住。

尤其是改朝换代之后，建立新王朝的皇帝尤其担心自己的老臣们，因为这些老臣有能力叛乱。正因为感觉大臣靠不住，才有历史上有名的宋太祖赵匡胤杯酒释兵权。

子孙、老婆、兄弟、大臣都靠不住，皇帝身边就只剩下一群人了，那就是太监。太监靠得住吗？

这些人因为下身被收拾了，似乎没有了竞争的动力和背叛皇帝的理由。但实际上，还是靠不住。太监也会专权，会利用皇帝的信任搞事。有的太监，会和宫女以及后妃的家族，也就是外戚勾结，一起挑战甚至陷害皇帝选定的继承人选。在皇帝的继承权争夺过程中，宦官有时候起了很大的作用。在一些宫廷政变中，也是如此。所以太监也靠不住。

说来说去，这400多个皇帝凑在一起这么一嘀咕，最终发现，费尽心力想把家天下坐稳并且传下去，竟是谁也靠不住。

因为谁都靠不住，自秦始皇起，这一家一姓的王朝，短的几十年，长的也不过两三百年。皇帝这个岗位，干得最长的是清朝的康熙皇帝，61年；而干得短的只有几个月甚至几天。

总之，最后的结局都一样。想传承万代？传不了。因为都靠不住。而这两千多年延续下来，虽然故事的主角一直在变化，但故事的版本，其实就那么一个。

这是一个什么样的故事呢?

故事的开始,是新王朝建立,万象更新。经过一段时间之后,社会问题丛生,土地兼并,民不聊生,最后流民揭竿而起。混乱之中,旧王朝覆灭。然后,总有厉害人物把握住机会,消灭所有的竞争者,自己当上新王朝的皇帝。

比如刘邦。秦末的乱世中,群雄并起,刘邦把跟自己争天下的项羽干掉,刘邦就成了老大,建立起刘家的汉朝,刘姓王朝的故事就开始了。

后来的王朝,跟老刘家的故事差不多。而每个王朝的发展过程中,往往是第一代特别牛,他把所有的竞争者都杀完了,老臣也摆平了,等到了第二代、第三代,子女之间,尤其是儿子们之间的勾心斗角就开始了。儿子们往往各自依靠自己的母族,勾结太监、收服大臣,依靠种种手段,甚至是谋杀、叛乱,围绕着王权的传承,进行着无比惨烈的竞争。

这么传承几代之后,上位的皇帝在能力、控制力等各方面开始式微,于是总会有一个富有野心又很厉害的皇子皇孙冒出来,把其他的对手全干掉,然后建立一个与前几代不同的、完全属于自己的新的执政团队与系统。

等这个劲儿过去以后,他的子孙又开始重复之前的故事。这么几轮下来,除了有继承权的争斗,还有灾荒、外戚或者宦官专权、诸侯叛乱、流民起义……天灾人祸的结果,是王朝动荡,兵戈四起,直到被另一姓取代。

这个故事就这样延续了两千多年。

什么都没变化。生产力没有什么变化，耕种方式没有什么变化，朝廷的统治方法没什么变化……甚至是外族，比如蒙古人、女真人，南下征服了中原之后，也依旧采用汉族人这套方法，按照这个逻辑往下延续。

如果用今天的话说，这个方式其实就是一套操作系统。

这个操作系统是谁做的？秦始皇。

作为"战国七雄"之一的秦国在进行了商鞅变法之后，逐渐强盛到凌驾于六国之上，到秦始皇时期，终于统一中国。秦始皇在吕不韦、李斯等人的帮助下，建立了一个大一统帝国的操作系统。

这套系统在汉代逐渐成熟，再经历唐、宋、元、明等朝代的完善、修补，最后到清朝时终于被收拾得严丝合缝、近于完美了。

这个系统所带来的，是一个在封闭的社会里，不断地治乱兴衰、代际传承的故事。

这个故事持续了超过两千年。两千多年里，社会没什么变化，变化的只是天下姓谁。从秦始皇开始，422个皇帝，几十个姓氏你方唱罢我登场。谁拥有天下，天下就跟谁姓。哪个皇帝都想让自己的家和国成为一回事。

所谓"普天之下，莫非王土；率土之滨，莫非王臣"，这一套操作系统造就了我们一整套的家天下观念，以及君臣相处之道和整个民族的意识形态。

然而，1840年鸦片战争以后，洋人凭借船坚炮利，打进来了。洋人的到来，使得这个故事在1840年到清朝结束这段时间里，发生了一些变化。

这个变化首先在于，1840年之后，清政府跟洋人打仗，每次都吃亏，割地赔款成了常事。

清政府原本的统治方法，我们称之为操作系统，是经过历朝历代不断完善传下来的，是一个封闭条件下的产物。洋人来了之后，封闭被打破，不得不开始半开放。

打不过洋人，割地赔款之后，就有人开始反思我们的政策，反思我们和洋人相比差在哪。魏源、郑观应等睁眼看世界的先行者，主持"洋务运动"的大臣们，都发现，西方的洋人有奇技淫巧，我们缺的是坚船利炮，以及新式的军队和制度。还有被称为"鬼子六"的恭亲王奕䜣，他觉得洋人的优势来自数学、天文、物理等知识，于是办学校、建同文馆，要学习洋人那一套。

就这样，每打一次败仗，就向外部世界开放一点，每割一块土地，就更开放一点。

向谁开放？当然是向列强开放。比如，开放通商口岸、引进技术、设立洋行、办合资企业，是经济上的开放；允许传教士进来，是意识形态上的开放，传统的封建的意识形态就被打开一些缺口。

甚至在一次战争失败以后，连海关都交给洋人赫德去管——因赔款要筹钱，只好把海关也开放给洋人，让洋人来管。

开放的过程中，洋人要设立使领馆，清政府也要设立专门办外交的机构——总理衙门。

对清政府来说,每一次开放都面临一次艰难的选择:怎么既保有原来的家天下,同时又能够吸收洋人的这些商业、技术和文化生活?

于是就不断地摇摆。摇摆的时候,皇权不受侵蚀是底线。曾经有一部电视剧,设计了这样一段剧情,就很能说明问题:

在面对洋人的冲击,不得不开放的时候,有人问慈禧太后:"美国好还是俄国好?"慈禧回答道:"俄国人要的只是土地,给他们一点他们就消停了。我们有的是土地。但是美国人不行,美国人要我们把权力给老百姓,他们是要颠覆大清,所以美国人是坏人。"

1900年八国联军打进北京,慈禧逃亡到西安之后,在谈判的过程中,洋人提出了一个要求,要"惩办首祸诸臣"。有一种说法是,洋人一开始要惩办的诸人当中包括了慈禧,但是李鸿章等具体负责谈判的官员一定要洋人把慈禧的名字从名单中去掉。

对慈禧而言:"如果我都没了,要大清干什么?"在家天下的时代,逻辑就是如此。也可以说,这是慈禧的底线:"有我在,大清才在。"大清可以割地赔款,但慈禧太后必须不受影响。

慈禧要守住这套家天下的操作系统,王权传承的法统不能变,国就是家、家即是国的逻辑不能改,同时,面对洋人又不得不选择一定程度的开放,吸收洋人的技术、文化。

这是她的矛盾,也是她之后的人始终面临的问题。他们解决不了,就只好不断地摇摆。

万一开放走远了,危及皇权,怎么办?

慈禧的做法是杀人。戊戌变法走远了，于是杀了变法六君子。走得更远的，比如清末出现的革命党人，他们认为这一套王权传承体系是社会进步的障碍，口头说服不起作用，应该用更激烈的办法，比如起义、暗杀等，直接推翻清王朝。慈禧的态度也是武力镇压。

杀人的时候，老百姓是拍手称快的。经历了两千多年的治乱兴衰，与家天下相关的意识形态早已根植在老百姓的脑子里，皇帝要杀谁老百姓都是会赞成的。

于是，在这样一个皇权传承的逻辑下，当遇到外来攻击，不得不开放的时候，皇帝做选择的底线就是：要法统，要体制，要个人安全，其他的才可以谈。

在此前的封闭社会中，皇帝在不断增魅的过程中，被描绘成一个无所不能的至尊，一个绝对权威。也正因为如此，皇帝是不能犯错的。

万一出现了饥荒、天灾或者内乱，怎么办？就得给皇帝解套。在封闭的体制下，解套的方法有两种。

第一，杀奸臣。皇帝永远圣明，但是皇帝身边有奸臣。而像赵高、秦桧这样的奸臣，虽然没有被皇帝杀死，但都被史书描绘成诱导皇帝办错事的罪魁祸首。

第二，下罪己诏。比如出现了恶劣的气候、异常的天象、饥荒等时，皇帝赶紧礼敬上天，同时下罪己诏，跟上天道歉。表示我们有些事没做好，现在上天提醒我了。之前是我疏忽了，我道歉，但这并不影响我的伟大，现在我明白了，接下来我好好弄。

到了 1840 年以后，解套的方法又多了一种，那就是：怪洋人。1840 年以后的皇帝都有一个本事，什么事没弄好，那都是洋人搞的鬼。

总之，皇帝有了这三个解套的法宝，有了奸臣和洋人背锅，实在不行时，再向超自然力量做个检讨，就能够一直保持伟大、光明、正确。

可以说，从秦始皇统一中国，到 1911 年清廷覆灭，这两千多年时间里，422 个皇帝关于王权的传承规律，就这么点事；为皇帝解套的方子，也就那么一点。当然，皇权的时代早已过去，中国在不断进步，我们都期望这样的规律、这样的解套的方子，能够彻底被扔进历史的垃圾堆。

母亲的逻辑

2015年,北大学生吴谢宇残忍杀害了自己的母亲,并运用他所掌握的知识,对母亲的遗体进行包裹、除味、冷冻,然后辗转多地逃亡,逍遥、释放、享受,度过了他所认为的最快乐的4年时光。2019年,吴谢宇被抓,现在,他已经被执行了死刑。

这是令人难以接受的人伦悲剧。

悲剧发生,不禁让人想知道,这样的悲剧是怎么发生的?悲剧背后到底发生过什么样的不可解的矛盾?是什么样的原因导致这个北大的学生如此对待自己的母亲?不仅如此,他居然还认为,这是一个对他妈妈好,同时也是对自己好的"解决方案"。

作为被害者,吴谢宇的母亲倾其一生,把所有的希望寄托在儿子身上,甚至为了这个儿子把自己变成了一个寡淡、没有社交、没有其他任何爱好的孤僻、固执、顽强的女人。她把自己的生命寄托在儿子身上,结果却使儿子感到万般痛苦,最后,儿子以一个残忍的方式来寻求自己和母亲的"解放"。

这对母子关系中,母亲有母亲的逻辑,儿子有儿子的逻辑,母子二人充满了矛盾的逻辑碰撞，造就了一个悲剧的逻辑。

由这起悲剧延伸，如果我们观察典型的中国母亲的角色和生命历程，以及她们行事、做各种选择背后所遵循的一系列的伦理、传统，就不难窥见一个更广意义上的"母亲的逻辑"。

其实，在人类历史上，母亲这个角色很早就有。大概六千年前，人类社会演进出一夫一妻的家庭形态后，就有了稳定的父亲、母亲这两个角色。但是在汉语里，"母亲"这个词出现得更早，而"妈妈"这个词唐代才出现。

可以说，在我们中国文化当中，作为一种角色，"母亲"有着更宽广的含义。对下一代的子女而言，母亲是一个女性长辈。换言之，一个年纪比较大的女性，什么时候成为"母"了呢？有了子女的女性就叫"母"。也就是说，母亲这个角色是因为子女而产生的，如果没有子女，她就不叫母亲。这就是一夫一妻制家庭出现以后带来的一个纵向的代与代之间的角色定位。

要"扮演"好母亲这样一个角色，在子女的整个生命过程中，她至少要做好这三件事。

首先是养。在子女未成年时，特别是在青春期以前，对母亲来说，很重要的一点，是要把一个幼小的生命养活、养大，这是这个阶段母亲要做的事情。

其次是育。母亲要把上一代人的观念、知识、生存本领、发展技能等，传授给下一代。

最后是享天伦之乐。当一位母亲的子女长大成人，成为下一代生命的父亲或者母亲时，她就成了奶奶或者姥姥。按照中国的传统文化，这时候，她就应该享受天伦之乐，享受子女的回报，过上含饴弄孙、和谐快乐的生活。

先说一下养。

在养这个阶段，母亲做的，其实跟其他哺乳类动物没有太大的分别。雌性的哺乳类动物在孕育下一代的过程中，同样是倾全力去保护，使弱小的生命活下来，然后长大。

由于哺乳类动物有一个哺乳的阶段，幼小的生命出生之后，要依赖于母乳才能活下去，吮吸母乳就成了养的一个具体表现，母乳将两个生命连接在了一起。这也导致了母亲跟她的幼崽或者子女之间的生命关系远比父亲跟幼崽或子女之间的关系更直接、亲密。

母亲在养下一代的过程中，往往会倾其所有、拼尽气力，甚至会以生命的代价去博取下一代生命的延续。也正因为如此，母亲常常被描绘成无私奉献甚至伟大的形象。

其实，在这件事情上，其他雌性哺乳类动物做得并不比人差。我们会看到很多母亲保护子女的事例。比如，在一些地震后的废墟中，能看到母亲把孩子紧紧抱在怀里，试图用自己的身躯抵挡倒塌的楼板，希望能为孩子挣得一线生机。而在动物界，我们能看到母狮为了保护自己的幼崽，拼命跟公狮搏斗。这也是母性。

在养育子女的过程中，雌性哺乳类动物需要面对巨大的挑战，有时甚至需要用牺牲自己生命的代价去保护自己的幼崽。所以在母亲养孩子这个阶段，人和动物事实上有很多共性。当然现在社会进步了，经济发展了，有穷养、富养等各种不同的养法，但是在本质上，养这件事情是一个本能的表达，也是一种责任，是生命延续所必需的。

接下来看一下育。海淀妈妈们的"鸡娃"，集中体现的就是育。

育的第一件事，其实是传承知识，母亲要把科学知识或者历史传承下来的一些学问教给孩子。当然，在现代，由于出现了学校，知识的传承，由原来的在家庭里传授，变成了一个社会化、专业化甚至商业化的过程。把知识传给下一代，变成了主要由社会来完成；而母亲的职责变成了监督促进，就像海淀的"鸡娃"妈妈那样，负责和老师沟通、帮孩子选资料、督促孩子完成作业。

育的第二件事，是传授技能。这种传授，在动物界表现得更明显。比如老虎、狮子，会花一段时间去教自己的幼崽如何捕猎。在幼狮还很小的时候，母狮会抓一只小动物，抓了以后也不吃，而是让小狮子去练习扑咬。老虎也有这样的习惯。这都是进行技能的训练。人类社会也如此。在传统社会中，母亲会把一些生存技能，比如说女红，教给女儿。或者是教男孩子耕作的技能。掌握了必要的生存技能，孩子长大以后才能更好地活下去。

育的第三件事，是价值观的传承。母亲要把她认为的对错、是非、好坏的判断标准教给子女。这是母亲要做的一件重要工作。可惜的是，现在很多母亲更注重对子女知识、技能的传授，却相对忽视了价值观的传承。比如，吴谢宇的母亲，关注儿子做作业，期待儿子考第一、进清华北大，等等，而忽视了教育儿子怎么来看待成败、得失、进退、荣辱、对错、好坏、是非、取舍等一系列的价值观问题。许多母亲都会忽视对子女的价值观教育。但事实上，在育的阶段，这是必须要做好的一件事，可以说是最重要的一件事。

当子女长大之后，母亲就逐渐进入一个过渡的时期。在这个过渡时期，子女跟父母之间既有连接又有断开。就像一只鸟，它要飞，它的翅膀又不断地被母亲给拉扯住。

在这个过程当中，子女要开始人生的第二次断奶——社会性断奶。第二次断奶期间，母亲往往和子女纠缠得非常多，特别是中国的母亲。

我们看到，很多母亲对子女生活的介入，甚至是关注，是没有边界的。她们完全是随着自己的性子，想管到哪儿就管到哪儿，管学习，管生活，管在哪个城市住，管选择什么职业，管找什么对象，管子女的子女在哪里上学，甚至子女婚后闹矛盾，她还管怎么离婚，离婚时怎么跟对方斗，等等，就这样一直要管。

这么一来，母亲就会非常辛苦。由于没有边界地管，导致子女在进入社会以后急切地想挣脱管束，过自己的生活，尤其是子女有了自己的家庭之后，会对母亲这样一种无边界甚至是无底线的管束，产生很矛盾的心理。

一方面，子女由于自己在社会竞争中有很多压力，有时候需要一些外部资源的帮助，比如买房需要父母的钱，或者需要父母的社会关系来帮助自己解决生存中的一些问题，所以对父母的依赖仍然保持了一种乐观和享受，甚至是一种没有任何心理障碍的依赖。

另一方面，又需要自己独立，需要成长，需要有自己的家庭生活，也希望能够独立地做出一些自己想做的事情，而不再受母亲的约束。

于是，这过程中的矛盾就很多。我们会看到母子矛盾、母女矛盾，看到两代人之间纠缠不清的爱与烦恼、冲突，甚至陷入一种互害模式——互相折磨、互相伤害、互相埋怨。

而在另一些国家中，两代人的关系很不一样。在一些国家，子女工作、成家之后，母亲的责任就算尽完了，就不会再去管他们了。母亲会有自己的生活、自己的事业，会继续发展自己的兴趣，而子女也有自己的生活、自己的兴趣。母子、母女之间相对独立，两代人之间的关系里，边界是相对清楚的。

但在我们中国，两代人的关系，尤其是母子关系、母女关系，很难像那些国家那样。因为边界不清楚，而导致了纠缠、互害，最后发生很多悲剧。

可以说，某种程度上，吴谢宇和他母亲的关系，就是这样一种互害模式的极端。

在这种关系中，当矛盾发生的时候，母亲往往是胜利者。为什么母亲会变成胜利者？

母亲有两个撒手锏。

第一，母亲会说："我生了你，养了你，我把你一把屎一把尿拉扯大，所以你必须听我的。"在这个逻辑里，因为母亲创造了子女的生命，恩比天大，所以子女必须报答母亲，必须听母亲的。不管有多少分歧，最后母亲把这句话搬出来时，子女往往都只能乖乖听话。

第二，母亲会说："我都是为你好。"当母亲说"我都是为你好"的时候，子女对母亲的任何要求似乎都很难予以反驳。

"我都是为你好。"这是一个动机。在我们的传统文化或者思考逻辑里，这样的动机是一种道德，一种高尚的道德，于是很难去反对。然而事实上，当一个人想要表达"我需要你听我的"时，往往就会说"我都是为你好"，把动机放在前面，而把诉求藏起来。

其实，一件事是不是真的为你好，要看三个方面，第一是动机，第二是过程，第三是结果。

所以，不仅要有动机，还要有过程，更要有结果。通过结果才能验证动机。但在母亲跟子女争执、吵架当中，母亲会把"我为你好"的旗帜高高扬起，而对于过程和结果关注甚少。甚至是，哪怕过程与结果并不好，母亲依然用"我为你好"的动机来掩盖过程和结果的不尽如人意。

这样的撒手锏，如果一次又一次地使用，子女在面对母亲的眼泪和情感绑架的过程中，会变得没有任何反抗的力量。这样一来，最后的结果是，母亲限制了子女的眼界，限制了他们的想象力，限制了他们的兴趣，限制了他们奔跑的勇气，甚至剥夺了他们走向更远的世界去创造自己更广阔的人生的可能。

有意思的是，我们会发现，很多做事成功的人——我们姑且说一般性的成功——都源自母亲的放飞。这里的"放飞"，有两种。

一种是在非常贫困的地区，在非常困难的家庭，母亲感到自己没有任何能力限制子女，甚至也没有任何资源能帮到子女，于是说："你走远一点，你去奔你的前程。"比如说，有一位出生于河南的物理学家，在他十来岁时，母亲就告诉他："你能走多远就走多远。"那个时候没有手机电话，走了，就意味着根本管不了了。最后，远走他乡求学的他成功了，获得了诺贝尔奖。

还有一种是家庭条件非常好，母亲非常优秀、眼界非常开阔。比如埃隆·马斯克的母亲，她的世界极为开阔，她自己就相信没有什么能限制她的边界，没有什么能限制自己去追求未来。这样的母亲当然会把这样的观念传递给子女，对子女就不会设限。而这样的子女也真有可能会走得很远。

这种母亲往往不会用其他母亲用的那些撒手锏，对子女进行情感绑架，也不用"我为你好"的方式来限制、约束子女的生活、事业。

吴谢宇的母亲其实就是一位失败的母亲。吴谢宇要脱离她而没有能够脱离，她用她的撒手锏一直限制住吴谢宇。最后吴谢宇终于开始爆发、反抗的时候，两个人发生了没有办法调和的冲突。

最终，吴谢宇有一天去问他母亲，对她说"我不如去自杀"。他母亲非常冷静地说了一句："如果你要自杀，不如把我先杀了。"

吴谢宇在杀害母亲之后，本来是要自杀的，他认为他跟母亲有这个默契，他认为他杀了母亲是负责任的做法，而且他自己也要自杀。结果，他杀了母亲以后，临时改变了主意，放弃了自杀，开始追寻他之前的人生中从来没有得到过的快乐。他想要在最后的生命中去绽放，去追求自己想要的，而不是母亲要求他的那些事。

于是他把母亲的尸体安顿在屋里，接着居然从亲属那儿骗了140多万。拿着这些钱在社会上开始所谓的释放，满足自己的一切欲望，包括性欲，甚至谈起了恋爱。

大概在吴谢宇的想法中，他做的这些事情，都是在突破母亲原来给他的限制。他认为只有他把母亲杀掉了，他才获得了解放，才突破了这些母亲给他的限制，才能获得生命的再生。

所以，这个悲剧实际上是一个儿子的失败，同时也是一个母亲的失败。

当我们了解了母亲一生的过程和她的生命逻辑，我们需要知道，一个好的母亲，在养育子女的过程当中，一定要学会放手，而不要用自己的母爱和两个撒手锏限制子女的眼界，限制子女的职业选择，限制子女的婚姻、居住的城市、兴趣以及未来。

母亲只有解放了子女，才能使自己得到真正的解放。也只有子女成为独立的人，拥有独立事业、实现独立发展的时候，母亲才会获得更大的自由空间和快乐的生活，以及被人尊敬的地位。这是我所期待的，也是我认为的，中国母亲的美好未来。

大哥的逻辑

自从开始做生意,我就总听到身边的人讲两个词,一是江湖,二是大哥。

这和我接受的教育、我的经历背景多少有些隔膜。我很好奇,于是找了很多描述江湖故事的书和影视剧来看,比如《胡雪岩》《上海滩》,以及香港的警匪片、江湖片、古惑仔电影等等。

看的过程中,我总想搞明白一些事:大哥是一个什么样的角色?什么样的人可以做大哥?做大哥有什么好处?为什么多数故事里大哥最后都死得很悲惨,不得善终?

我用了10多年来体会这件事,最后发现了大哥的生存方法、行为准则,或者说大哥的逻辑。

在一个非正式的江湖组织里,虽然没人任命,却总会有一个人成为大家的领导者,被大家称为大哥。作为大哥,他对这个组织有独特的贡献,在组织中有一种不可替代的作用。

这个贡献和作用是什么呢?概括而言,就三件事:第一,指道;第二,扛事;第三,买单。

所谓指道，就是大哥得给组织一个方向。

过去常有人说："跟大哥走，大哥怎么走我就怎么走，大哥去哪儿我去哪儿。"为啥要跟着大哥走？因为大哥见识多、人脉广、身体好、武艺强，比其他人厉害，有方向感。跟着大哥走，路越走越宽。

也就是说，在一个组织里，领导者、一把手永远要给跟随者方向。如果不具备这种能力，没有这样的行为，其实就不是大哥。

十几年前，我碰到过一个非常有意思的事。

当时，有一个早年间认识的老板，在一个南方城市开了家高尔夫球场，邀请我去看看。看了球场之后，他带我去饭店吃饭。车没走多远，我就发现后面跟着几辆车，跟我们坐的这辆一模一样，我便问了一句："咱吃饭没多少人吧？"

他说："还有几个人，他们都叫我大哥。不过你不用管。他们愿意一起吃就一起吃。"顿了一下，他又补了一句，"我们比较土。"

一开始，我还没太明白他那句"比较土"是什么意思，以为就是自谦。等到坐下来准备吃饭的时候，我才发现，摆了两桌。我和这个朋友单独一桌，剩下还有四个人，他们一桌。

我说："既然一起吃，何必点两桌呢？"

他说："不了，两桌菜一模一样。他们吃他们的，我们吃我们的。"

我说："你们还挺奇特，是怎么个说法？"

他说:"你不知道,我们呢,跟你们不同,我们没什么文化。"

我说:"这跟文化有什么关系?"

他便跟我讲起了他们的故事。

他们是从海南撤出来的。他们五个都是西北人,有新疆的,有宁夏的,还有甘肃的,早年间在兰州相识,20世纪80年代,五个人一起去海南,到海南以后,炒房炒地,一开始挣了点钱,但是在泡沫破灭之后,基本上又赔了回去,剩下几万块钱。

拿着几万块钱,他们离开海南,又退回兰州,几个人商量接下来怎么办。他说,干脆把钱一分,每人拿点钱,各回各家算了。

但是,其他几个人都不同意,觉得出来闯荡好几年,却一事无成,最后就拿几千块钱回去,没法跟老婆交代,也没法跟自己交代。都说:"不能散,我们还愿意跟着大哥你干。"

他说他不想折腾了,但是这几个一直鼓动他继续干,还说:"你定个秤,你说怎么干我们就怎么干。"

他当时想了想,就答应了,但同时提了两个条件:"第一,我咋说,你们咋干。也就是,我说干什么,去哪儿干,怎么干,你们都得听我的,别跟我执拗。第二,现在咱们没钱,以后万一挣到钱了,我说怎么分就怎么分,你们不能因为分钱的事跟我闹。别到时候为了钱造我的反。"

他觉得这两条是底线,其他几个人都同意了,但也提出了一个条件,那就是等将来挣到钱了,大哥说咋分就咋分,但是在这之前,他们希望跟大哥一样,"大哥吃啥我们吃啥,大哥穿啥我们穿啥"。他答应了。

这之后,他便带着这几个人继续折腾,最终来到这个南方城市开发高尔夫球场。当然他们也都信守了一开始的承诺,这几个人都听他的,在分钱之前,大家在物质方面绝对一样。

于是就出现了我看到的那一幕。这个大哥开什么车,其他四个人也开什么车。大哥出来吃饭,他们也跟着,帮不上什么忙,但不生事也不添乱。所以他才说,他们比较土。

我觉得这太有意思了,就招呼他们几个过来一起吃饭,一起聊天。这个事给我留下了很深的印象。

所以,指道,是即使在遇到危险、困难的时候,也要听大哥的。大哥要能在关键时候拍板定案、指方向。

所谓扛事,实际上就是组织和用人。大哥指出方向以后,组织接下来该怎么完成这件事呢?

第一,要完成机构设置等组织建设,比如说,江湖上的组织往往有很多"堂",实际上就是建立分支机构。

第二,要找到替组织出谋划策的人,江湖组织中,这样的人是智多星、师爷。

大哥还要统筹人事、排兵布阵,谁适合干什么,谁不适合干什么,七梁八柱,大哥得一清二楚,然后据此做好分工。

作为大哥,要会规划组织,要会用人,要能识别在组织内部谁忠诚,谁是背叛者,谁是告密者,谁可能是组织的破坏者,这是大哥的能力,也是大哥最重要的工作。

所谓买单,通常说的是要负责任。

维持一个组织必须有钱，如果没钱，组织就散了，大哥就要承担所有的责任。但大哥要买的单不仅是金钱的单，还有法律、生死，甚至是照顾家眷等等，所有这些单大哥都要买。

关于这一点，我也曾遇到过一件特别的事。差不多20年前，一个夏天的晚上，我接到一个江湖朋友的电话，他说："东哥有点事，想找你，能不能麻烦你跑一趟？"

他说的东哥，是他大哥。刚好那天我也有空，就说行。于是他就开车来接我，把我送到北京北三环的一个公寓。

一进屋，就看到一个人光着膀子，背对着门，坐在茶几边上。我知道这就是东哥。带我来的朋友低声说了一句："东哥，冯哥来了。"

这时候，东哥转过头，微微欠一下身，对我说："冯哥您坐。"然后又对接我来的人说："你先回去吧。"

我坐下后，就问他："东哥，这么晚了找我，有啥急事吗？"

东哥叹了一口气，他把茶几上的几张纸和铅笔往前一推，说："这大哥不好当啊。我这个账盘来盘去盘不到一块儿了，所以才请你来帮忙盘盘。"

我明白了，他在算账。

他不像我们正经开公司做生意，他没有连续的经营行为，常年东一榔头西一棒，投资了一些房地产，也有证券，甚至还曾跑到海外的赌场混过。于是有时候能收一些钱，有些钱又收不到，有时还得打官司。但是手底下有一大帮人，要交房租，要发工资，要维持组织，这些都得持续地花钱。一大堆事，让他很头疼。

于是我就和他一边聊天一边捋账，帮他慢慢把账捋清楚。等全部捋清，已经是夜里1点多了。

这回我算看到了，白天这么虎虎有威的大哥，晚上还得一个人拿着铅笔，对着几张纸算账。这让我知道，大哥是要买单的。

真正的大哥，在买单这件事上，有六个字最重要。这六个字是：买全单，一直买。

所谓买全单，就是不能只管一部分人，或者是一部分事。比如东哥，凡是管他叫大哥的，他都得管。这些人惹了事，需要拿钱摆平的，单他全得买。各种危机，他都得处理。许多事，最终都是要拿钱来摆平的。也就是说，他要承担全部的责任。

买全单，这还不够，还要一直买。从他当大哥的那一刻起，直到他不当大哥了，这个过程如果是20年，那就买20年，如果是30年，他就得买30年。

这和我们创业做企业是一样的。你是董事长、CEO或者大股东，也一样要买全单，而且一直买。你当一天董事长、CEO，你就得签一天的字，就要把这单全买了。

也就是说，当大哥，买单是一个非常艰巨的挑战，非常考验能力和毅力。因为要承担责任，要一直承担。

我们读MBA时会学习领导力，知道领导者要做战略管理，要做组织和人事，要做风险管理，最后要创造利润。这是工商管理的语言。

但在江湖当中，我们把领导者称为大哥。大哥其实就是非正式组织当中最重要的角色，就是董事长、CEO，就是组织中最有领导力的人。在一个组织里,能做好指道、扛事、买单这三件事,就是一个合格的领导者。

除了这三件事,大哥其实还要做一件事。如果说买不起单了,怎么办?那就是第四件事,牺牲。所谓牺牲,就是当大哥无法买单、买不起单,或者手下的人惹出的事足够大,大哥罩不住,处理不了了,怎么办?大哥要牺牲。他牺牲了以后,这事才能结束。

在香港的警匪片和古惑仔电影里,我发现有一个很常见的情节:底下的人吵吵嚷嚷,惹了一堆事,然后大哥出来收拾乱摊子,去跟对手谈判讲和也好,打架也好,闹到最后,结果都是大哥被砍死,一切结束了。

初看时,觉得这些大哥太讲义气了,有勇气,很刚烈。后来我慢慢明白了,逻辑其实是这样的:当冲突不断升级、场面十分混乱、局势不可解时,大哥的作用就是稳形势、定是非、给结局。大哥出场就意味着矛盾要解决,乱局要稳住,是非要落定,事情要结束。这种情况下,要么讲和,不能讲和时,如果不能砍死对方大哥,自己被砍死也是结束。

当大哥,就要有这样一种准备,这样一种气度,这样一种能力。

当大哥不像当小弟。小弟惹了事,可以撒丫子就跑,然后去找大哥。此外,万一打不过对方,小弟可以投降,甚至认贼作父,还可以半夜跑路。但是小弟的这些选择,大哥都不能选。两军对垒时,大哥不能投降,大哥不能跪,大哥跪了,不仅照样会被对方砍死，兄弟也会都散了。

所以，大哥除了指道、扛事、买单，还要有牺牲的心理准备。因为事情迟早会有大哥摆不平、捂不住的时候，总有他买单买不动的时候。这个时候，大哥要有勇气用自己的生命来解决问题。

江湖上的大哥如此，企业组织里，也是如此。

我们看到，当一些企业遇到困难，比如房地产公司爆雷时，大家的期待就是，企业的创始人、大股东，能牺牲自己，拿出自己的财产来拯救公司，或者弥补相关各方的损失。

然而现实却是，一些创始人、大股东，采取措施切割风险、转移资产，然后保全自己的后代。对他们的这些动作，政府、债权人、舆论都会非常不满，为什么大家期待你牺牲的时候，你没牺牲？所以你不是一个好的创业者，也不是一个好的实控人，更不是一个好的企业家。

这种爆雷的企业，如果创始人、大股东、实控人把自己的所有家当都拿来刚性兑付，然后自己承担所有的风险，哪怕被限高，住在桥洞底下，也愿意再去奋斗、挣钱，愿意负责到底，如果能给大家这样一种态度，大家一定会觉得这是一个有承担的好企业家，最后会给他出路，给他机会，这个企业家也会有更好的结局。

当你愿意牺牲的时候，实际上你就是一个好大哥。不愿意牺牲，最后选择逃避的，哪怕前三件事情都做对了，但最后这一件事没做好，也不是一个好大哥，仍然会被追随者不齿，会被公众谴责，也一定会走向牢狱，甚至是肉体的毁灭。

　　这就是大哥的逻辑。指道、扛事、买单、牺牲，这也是一个领导者应有的风范。

宠物的逻辑

我家现在有8只猫。7只美短，1只布偶。

女儿在十一二岁的时候养了一只猫，后来这只猫有了一个配偶，生出来8只猫。这么多年里，有3只猫死掉了。我们又补了两只美短，别人还送了1只布偶。

起初是女儿喜欢猫，作为独生女，她想让猫陪伴自己。等到她出国读书之后，这些猫就开始与我相伴，我便开始观察这些猫。

养猫之后，我才发现周围其实有很多养猫的人。这些"铲屎官"像对待孩子一样对待自己的猫，他们还有很多群，经常交流。这唤起了我的好奇。

与猫相处久了，我发现这些猫似乎真的跟我有某种亲密的感情连接。我会忍不住把它们抱起来，跟它们说话，逗它们玩。它们生病时，我会很着急，赶紧把它们送到医院。等它们恢复健康时，看着它们活泼的样子，我会很欣喜，然后跟它们嬉戏。

有时候，我推门进屋，8只猫以不同的姿态张望着我，我觉得非常温暖，感觉家里总有人在等着我回家似的。

而它们看到我之后，或是各自以不同的姿态躺在地上看我，或是翻起肚皮打滚，或是跑过来在我身上蹭来蹭去，我知道它们是要跟我表达亲热，想跟我诉说，想让我陪伴它们。

我慢慢意识到，事实上，它们是一种特殊的动物。区别于野兽，我们把它们叫作宠物。宠物不是人，但也不是野兽，是改变了性情、性格和功能的特别的动物。

我很好奇宠物是怎么养成的。于是翻阅了一些关于宠物的书籍。事实上，宠物所有野性的功能都被去除了，只剩下取悦人、陪伴人和与人安全相处的功能。

比如狗。在被人类驯化之前只有野狗。第一，它是野兽，它要活下去，就会去捕食比它弱小的动物。第二，对人类来说，野狗又是一种食物。所以，它要么把别的动物当食物，要么成为人的食物。这是野兽在相当长的时期里的状态。

而猫之所以变成宠物，据说与航行有关。野猫跑到船上捕捉老鼠，之后船在海上远航，船上寂寞无聊的人发现了它，然后饲养它。经过很长时间重复的饲养、调教、训练，最终，野猫演化成今天我们可以称之为宠物的猫。

关键的问题是怎么训练。

非洲草原上有一种鬣狗，以掏肛这种下三滥的捕猎技能闻名。它们的形象凶猛且猥琐。但在非洲的一些国家里，也有人把它们训练成宠物，在它们的嘴上套一个笼子，然后出门时带着，非常神奇。

我还看过一些展示中东地区王公贵族生活场景的视频，迪拜、阿布扎比等地的王子们居然把狮子养成了宠物。这些狮子在客厅里走来走去，非常温驯地陪着主人，有时候甚至和主人一起打打闹闹。

我还看过一个新闻，一个内蒙古姑娘救了一只小狼，然后把它养大。狼跟姑娘建立了非常亲密的关系，以至于狼被放生，离开了很久之后还会回来，跟姑娘拥抱在一起。姑娘和狼之间的情感就像母子之间的感情一样。

我也看到过这样一个视频。一个人收留了一头小狮子，饲养它，之后狮子被放归非洲草原。后来有一天，这头狮子突然跑过来，扑倒了这个人。这个人很惊恐，以为狮子要咬他，结果狮子只是抱着他，舔他以表示感恩和亲热。

我发现，事实上，所有的野兽都可以通过某一种方式变成宠物，形成对人类的依赖，向人类表示亲热，和人相伴，与人建立情感连接。

这中间的奥秘究竟在哪里？我发现至少有三件事很重要。

第一，要管它的吃喝。

当你为一只野兽稳定地供应食物，管它吃喝的时候，它就慢慢地失去了攻击别的动物、自己获取食物的生存能力，而变得温驯。不愁饱腹之后，它们的能力就开始退化。为什么动物园中的老虎会丧失虎性，狮子丧失狮性，狼丧失狼性？就是因为饲养员每天定时定量给它们吃好吃的。

定时定量喂食非常重要。当一只野兽长期被定时定量地喂食之后，它的肠胃、大脑都会形成一种反射，然后为生存而努力、奋力寻找食物的能力就开始衰退了。

第二，要对它们的行为进行训练。

当它们做出对人友好的行为时，我们要奖励，给它们单方面地输入一些信号。这些信号要非常清晰，就是：你陪我、跟我玩，并且不闹事、不伤害我时，我会给你吃一点好吃的；如果你闹事，我就会拿鞭子抽你、打你、伤害你，甚至是干掉你。

如此成百上千次地刺激，反复训练之后，野兽就明白了，它要想吃到好东西，想得到人的保护和奖励，就必须取悦于人、依赖于人，要表现出媚态和欢乐的样子，做出一些快乐的动作。它需要让人不感到受威胁，同时感到快乐，这个时候，人才会奖励它，给它投喂食物。

马戏团和耍猴的，都以这种经典的方式驯化动物。当猴子不按照规定动作做的时候，驯猴人会拿鞭子稍微抽它一下；当猴子按照预定的动作去做的时候，驯猴人马上掏出一点吃的喂给它，然后猴子就很驯服地按照指令做下一个动作。

我知道，现在宠物行为训练已经非常专业，尤其是宠物狗的训练。在北京郊区，有专门的基地或学校训练宠物狗。通过一段时间的训练，这些宠物狗会更加听话，更愿意以及更懂得如何取悦人、讨好人、陪伴人、守护人。

第三，在身体上，对动物要做必要的去除手术，把它们的性能力去除掉。

雌性的，去除卵巢；雄性的，去除睾丸。它们的性能力被去除之后，自然会变得更温驯。这样一来，这些动物就彻彻底底地变成了只对人献媚、讨好的宠物。为了安全，为了三餐有保证，它们不得不被去势，被幽闭。

我们家的猫都做了这样的手术。当我看到医生给它们做手术时，我就会想到，它们应该会变得更温驯了。雄猫不再有性冲动，以后也就不会攻击雌性。雌猫也不会到处撒尿留下气味以吸引雄性，也就不会到处留下黏液，让人感觉到肮脏和不适。

总之，定时定量喂养，对特定的动作和行为给予奖励并反复训练，去势和幽闭，这三件事，可以把野兽变成宠物，使野兽从人类的敌人、威胁者、挑战者、伤害者，变成人类的朋友、陪伴者、跟随者和保护者，这个过程是非常神奇且有趣的。

事实上，在人类社会中，人所经历的又何尝不是一个驯化的过程？

在封建社会，在帝制时代，从某种意义上来说，宫廷里的太监就是宠物。他们经历过和宠物一样的驯化过程。他们也要陪伴、献媚于皇帝，同时又不会对皇帝产生威胁。

宠物的功能在于取悦于人，而又能被人控制，对人没有任何威胁，使人有极大的安全感。当人需要它的时候，它就出现，不需要的时候又可以无视它。以此来看，在王权统治的时代，太监与宠物无异。

在宫廷之外，在封建王权统治的社会中，每一个臣民，事实上都在不断地被驯化。当一个皇帝告诉臣民"你能吃饱穿暖都源自我的恩赐，你必须跪倒在我的脚下"，或者一个县令对老百姓说"我是你们的衣食父母，你们的生命安全都依靠我来保障"时，百姓就已经开始了被驯化的第一步。

在封建社会，皇帝以及为皇帝帮腔的人，比如说一些大儒和官员，会不断地用一种特殊的方法驯化人。比如通过科举制度的选官导向、教育体系的规训，以及"单声道"的信息灌输，最终控制老百姓的精神和思维。

老百姓要按照这一套训练行事，比如，在很长的时间里，老百姓都被要求接受三纲五常、三从四德的约束，以儒家教导的准则行事，在此规则下做得好的，就会得到奖励。

而在科举考试中考好了，也会得到奖励，就可以做官，所谓"学而优则仕"。不仅可以做官，所谓"书中自有黄金屋，书中自有颜如玉"，还可以发财，可以讨到老婆。

这个"书"里是什么内容呢？当然是有助于皇帝和官方对老百姓进行单声道的灌输训练的内容。

一旦被训练得可以按照官方的要求去做谄媚的动作，去取悦于官方，去帮助官方维护它的秩序稳定时，就会得到官方的奖励——升官发财。于是就进入驯化的第二步。

第三步更了不得。虽然不会像对待太监那样对每个人进行去势，但是有强大的国家机器，硬是可以把每一个人看住。如果你不服，就让你从身体到精神，全部被"咔嚓"了。

这样一来，在封建时代，在有皇帝的时代，不仅是太监，每一个所谓的百姓，都不得不依赖于给自己喂食、训练自己、对自己去势的人（皇帝），不仅依赖，还要感谢、歌颂他，称他为衣食父母。于是，每一个老百姓，都变成了皇帝和县官的宠物，像宠物猫一样，匍匐在权力面前，摇尾乞怜。

这是一个非常惨的过程，让人触目惊心。可以说，宠物的逻辑和奴才的逻辑、奴仆的逻辑，几乎是一样的。

我在家的时候，这些猫都会陪伴着我。

有时候，我也会挑选最乖、最与我亲近、最能理解我意图的那只，抱一抱，逗一逗。其中有一只叫"小宝"的，我就很喜欢。偶尔我跟它玩的时候，其他几只甚至会被我无视。而我不需要它的时候，我也可以把它放在一边。

所以，我们人对宠物，可以说是予取予求的。但是，由于它们的食物供应权在我手里，训练它们的奖励惩罚机制在我手里，而我又从肉体上消灭了它们造反的能力，于是它们只能取悦于我。当我冷落它们，忽视它们，甚至惩罚它们的时候，它们没有任何办法。

也就是说，对于宠物，人只是取它陪伴、讨好、腻歪这一点。而它们必须臣服，必须顺从。

使它臣服的方法就是去势，用单一的信息渠道训练它，改变它的行为，同时控制它的饮食。这些方法使它们能够只具有一种功能，就是陪伴人、取悦人。这就是宠物的一生。

我们家的这8只猫，其中有5只现在已经非常老了，大概有16岁（相当于人类中的百岁老人）。老了以后，猫变得很瘦小，而且身上有体味，有时候还会大小便失禁，嘴里会经常吐出一些食物。

作为宠物，它们已经失去了原来的那种憨态可掬与活泼可爱。另外，这些老猫也不黏人了，似乎是看透了我的心思，不愿意来腻着我、陪伴我，它们只是默默地待着、活着。

这正像是一个人在被县官和皇帝奴役了一辈子之后，风烛残年之际，只是以昏黄的目光、绝望的眼神冷冷地看着这个世界，再也不抱有任何祈求。看着这5只猫，我觉得它们可怜，我想起一个说法，叫"哀莫大于心死"。暮年的它们，大概是心死了。

有些人看着已经失去了宠物功能的宠物，会想："我为什么还要养它们？"这就像封建时代的县官，看到孱弱无助的老人时，会觉得他们活着就是多余，觉得"你们既对本朝没有贡献，也不能博我欢心"，那你们就是一个"乏走狗"，一个器物，如同一堆烂肉般的存在。

和这8只猫在一起生活了这么多年，每天看着它们走来走去，我终于明白了宠物的一生，以及由野兽变成宠物的过程。

自杀的逻辑

前些天到某城市出差,和当地一个公家单位谈点事。一下飞机,接机的朋友就告诉我,当地政府最近气氛比较诡异,因为在一个星期之内,有两名干部自杀了。

出差回来,下飞机打开手机的瞬间,我看到一条消息,我的一个硕士同学,也是特别好的朋友,当天早上从7楼跳楼自杀。

还看到一个很多人讨论的新闻。在张家界天门山景区的一段玻璃栈道上,4个年轻人翻越安全护栏跳崖。其中3人跳下山崖身亡,1人被及时阻止,但她在跳崖前服了毒,也没抢救过来。新闻说,跳崖前他们留下了遗书,表示"自杀是自己的选择,与他人无关"。

一连这么多自杀的消息冲击着我。我开始想,人为什么会选择自杀?他们是怎么思考的?是什么导致他们最终做出放弃生而选择死的决定?

我想起很久以前翻过的一本书《自杀论》。这是一本专门研究自杀的学术著作。时间过得太久,我记不清它讲的很多细节,但我大体上记得,人在生成"自杀"决定的过程中,有一个思考的线索或者逻辑。

***

依我的判断,人做出自杀的决定,无非是有两个根本的原因:第一是委屈,第二是绝望。

先说委屈。

生活中有很多委屈人通常是能接受的。把委屈当成一件小事情,慢慢地也就过去了。但在一些特殊或极端情况下某些委屈是一些人不能接受的。比如,一个人扮演的角色与社会道德要求他扮演的角色之间,或一个人的自我认知和社会公众对他的认知之间,产生了巨大的反差甚至冲突时,他的精神就可能无法承受而崩溃。

比如说,一个人认为自己是好人,但是所有人都觉得他是坏人;一个人认为自己很贞洁,但是所有人都认为他不贞洁;一个人认为自己不是小偷,但是所有人都认为他是小偷……这样的冲突导致他百口莫辩,没有办法证明他的自我认知是对的,没有办法让大家接受自己。

面对这样的冲突和压力,一些人心里会形成一种极度的委屈。这种委屈会让人觉得:"这个世界上已经没有了我生存的余地,生不如死。"于是,以死明志就成了他们的选择。

在过去的封建社会中,很多良家女子,因为与陌生男子打了个照面、说了句话,或者路过了某个场所,被人看到,然后被误会,被人风言风语。其实她们什么也没有做,但就因为被人风言风语,被认为坏了名节,脸没地方放,于是没办法活下去,往往只好以死来证明自己的清白。

在旧社会,南方一些地区,有一些女性按照习俗将辫子绾成发髻,以示永不嫁人,被称为自梳女。一旦成为自梳女,就不能再与男子有任何瓜葛,违反之人会被视为伤风败俗,为乡党所不容,有的甚至被装入猪笼投河溺死。

在封建社会中,为名节死去的女子千千万万。而在她们以死证明清白之前,周围一定有很多人借着风言风语挖苦、讽刺她们,不仅不会对她们给予理解和同情,反而不断地给她们制造新的委屈。

等到她们以死明志的时候,所有这些拿口水吐她们的人又会说:"不至于啊,我们不过是说了说,她怎么还当真呢?""我们也是为她好啊"……这样的话,把冷漠、麻木、残忍表现得淋漓尽致。就是这样冷漠、麻木、残忍的社会氛围,以"道德"的名义,杀死了很多遭受委屈的人。

当然,因为道德的口水而"无法做人"的,并不仅仅是女性,男性同样会遭受类似的委屈、侮辱。

我曾经认识一位刑警,他后来当上了某地公安局的副局长。他一直引以为豪的是自己始终在抓坏人,抓杀人犯、盗窃犯、抢劫犯……他曾多次立功,获得过许多大大小小的表彰。他认为自己是一个好人,自己一直在抓坏人,自己代表着正义。

后来，他卷入了一桩特别复杂的案子，被抓了。抓他、审讯他的人，甚至在他被关押期间侮辱他、打骂他的人，有他曾经的下属。突然之间，他由"人上"变成"人下"，而由于某些复杂的原因，他又没有办法为自己辩白。

被关押了一段时间之后，他想到了自杀。好在被关押期间，看管非常严格，他几次自杀都被及时发现、阻止，他也就没死成。

他所遭受的就不是一般的委屈，他还经受了侮辱。他觉得自己仿佛由人变成了牲口，变成了一只猪狗不如的、仅有一副躯壳的动物，曾经的尊严、荣誉、自信、骄傲，仿佛在一瞬间全部被剥夺了，所有的人都在向他吐口水。这个时候，他大概觉得活着没有任何意义，而死是最大的解脱。

所以，委屈再加上侮辱，会让人灭绝生的希望。巨大的委屈、侮辱，是使人决定放弃生命的一个重要原因。

再说一说绝望。

委屈、屈辱可以导致绝望，但导致人绝望的，并不仅仅这一个原因。

我们看到，一些自杀与经济原因有关。经济的拮据，让一些人认为自己没有生的可能性，觉得自己在有生之年不可能解决经济上的问题，翻越不了金钱的大山，承担不起养家糊口的责任，也没有信心让自己吃饱并且富足地活下去。贫困带来的绝望，以及社会不给他温暖造成的无助，是一些人做出自杀决定的动因。

比如从天门山上跳下去的 4 个年轻人。媒体的报道陆陆续续透露出他们的家庭情况和他们的个人境遇,所有报道几乎都在讲这样一个绝望的故事:自杀之前,他们都面临经济的压力和生活的重担,而社会上没有人能够帮到他们。

我也看到有文章说,一些因为生活境遇感受到无力的年轻人,进入网络空间、虚拟世界相互交流,了解到可以摆脱这种绝望生命状态的各种自杀方式。但他们相约寻求解脱的结果,并不是社会大众能接受和愿意看到的。

经济因素之外,还有人会因为前途而感到绝望。

我有一个关系很好的朋友,曾经是一个重要机构的领导,几年前突然自杀了。一开始,我对此感觉很不理解。于是,我开始尝试回忆和了解他自杀前的行为和言谈,试图找到促使他做出此决定的原因。当我知道得足够多之后,我逐渐理解了他的决定。

他当时的地位、身份很不错,他生活中的各个方面,从衣食住行、医疗到教育等,都有良好的保障。经济状况很好,也没有抑郁症之类心理方面的困境,那他为什么要选择自杀呢?他当时遇到了一些事情,需要面对似乎无穷尽的调查。被调查的最终结果,是他可能要面临10年甚至20年的牢狱之灾。

当时他已经60多岁了。站在他的角度来看,如果接下来就坐牢,会一直坐到80岁,甚至死在牢里。因此从社会意义上来说,他此时死亡还是20年后死亡,已经没什么两样了。被判刑时,他的社会生命、社会价值就都消失了,他只剩下一具在铁窗里度日的肉体。

于是,他绝望了。他的社会价值和身份,他未来可能的发展，以及他对社会的贡献，都将就此打住，未来都是零。对于一个有强烈的个人成就欲望和冲动、自我期待非常高的人来说，未来是零、不再可能有发展的时候，就会感到无比绝望。对他来说，未来如果只能蹲在监狱里吃喝拉撒，无疑活得像动物一样。肉体的苟活没有意义，于是他选择了在被抓之前死去。

而且这样做，人死案结，他没有被定罪，他的社会价值还能得到一些保留。跟他相关的是非也能就此打住，一切都是他认为的对大家最好的交代。

当然，在他死之前的那段时间，我没有和他交谈过。但是我后来听说，他死之前很坦然。他是在一个周末自杀的。那天上午，他去了原来的单位，很悠然地走了走，碰到熟人也都客客气气打招呼，与往常无异。后来大家才猜想，这大概是他在回顾自己曾经的足迹。

回到家后，他和老伴儿一起吃了午饭，也和往常一样轻松愉快。吃完午饭，他去午睡，老伴儿出门遛狗。老伴儿遛狗回来，发现他已经结束了自己的生命——用一根绳子把自己挂在了后院的一棵树上。

除了上述的几个因素，也还有别的原因导致人绝望，进而选择自杀。

"文革"期间，法治不彰、是非不分、道德混乱、斗争不休，一些人面对迫害时得不到法律的保护，信仰崩溃、生活无望、感到恐惧，进而绝望。

我们可以从许多人的回忆文章中看到那个时代的悲剧，他们的选择，都能让人感受到，在一个社会极度崩坏、秩序消失的时代，人与人之间的残暴也会让人感到绝望，进而失去对生的坚持与向往。

＊＊＊

一个社会，能让人们有活的勇气、有生的希望、有发展的梦想、有美好的情感时，自杀这样的事情是会减少的。

怎么样能够减少人们的绝望，消除人们巨大的不必要的委屈？我觉得有两件事非常重要。

第一件事，要建立让大家都信任的法治。

法治是具有强制性的公共秩序。一个社会，如果法治不彰，不能让人有信心，那么人们在遇到委屈、面对突如其来的是非，以及遭遇价值观的破碎和幻灭，甚至是遭受私刑的时候，就会失去活下去的信心。

如果法治能够给大家信心，那么，即使遭受了委屈，人们也会坚信自己可以依靠法律一步步证明自己的清白。所以说，法治最终会让人有活下去的勇气。

法治还有利于建立一种公认的道德规范。公德越持久，越普遍地得到认可，实际上也越能减少人们的委屈。

一个人产生委屈，很大程度上是因为他对自己的认知，与很多人持续对他的评价不符，他得不到他所在社会群体的承认。这个社会群体，往往是一个局部的团体，这个群体的私德成了局部的公德。一旦他得不到承认，出现巨大的冲突、扭曲时，就会感到痛苦、绝望。如果在一个更广泛的社会群体中，大家有稳定的公共道德，那么个体就不会因为小群体的私德而遭受巨大的委屈，社会心理就会更健康。

这些年来，我们看到很多道德评价都在不断地"变脸"。比如赚钱这件事，一阵子说是好的，就形成了"人人追求财富"这样的公众认知或公德。但过一阵子又会说"赚钱是丑恶的，是剥削"，于是赚钱的人会陷入困惑、委屈。

当这种公德发生巨大的变化，伴之以一系列不确定的政策惩罚的时候，先前去创业挣钱的人，就会表现出委屈和绝望，有的甚至因不能掌握自己的命运而破产，最后也可能失去活的勇气。

第二件事，是解决自杀背后的贫困问题。

要解决贫困问题，当下看来很急迫的事情无非是两个方面。

一是要让大家有上升的空间，有发展的机会，有追求美好生活的信心。有了这些，人们会把对未来美好的想象变成每天对自己的鼓励。如果生活充满了激情、快乐与希望，即使眼下有一些困难，也不会觉得是个事儿，"扛一扛，都能过"。

二是社会要托底。所谓托底，就是要建立一张结实的社会保障的网络，让人在下坠的时候，不至于失去生存的条件和活下去的勇气。人世间的偶然性太多，自然灾害、意外事故、突发疾病等，总会有人因为各种原因突然陷入困境，却没有足够的钱来解决眼前的难题。

如果社会给托底，让他们有地方住，能吃上饭，生病了能看病,小孩能接受教育……社会保障体系编织的这张安全网让他们能活下去,而且活得还很有尊严的话,他们中的大多数,应该能更坦然地面对困境,而且放心地生活。

这样的社会,是健康的社会,良善的社会,给人希望的社会。

我们可以想象,当一个社会有了这样一张健全的安全网的时候,当人们获得的发展机会和空间越来越大的时候,当我们对法治越来越有信心的时候,当我们的社会公德越来越一致而且持续稳定的时候,人们为什么不选择生,而要去选择死呢?为什么不选择奋斗,不选择发展,不选择坚持正义,不选择哪怕打持续的官司去面对所有人,而要选择把自己的肉体归零呢?

我相信当这个安全网建立起来,当法治建立起来,大家都充满信心的时候,人们一定不会低估自己生命的价值,而且会有更持久地活下去的勇气和发展下去的信心。我期待,我有信心。

监狱的逻辑

没有人想去蹲监狱。但是我在做生意的这几十年里,却经常和"监狱"这个词邂逅,因为身边总有人不幸地进了监狱,再从监狱里出来。进监狱的原因,不外乎做生意失败,或者是遇到了纠纷,等等,他们要承担责任。有一些人出来之后,和我有过交流,偶尔也会谈到在监狱里的一些状况。

我刚开始学做生意时,我的老板就曾蹲过监狱。他在监狱里前后度过了将近 22 年。他做生意的时间一共 30 多年,所以其中有一大半时间在坐牢,都是因为生意或者政治的原因。

因此,我会不断地想坐牢这件事。在旅行时,我也会有意识地去参观一些历史上曾经是监狱的景点。

十几年前,我造访过台湾省的"绿岛监狱"。

绿岛位于台湾东部的外海,面积约为 15 平方公里,也叫火烧岛。国民党败退台湾之后,在绿岛修建了一座监狱。"绿岛监狱"曾经关押过大量的政治犯和部分刑事犯。现在,它是一个"民主教育基地"。

有一首叫《绿岛小夜曲》的歌曲，自20世纪50年代问世之后广为流传，风靡一时。因为其词作者在"绿岛监狱"坐过牢，歌名及歌词里也提到了绿岛。

我去参观时，监狱在绿岛已经成了一个产业。岛上几乎所有的就业都和监狱有关。餐厅、礼品店、旅店等等，无不围绕着监狱做生意。很多人在岛上坐牢，因而在监狱工作的人和那些来探监的人，都带来了消费。甚至有一些蹲过监狱的人获释之后没地方去，便留在岛上就业。

在参观"绿岛监狱"的过程中，最让我感到震撼的是一种黑牢。

所谓的黑牢，实际上就是一个面积大约1平方米的地方。像个大烟囱，脚底下就1平方米，四周是软墙，里面非常黑。人在黑牢里，坐下腿都伸不开，躺更不可能，只能蹲着、站着。人在这样一个狭小、漆黑的环境里，一定异常难受。

绿岛监狱的其他牢舍虽然也很简陋、不人道，一间住七八人，甚至上十人，每人有一个铺位，屋子里还有一个拉屎撒尿的地方，臭是臭一点，但是和黑牢相比，感觉至少还算可以勉强忍受。

黑牢是要把人和外界完全隔绝开，让人陷入彻底的孤立。进了黑牢，你就会发现，人到底是一个社会动物。人被如此孤立，要不了三天就会疯掉，甚至宁愿死也不愿在里边待着。这是我见过的最恐怖的地方之一。

我还在德国参观过达豪集中营。它是纳粹德国最早建立的集中营，也是标杆集中营。希特勒统治德国期间，达豪集中营关押过很多犹太人，也关过一些思想犯。管理这些监狱的人，对"犯人"使用的管理手段往往异常残暴，以鞭打等方式施加暴力是常事。"犯人"们还要劳动，很多人都饿死了。

更为残酷的是臭名昭著的奥斯维辛集中营。它是一个巨大的监狱，纳粹德国占领波兰之后，在克拉科夫附近的小城奥斯威辛建起了这个人间地狱。奥斯维辛集中营有令人发指的毒气室、火化炉。纳粹德国简直是把这里当成了"标准杀人工厂"，他们以精致的手段，高效率、毁灭性地杀人。

在博物馆里，还能看到大量从犹太人身上取下来的衣服、头发、头盖骨、肢体，以及一切他们认为还有用的部分。堆积如山，恐怖至极，残忍至极。

以上这些，是我曾参观过的一些在历史上出现过的"特殊监狱"。相比于这些"特殊监狱"，更多的普通的监狱里，关押的当然是形形色色触犯了法律的人。

不管是什么样的监狱，它们的基本功能都是剥夺人的行动自由，像圈养动物一样，把人圈起来。

过去这些年，我和几个曾经在监狱里待了很长时间的朋友有一些交流，通过观察他们做事的方法，以及他们对事物的判断，我发现了一个特别有趣的现象。

不管是刑事犯，还是政治犯、思想犯，进了监狱之后，虽然被囚禁的是身体，但是他们的思想也都因此凝固、停滞，也就是说，监狱囚禁的其实不仅是人的身体，也囚禁住了人的思想。

我有这样一个朋友。他曾经是我们的业主,租过我们公司一栋楼的十八楼,用来办公。之后不久,有关部门认定他和他的公司涉嫌犯罪,把他抓了起来。经过审判,他被判了18年。后来经过减刑,刑满释放时,他在牢里整整待了16年。

他出狱之后第一次见到我时就跟我感慨,开玩笑说:"大哥,当年我就不该较劲,非要在十八楼,没想到就判了18年。当时要是在二楼就好了,没准就判2年了。"

我说:"这就是命运多舛,是人生不可预测的地方。也是你当时年少轻狂。"

他出狱之后,又开始做生意。我也带他见过一些做生意的朋友。有一次,我们一起去参加一个会议。我们坐在下边,主席台上有一个领导模样的人在发言。听了一会儿,我就发现他表现得非常不自在。

他对我说:"大哥,咱走吧。"

我说:"台上讲得挺好的呀,咋就不想听了?"

他说:"嗨,哪好啊,还不如我讲得好。"

我说:"你怎么还吹这牛?"

他说:"我坐牢的16年里,每个礼拜看两次新闻,接受两次教育,还要谈体会,学的全是他讲的这些。你想想,我16年都过来了,天天背,肯定比他背得清楚。你要不信,我回头给你讲,绝对比他讲得好。"

我一听,觉得他说的也对,有几个人受过16年这么久的训练?然后我再一琢磨,意识到这就是监狱里的思想改造。

思想改造是怎么完成的呢？

第一步，是切断犯人获取其他信息的来源。

如果一个人有非常多样的信息来源，就很难被改造。在监狱里，犯人的人身自由被剥夺，获取信息的来源被切断，然后只能接受一种信息，那就是监狱认为正确的信息。

只接受一种是非观点，只接受一种价值观，哪怕是一开始并不情愿，被迫接受，久而久之，也会习惯性地接受，甚至主动地去拥抱这些观点，按这种思考模式去思考问题。这个过程，就是在监狱里必须完成的思想改造过程。

想在监狱外面的世界完成这样的思想改造是非常难的，因为我们有太多的信息来源，人们对同一件事情的判断是多样的甚至对立的，这会引发我们思考，进而建立自己的主张和追求。

但是在监狱这个封闭环境里，信息来源全部被阻断，只有监狱长期固定地投喂单一的信息、单一的是非观、单一的判断问题的方法。久而久之，人就被改造为监狱希望看到的那种人。

所以，监狱不仅囚禁了犯人的身体，更重要的是囚禁了犯人的思想。他们的身体不能自由行动，同时他们的信息来源被阻断，他们也就不能自由地思考了。

也就是说，思想改造的关键就是长时间的封闭，加上单声道、固定地投喂信息。就像是一段毛糙的木料，经过锯、斧、刨、凿的加工，变成了标准木料一样，人经过这样的改造，也会成为监狱管理部门想要的那种人。

当然，经过了这样的改造之后，我那个朋友，不光是对一般事物的看法与过去不同，对生意的判断力也在不经意间被囚禁了。

我们看到，一些曾经的企业家因为犯罪入狱，10年、20年以后出来，继续做生意，都没有过去成功。为什么会这样呢？就是因为他们所有的商业判断、经验，都在坐牢那一刻停止了。出狱的时候，他们的判断力还停留在10年、20年前，早就跟外部世界脱节了。

我那个朋友出狱的时候，他做生意的方式、方法都还停留在16年前。尽管他能得到别人的帮助，得到一些机会和钱，但是他的生意都不怎么成功。

我后来和他交流，就问他："你这么着急想做事，但是怎么做事的方法跟16年前一模一样？"

他说："我这十几年都没做过生意。当年这么做很成功啊，现在当然还这么干。"

我说："兄弟，你别忘了，已经过了16年了，16年里天翻地覆。你的认知系统还停在16年前，和现在的世界可以说是完全脱节了。你想想，16年前的小孩子现在都是大人了。如果他们现在做生意，还用16年前看世界的方法，拿小孩的认知在成人世界耍，只会一败涂地。"

还有一位企业家朋友，早年间因为集资的问题入狱，坐牢十几年，结果出狱后再创业，做的第一件事还是去集资。

可见，监狱囚禁人思想的能力是多么强大。他们坐牢之后，不仅是非判断的标准发生了改变，更重要的是，做生意的经验和思维也被囚禁住了。坐牢的时间里，他们再也没有得到过新的关于做生意的正常信息，也没有参与和商业有关的竞争性的思考、研讨与活动。

所以说，坐牢之后，不仅是身体被囚禁，思考的能力被囚禁，连商业经验、智慧也被囚禁住了。这是监狱最厉害的地方，也是监狱改造人最有效的地方。

我是做房地产的，当然也会从房地产的角度来看监狱。监狱其实是一门很好的房地产生意，它是一种政府物业。

当然，在我们中国，监狱是不能由私人经营的。但是在美国，监狱是可以由私人经营的，于是监狱在美国就成了一个很好的生意。我看过一部美国电影，讲的就是一家专门做监狱运营的地产公司的故事。

这个地产公司想接政府的单子，就得把监狱做好，不能让犯人逃跑。在投标过程中，这家公司如何证明自己有能力绝对不让犯人从自己建造的监狱逃出去呢？

公司专门招募了一名越狱专家。他不断地犯一些小罪，然后被关进监狱，再不断地越狱。进出监狱的次数多了，他就变得非常有经验，还据此写了一本"越狱指南"。地产公司的老板拿着这本"越狱指南"去投标，告诉有关部门，我们公司有这名越狱专家，他寻找到的监狱漏洞，我们——堵住，据此建造、运营的监狱固若金汤，绝对不可能让人逃出来。

后来，公司接到了一个大单子，在一座海岛上建造一座监狱，监狱里还关押了一名恐怖分子。在接这个单子的过程中，出于巨大利益的诱惑，公司老板设局陷害了越狱专家，把他也送进了这座监狱里。

当越狱专家发现老板出卖自己，这回是真的出不去时，一开始很绝望，随后对老板充满了仇恨，下决心要跑出去报仇。最后，他和关进来的那名恐怖分子达成了合作，想方设法，依靠自己的经验、智慧和技巧，最终越狱成功，并找到老板完成了报仇。

这个电影故事里的监狱，其实就是不动产领域中的一个特殊门类。

有一个美国记者，名叫肖恩·鲍尔，他写过一本书，叫《美国监狱》。在他的笔下，监狱在美国成了一种现金流十分稳定的生意。

首先，监狱里要住成千上万人。如果一家公司建造了监狱，美国政府想使用，就得掏钱付房租。一项物业，有稳定的"租客"，房租还由政府来付，那就是特别好的地产项目。

其次，住在这个物业里面的"客户"永远不可能说不满意，因为他们是罪犯。他们更能忍耐各种设施的不完备，甚至可以说，不完备、不舒适的生活条件和设施，恰好是监狱的优势，监狱就不能让罪犯太舒服。所以，从业主和客户关系来说，这对建造、运营监狱的公司而言并不是什么麻烦。

最后，一座监狱，成千上万人每天吃喝拉撒，要不断地采买粮食、蔬菜、肉类，以及各种其他生活必需品。供应这些生活必需品，也能获得非常稳定的现金流。此外，运营监狱的公司，还可以和美国政府合作，让部分囚犯成为他们的廉价劳动力，做一些简单的工作。

这些加起来就意味着，在美国的私营监狱是一个非常好的商用不动产的经营项目，租金可观，现金流很好，甚至还可以上市。

总而言之，监狱是一种非常独特的存在。它囚禁人的身体，限制人的行为自由，更重要的是囚禁了人的思想，剥夺了人自由思考和知识积累、不断进步的权利。人一旦进了监狱，坐牢久了，哪怕曾经生活经验丰富多彩、思想多元，也可能变成一个思考方式单一、判断是非简单的与社会脱节的人。

另外，许多人被集中在一起，在一些国家，比如美国，造就了私营监狱这种特殊的房地产生意。

这就是监狱。没有人希望自己与它发生关联，但也躲不开它带来的恐惧。那么，就该以法律为准绳，时刻规范自己的言行。所谓"警钟长鸣"，有所戒惧，才能在漫漫人生路上不犯错误，享受远离禁锢的自由。

丧事的逻辑

人一生中，会经历许多喜事，也要面对丧事，而在多数时候，我们所面对的是那些处在喜事与丧事之间的平常事。平常事平常过，喜事喜过，丧事让人难过，却也难以逃避。

丧事之所以重要，是因为涉及人的死亡。人的死亡有两种，一是肉身的死亡，一是社会性死亡。这两种死亡背后的故事、意涵，以及处理丧事的过程很不一样。

先说肉身的死亡。

不同的文化、民族之间，习俗差异很大，但是对死亡普遍很重视。许多民族的习俗中都有跟死者告别的仪式，告别的过程隆重且细致。

我17岁时，直面过一次这种告别。那是我第一次感受到死亡的隆重，感受到了一种直击心灵的震撼。那是在1976年，我和几个小伙伴来到宝鸡的一个偏远山村，参加中学生学农劳动。

村子里只有几户人家，我们住在其中一家的一个窑洞里。每天凌晨，我们都会被一个女人的咳嗽声吵醒。咳嗽声来自不远处的一口窑洞,很大声。在天还没亮的时刻,猛然听到,会觉得非常恐怖。

之后有一天,我们收工回来,听说村里死人了。我们跟着其他人来到那口窑洞门口,看见炕上躺着一个人,脸上蒙着一块布。这时候有一个男人走过来,招呼我们,说他女人得病走了。我想,这大概就是那个不停咳嗽的女人。

到了晚上,因为不远处有死人,我们几个莫名地生出一种恐惧,想睡却睡不着。于是几个人缩在一起聊天,最后干脆爬起来,壮着胆子走到死者的窑洞前,想看一看。死者还在窑洞里,头顶前方放了一盏油灯。漆黑的夜里,昏黄的灯光照在死者身上,更加让人觉得害怕。

我们连忙回去,好不容易熬到了天亮,村子渐渐喧闹起来,冒出来很多人。有些人互相打招呼、说话,也有人哭,一些人身上还披着白布条。我才发现原来村子里有这么多人。随后我跟一个村民聊天,他告诉我,这些人并不是这个地方的,而是连夜从远处赶来的死者亲戚,以及一些帮忙办丧事的乡亲。

这让我感觉到,生命的意义,可能就体现在这个人死的时候能召唤多少人来。如果死的时候,一个人都召唤不来,可以说人生是悲惨的,死后就是孤魂野鬼。如果能召唤很多人来,那往往就是大人物。

葬礼这一天,我们几个也跟着去送葬。因为我们是外来的,并且只有十几岁,所以走在队伍的最后面。走在最前面的是招魂的,有人拿着幡,有人哭,也有人在说话,很吵闹,他们说的是方言，我听不懂他们在讲什么。这群人的后面，有一群人抬着棺材，缓缓地往前走。

到了一个地方，他们停下来。土已经挖开了，人们把棺木放下去，然后覆上土，堆起一个新的土堆，就是一座新坟。

就在我以为这件事到此结束的时候，突然走出来一个人，拿出一根棍子，把前面几个小孩拿着的瓦罐打碎。随后又出来几个人，把一些馒头掰碎，扔在地上。紧接着，一堆人挤上前去，争抢被扔在地上的沾了黄土的馒头块，捡起来就往嘴里放。

我很诧异，不知道自己是不是也得上前去捡馒头块吃，但迟疑中有些好奇，看他们似乎吃得很享受的样子，我也上前去捡了一块。我没有立即吃，而是用手拂了拂上面的黄土，才把馒头块放到嘴里。

那是一块和平时吃的一样的馒头。但是经过了这样一个仪式，我吃的时候，感觉它仿佛又不一样了，似乎通过这个馒头，我也跟死者建立了某种关系。

我回过头，悄悄地问边上的一个大娘为什么要这样。她回答道，不要问，不要问，吃就好了。

之后大家就往回走。一路上，我都在回想这些场景，好奇为什么要打碎那些瓦罐，为什么要扔馒头，还要抢着吃。

后来我才明白，这个过程中，所有的仪式，招魂也好，打瓦罐也好，吃那些馒头也好，其实都在强调活着的人和逝者的某种联系，都是在加强活人感官上的记忆。

回到村子之后，这家人就开始摆宴，七八桌，所有人大吃大喝起来，似乎一瞬间就从送葬的悲伤中走出来，吵闹着，都很高兴的样子。

我有点恍惚，不明白为什么会这样。我不知道这是一种缅怀死者的方式，还是这些人因为办丧事能吃一顿好的，才变得高兴起来。我不懂，但也很高兴地和大家一起吃席，还吃到了几块肉。

那个年代，物资还很匮乏，在我的记忆中，那时候并不经常吃肉。但那一天，我们吃得很好，以至于很多年以后，我都还记得那顿饭的许多细节。

在之后的许多年里，我都想搞明白记忆中的这顿饭带来的反差感：为什么那儿的人们会以这种形式来构建死者与活人之间的联系？他们为什么会用这样的方式来对待死亡？这种大操大办，这样的仪式感，是为了彰显死者，还是为了还活着的人？

后来我去过的地方渐多，我渐渐发现，这种仪式感，在各地都差不太多。通过复杂而隆重的仪式，人们想表达的，也是相似的几件事。

第一，参加丧礼的人数规模，以及丧礼的隆重程度，反映的是死者的地位。而多少人参加丧礼，则是由通知的方式和范围决定的。

那时候的宝鸡山村没有电话，更没有网络，人去世之后，靠口口相传，最后那场丧礼聚集了百八十口人来参加。如果是个大人物去世，要通过新闻媒体发讣告。现在有了互联网，一些大人物去世后，消息可以传递到地球上的绝大多数地方。可见，通知的方式和范围是一个重要的标志,通过通知,我们能看到死者的社会地位。

第二,什么样的人来参加丧礼,有多少人送花圈,花圈两边由什么样的人写挽联,同样说明死者的地位。

我们看新闻,一些大人物去世,花圈在屋里都摆不下,一直摆到马路上。而一些不知名人士去世,也许只收到亲友的三五个花圈。

我有一个朋友,长期生活在海外,后来回国定居,回国不久就去世了。因为和国内的多数朋友断了联系,居然连给他送花圈的人都没几个。负责给他办丧礼的商会找到我,希望我录一段视频,表达这位大哥在社会上还是有人惦记,在好友眼里仍然是一个人物。我于是很认真地录了一段缅怀的话,同时也送去了一个花圈。

我有一次去台湾,看到一条马路边上摆了很多花圈。在大陆,花圈边上通常会在白纸上写一行黑字,落款写上"某某某敬挽"。但是,这些花圈上没写字。我很好奇,就问随行的台湾朋友。朋友告诉我,在台湾,不光是丧事送花圈,喜事也送花圈,比如升官。喜事,就是红底黄字;如果是丧事,就是白底黑字,或者也可以不写字。

总之,送花圈是个很重要的表示。花圈之外,举办丧礼的过程中,设置灵堂也是一件很重要的事。对于死者,家人要守灵,亲友要来祭拜、哭灵。

早些年,我们公司在东北遇到了一些事,需要请一个人帮忙,但这个人始终不表态。在我们没什么办法的时候，有一个朋友告诉我："这个人家里有老人去世了，在一个边远地区的乡下。如果你们能去哭一下，他会很有面子，一定会很感谢你们，然后帮你们的忙。"

我当时觉得好奇，问为什么。

朋友说："我们这儿的习俗就是这样。人死了，来哭丧的人越多，越说明他有地位。来的人越远，越说明他受到尊敬，他的后人越有面子。你们在海南，要是能从天涯海角到东北这旮旯来，他们得有多大的面子。"

我听朋友这么一说，觉得有道理，于是就派了公司当时分管这一块业务的同事去哭丧。我跟他说："要是你去哭了之后，这事儿办成了，回来我给你发奖金。"

这个同事也是东北人。也许是习俗相近的原因，他去了之后，不仅哭得很伤心，哭的时候还念念有词，说了很多话。这让对方很感动，丧事结束之后，就帮我们把事给办了。

后来这名员工离职的时候，希望要一笔额外的补偿金。我就问为什么，该给的不是都给了吗？他说："我替公司办事，都去哭别人妈、哭别人爹了。这是精神损失，公司总得给我点补偿吧？"我心想，他说得也有道理，后来就给了他一笔钱。

我看过一部台湾电影《孝女白琴》，讲一个叫白琴的职业哭丧人。她在替丧家哭的时候，为了让大家感觉到她的悲伤，会在身上别着一个麦克风，在还没进村的时候就大声哭出来，让四邻八舍的人都知道，她哭的声音很大。

电影所描述的年代还比较早，那时候的麦克风也是老式的，稍微有点重。于是在她哭丧时，麦克风会从衣服上滑落下来，她需要不断地去整理和固定住这个麦克风，然后大声地哭。这样一来，丧家会觉得特别有面子，特别有地位。

哭丧和守灵，在普通民众的丧事当中非常重要。按照传统的习俗，守灵要持续好几天，全家人会分成几班轮流守灵，通常是半跪在灵前。

以上这些，实际上都是在表达一个事情，那就是对生者和死者之间的关系做一个界定，通过讣告、花圈、守灵、哭灵来表示死者的身份地位，同时也通过这些仪式来加强活着的人之间的团结力度。

当然，随着时代的变化，现在这一整套仪式和过去已经有了很多不同。在不少农村地区，办丧礼的过程中，每天仍然要大吃大喝，仍然有这样一整套繁复的流程。而在城市里，仪式简化了许多，有的地方，仪式变成了追悼会后的一个聚会。

前年，我曾经任职的单位有一位领导去世，我们到八宝山参加遗体告别仪式，居然见到了一些一二十年没见过面的朋友。大家在告别仪式之后又聚在一起吃了顿饭。聚餐时我们回顾起和这位领导一起工作、生活、交往的点点滴滴。随着聊天的深入，我们又对当下的一些经济、社会问题做了讨论。末了，大家对未来的发展，以及朋友之间的情谊做了展望，然后才散去，各自回家。

通过办丧事，人们界定了死者在社会中的身份地位，也进一步明确活着的人未来朝什么方向发展。

我们看到，伟大的人物去世以后，国家发表的讣告里，最后都会有几项标准的重要宣誓，比如"要继承他的遗志，然后朝着他规划的方向继续奋斗"，其实在民间也会这样，只是民间的表达常常用一些小词，但表达的意思是一样的。

有一个词叫"盖棺论定"。一个人死了，伴随着他的丧事，社会对他的评价往往也随之有了定论。如果这个人是向善的，他一生的所作所为，大体上是活人所希望的，那么，大家对他的纪念、缅怀，总体上也会是这个基调。

但是，如果这个人的所作所为并不为其他人接受，甚至他被视为是大奸大恶之徒，他的丧事，办的时候就是另外一套逻辑了。

比如说，卡扎菲、本·拉登死后，他们的丧事怎么办？卡扎菲死于利比亚革命者之手，本·拉登被美军海豹特种部队击毙。利比亚革命者和美军当然不希望后来的人纪念、缅怀他们，更不希望他们的追随者因为纪念而更加团结。

于是，卡扎菲被秘密葬在沙漠深处一个无人知晓的地方，也没有墓碑之类的标识。本·拉登被简单地海葬，沉入大海，了无痕迹。这样一来，就不会为他们的后人或者追随者提供缅怀、聚集的条件，他们算是消失于无形，彻底归零了。

当然，这是极个别的极端情况。多数情况下，一个人死了，即使生前有诸多瑕疵，活着的人也还是希望他安息，希望在他死后因他的丧事而聚在一起的人们更团结，更好地度过未来的日子。

除了肉身的死亡，还有一种死亡叫社会性死亡。社会性死亡有两个角度。

第一个叫名声尽毁。

我们通常说的"社死"就是这个意思。这种情况下，往往人的肉身还在，人还活着，但是社会形象毁了，过去立起来的人设倒掉了。比如说，有一个人一直是忠诚、诚实的形象，突然爆出来一件丑闻，大家才知道，原来他是一个奸诈、自私、包藏祸心之人，于是纷纷谴责他，进而远离他。过去他被人仰视的形象地位掉落在地上，摔得稀碎。

为什么会这样？

实际上，这就是由于一个人惯常的言行让我们对他的角色身份、道德品质产生了期待，形成了心理定式。期待一旦形成，就会在潜意识里希望他一直按照这样的标准去行事。如果你的人设是情种，你就必须持续地专一；如果你是一个忠臣的形象，遭遇外敌时，你就应该宁死不屈；如果你被视为一个大公无私的人，你就应该持续地奉献。大家对这些都会有固定的心理期待和道德要求。一旦你的行为跟这些期待相反，大家就有可能非常绝望地痛斥你、远离你。

我们经常看到这样的新闻：一些明星立了很多人设，然后突然有一天，丑闻曝光，人们发现了他见不得人的那一面。比如，有明星号称单身，却知三当三，还有明星天天对外秀恩爱，立下了宠妻的人设，却被发现滥情、私生活混乱……形象一下子就垮了，星路也就断了。

还有一些腐败官员，他们同时过着三种生活。一种是公开的公众生活，比如在主席台上滔滔不绝地讲那些自认为是天衣无缝的正确的官话。第二种是私人生活，和普通人一样，有正常的家庭，有三五个知己朋友，喝酒聊天。还有一种是秘密生活，可能连合法配偶、子女都不知道，只有他自己知道，比如收黑钱、养情妇等等。

这些人出问题，不是第一种生活出问题，也不是第二种生活出问题，而是第三种生活出问题。他们的秘密生活一旦被人发现，不管是被纪委发现，还是被举报者发现，还是被周围的人发现，然后暴露在公开的媒体上，这个人就离落马不远了，于是他的公众形象就彻底砸到了地上。

也有一些名人、企业家，比如恒大的许家印，在相当长的时间里，面对公众时的表态都是非常积极、乐观的，也得到不少好评。等到公司"爆雷"之后，他曾经做过的一些事被扒出来，连同着公司"爆雷"给许多人造成的损失，他个人的一些言行、品质也遭到口诛笔伐，他的形象或人设开始变得非常糟糕。

一个人在社会性死亡的过程中，人际关系会发生很大的变化。一开始，身边的很多人会远离他。在社会大众还没有开始对他进行口诛笔伐的时候，身边的知情者就已经开始离开了。

我曾经也有这样的体会。20世纪80年代末，因为一些社会变动，我从体制内出来，身份一下变成了社会上的打工者。当时我向一些人求助，结果发现，当你落魄的时候，当你进入社会性死亡通道的时候，其实最先离开你的，都是那些所谓的好人。当时,我去找过一些还在体制内的原先让我敬仰的人、我心目中的好人,但没有得到我所期待的善意回应。

好人最先离开。为什么会这样呢?因为他们要继续做好人,认为帮我会引祸上身,与我界限不清会对他们的仕途、名誉带来损害。他们要保全自己,所以就最先远离我。所以一定要记住,一个人进入社会性死亡的时候,最先离开他的,实际上都是那些平时跟他关系还不错的所谓体面人。

当时我没有办法,就去找我在单位时想要举报、处理的那些坏人。我找到这样一个人,向他借300块钱,他二话不说,给了我500块。我说"那我打个借条",他说"不用,钱你拿去"。

这件事给了我一个巨大的刺激,为什么这个所谓的坏人会在我落难的时候帮助我?

后来,他遇到了事,我也有了帮助他的能力,我就去帮他。当然我们也聊过他最初帮我的事。他说:"那个时候,你们认为我坏,其实只是因为我没有按单位的那套游戏规则做事,于是你们就举报我,不分青红皂白,想按照一些所谓的纪律处分我。我确实被处分过,也因此被单位里的人看不起。但是我没犯法,我也并不认为自己坏,从来没有,我只是比你们更早地理解了改革开放的精神而已。所以,当你落难的时候,我很理解你的处境,而且我觉得你可能跟我一样,只是因为坚持了你想坚持的,而不见容于当下而已。于是我觉得帮助你是理所应当的。"

不只是他,当年在我最初进入"社死"这个通道的时候,帮助我的,都是平凡的人、不知名的人、江湖上的人,以及被认为是坏人的人。而那些高高在上地生活在社会道德荣光里边的人，都离我远去了。

"社死"的第二个阶段，是大众开始对你进行道德指责。曾经，功成名就之时，社会加给你的荣誉、好评、赞美，如潮水一般涌来。"社死"之际，在一边倒的道德指责、谩骂、批判、嘲讽当中，过往的种种，也会像退潮一样，迅速地远离你。于是，你就像一截腐朽的木桩一样立在海边，成为一道谁也不想搭理的孤影。

"社死"的第三个阶段，是在时间拉长之后，有更多的人开始对你进行历史审判。这个时候，不仅仅是道德审判或者各种嘲讽了，你会被研究，被扒开了看，你的是非对错会在历史的显微镜下，不断被制成切片、放大，被反复地评论、鞭尸，于是，你就在历史长河中彻底"死亡"了。人们用他们的道德、语言、口水，以及他们认为正确的意识形态，再加上文化心理中那种当看客的快乐把你埋葬了。这就是在舆论的口诛笔伐中，在道德谴责当中"被死亡"的过程。

在商业中，也存在一种社会性死亡。商业上的"社死"比较简单，那就是公司的生命结束，也就是破产。面对这种死亡，怎么办？这种情况下，通常有两种办丧事的方式。

一种是"机毁人亡"式的死法。也就是公司和创始人、实控人或老板一起结束。恒大就是这样，掌舵的许家印出状况，公司也爆雷，最后结束。海航与陈峰也是如此。这种情况下的"丧事"有一套法律程序。现在，面对这样的超级大公司爆雷，相关商业监管部门给出的办"丧事"的程序包括5个步骤。

第一步，司法集中管辖。第二步，债务集中登记。第三步，解决刚兑，即刚性兑付老百姓的债务，这个过程中需要创始人、实控人把所有的身家都拿出来。第四步，分类重组，即将公司业务分成几个板块进行重组、变卖，或者破产。第五步，拿人追责。

这是"机毁人亡"式死亡之后，办"丧事"的逻辑和过程。

还有一种可能，叫"人机分离"模式。比如说，物美集团的张文中陷入冤狱将近10年。在他蒙冤这些年，公司在其他人的管理下继续正常运营。他也在监狱里反省、抗争、申诉，直到他出来以后获得平反，然后重新执掌物美。现在，物美这家公司还在继续往前走，而且发展得很好。

也就是说，在商业社会当中，公司和个人可以分开，这算是一个进步，也是我们想要看到的。未来，在法治化、市场化、国际化的市场经济环境中，这应该是一种常见的情况。"机毁人亡"实在是太惨烈了，而"人机分离"，按照法定的程序办，是一种更文明、更进步的做法。

除此之外，一些人在肉体死亡的同时，出现了社会性死亡。比如说，一个贪官被抓之后开始社会性死亡，随着调查的深入，他因为罪大恶极被判了死刑。

被执行死刑之后，他也没有享受到传统丧事的一整套仪式和流程。没有灵堂，无人哭丧，没有人送花圈，也没有人缅怀、纪念他，更没有人给他的后事大操大办，在他死后聚会大吃一顿。

他的丧事悄无声息，甚为悲惨。

当然，也有一些普通人，没有什么社会身份，但因为犯罪被判处死刑。死亡之后，被草草下葬，然后亲友和被他的犯罪行为伤害的人，对他的罪行进行反思或谴责，在日常生活中逐渐把他淡忘。

也就是说，他的肉身死亡在前，但是由于他的社会性太差，影响太小，相比于肉身死亡，他的社会性死亡并没有产生多大的震荡。所以当一个人被定罪、被判极刑的时候，就面临着双重的死亡，社会性死亡和肉体的死亡。

而如果一个人很有影响力，是一个很伟大的人，那么有可能在肉体死亡之后，他的社会性反而光大了，而且不断地被拔高，永远活在大家心中。这是一些伟大人物的命运。

总而言之，论死，也是论生。明白了丧事的逻辑，生者前进的道路才会更明晰，生者在未来扮演的角色才会更精彩。

商人的逻辑

张艺谋导演的电影《坚如磐石》里有这样一个情节：涉黑的老板出了事之后，去找副市长夫人，希望得到帮助。话谈得很不愉快时，副市长夫人轻飘飘地说了一句："士农工商。"四个字，一个简洁的威胁，就让刚开始谈话时还很硬气的老板软了下来。

副市长夫人非常清晰地向这个老板传递了一个信息：副市长，包括作为副市长夫人的她，是士，而老板是商。不管这个老板身家有多少亿，在壁垒分明的阶层社会里，他都位居末等，没有和士讨价还价的余地。

真是人狠话不多。副市长夫人只用了四个字，便定位了这个社会中的体制逻辑、人与人的关系框架，以及商人的命运。

当然，改革开放以来，商人因为口袋里有了钱，被很多人羡慕，但也遭到很多批评甚至是咒骂。商人被不断议论，但商人的地位似乎也在提高。

但不管怎么样，这几十年来，商人似乎已经从社会的边缘走到了接近于舆论中心的位置，商人也被当作发展经济的生力军。

商人这个曾经被鄙夷、被人看不起，身份有些模糊的角色，变成了有些光鲜、有些力量、有些社会价值的角色。

但这些都是表面，是我们感觉到的。商人实际上是干什么的？30多年前我开始经商，之后我便一直琢磨商人这个角色，商人生存的内在的逻辑是什么？

世间之所以有商人，就在于商人解决了互通有无的问题。

一种物品，甲地有，乙地没有；另一种物品，乙地有，甲地没有。商人在中间做桥梁，把产品挪来挪去，实现互通有无。

比如说，秦汉时期流行厚葬，厚葬需要大量的汞。秦始皇在关中地区营建陵墓，但是关中地区不产汞，哪里有汞呢？巴蜀。于是朝廷找到当地的商人，找到民营企业家巴青寡妇，由她组织人开采矿石炼出汞，运送到朝廷指定的地方，然后朝廷也给她一些回报。

所以，在有无之间，商人不断推动着物资的流动。

其次，一种产品，你有，我也有，但是你那儿的比我这里的更好。比如说，我这儿生产的车，一天能运送1000斤粮食，你那儿生产的车，跑得快、容积大，一天可以运送3000斤粮食，我就倾向于购买你那里的车子，以此提高效率。这种情况下，除了我直接去你那里购买，同样可以借助商人这个桥梁。

所以，商人在社会经济活动中促进了互通有无，实现了物畅其流。有了商人，我们的生活就变得很便利。我生产的东西，可以通过商人卖给需要的人；我没有的东西，也不用自己去造，花钱去买就可以了。

商人这么做的动因是什么呢？我们都知道，是逐利。当然，我们也把逐利表达为挣钱。

如果商人在帮助人们实现了互通有无之后，自己却一无所得，他们怎么活下去？他们的衣食住行如何解决？所以，商人在促进货物流通的过程中，一定会去逐利。这个利，就是我们讲的价格差，以货币的形式则表现为利润。

如果没有价差，商人就没有利润，赚不到钱，生活就没有办法继续，也就没有动力去经商。如果价差足够大，也就是利润足够大，商人就会玩命地推动物资的流动，并且反复地推动这样的交易。

我们可以看到，在过去的农业社会，交通不便，聚落之间相互隔绝，特别封闭，这种情况下，不辞辛苦往穷乡僻壤跑的，往往就两类人。

一类是传教士。他们为了所谓的真理，会去一些偏远的地方。而且越偏远，条件越艰苦，他们越有成就感，他们会觉得这是自己的使命。

另一类就是商人。因为越偏远的地方，商品的稀缺性越大，当地人愿意付出的价格就越高，商人就可以获得更高的利润。利润驱使商人无孔不入，无处不往。

所以，商人的动力是利润，经商本质上是一个自私同时又利他的行为。商人自己赚钱，客观上又使其他人各得其所需。如果没有商人，我们所需的很多生活物资都没有办法快速得到。

那么，价差是怎么形成的？价差是由三个因素造成的。

第一，商品的稀缺性。

第二，信息。比如说，一种产品，需求方以为自己距离产地很遥远，就愿意花比较高的价钱来购买。但是商人发现了一个新的产地，距离需求方很近，他能以相对较低的价格购买到产品，再以较高的价格卖给需求方，就能赚取更多的利润。所以，信息的不对称导致价差有很大的变化，如果信息都对称了，价差就会减少。

第三，制度。有一些交易，信息大家都知道，但政府有限制，或者存在体制、制度上的障碍，使得多数商人没有办法轻易完成交易，交易变得很困难，价差就会由此而上升。所以体制、制度也是造成价差的一个原因。

在商业社会中，一个好的市场制度，最重要的就两点。

第一，提高交易效率。让商人做生意越来越方便，效率越来越高，不管是生产的效率还是运输的效率，都能够提高。

第二，降低交易的成本。交易的成本存在于各个环节，有制造过程的成本，有运输环节的成本，管理成本，还有律师、会计师的费用，缴税，等等，以及因交通意外和各种障碍交易而导致的其他因素。

所以，过去几百年来，商业文明的进步很重要的事，就是提高交易效率和降低交易成本。一个好的市场制度，应该是商人能够有效地进行交易，交易的成本还能够得到控制，这样的经济就是好的市场经济，这样的环境就是一个适合商人生存的环境。

最近这些年，随着互联网技术的发展，我们看到，商业和互联网结合，极大地提高了交易的效率。比如说，淘宝、京东、美团、抖音、小红书等等电商平台，为我们的购物带来了巨大的方便。我们现在需要一个东西，掏出手机就能买，而且价格相对透明，物流也相当便捷，东西直接送到家门口。这就是进步。

而在几十年前，我们要买一件东西，哪怕仅仅是一支牙膏，也需要骑自行车或者坐公交车到百货大楼，买好东西再回来，一去一回，耗费几个小时甚至半天时间。现在在手机上下单，购买的过程一分钟都不到。快的话，一个小时就可以送到我家门口。而这一个小时里，我可以做别的事情，这就节约了大量时间。对我而言，购物的效率也大大提高了。

商人追求的，不只是这样一个有效率、低成本的市场营商环境，还有一样东西商人也很需要：平等。没有这一点，商人没有办法做事情。

商人做生意，如果不平等，比如强买强卖，那么被掠夺的商人就不会再有继续交易的动力，甚至可能会因为恐惧而离开市场。

我们可以看到，商法当中很重要的一点，就是强调做生意的双方是平等的。此外，商人之间达成的合同，需要是他们主观认同的合意，也就是说，是大家商量好了的，没有人强迫。签订合同、契约的前提是平等和自愿。平等和自愿，是商业活动中商人生存发展的本能要求，也是绝对要求。

一个市场环境中，如果商人得不到平等对待，比如，他们面对官员时得不到平等，面对官办的商人时得不到平等，或者面对外国的商人时得不到平等,总是处在弱势的地位,不断吃亏,慢慢地他们就会远离这个市场,而去寻找其他能够平等交易、能够被平等对待的市场。所以,在一个好的市场环境里,商人之间也是完全平等的主体。

当然,也有人批评商人,认为商人只知道追逐利润。比如说,恒大爆雷以后,有很多人在批评恒大,认为他们把利益留给自己,把债务和烂摊子留给政府、银行、债权人和购房者,在道德上一无可取,对国家、对社会有百害而无一利。在批评恒大之余,一些人把矛头对准商人这个群体,对其进行严厉的批评。

这其实就引出了另一个话题。商人是逐利的,但商人逐利有一个上限,也有一个下限。

所谓上限,是道德。一个商人,不仅做到了互通有无,赚取合理利润,同时还照顾好员工,照顾好利益相关者,访贫问苦,回馈乡里,关注环境保护,那就是好的商人,靠近了上限。

所谓下限,是法律。如果一个商人只是坚守了法律的底线,却没有靠近道德的上限,我们的社会其实仍然应该给予容许和鼓励。

比如恒大。虽然很多细节我们都不知道,但总体来说,涉及违法的部分,我们可以说这是突破了下限,依法该怎么追究责任就怎么追究。没有违法的部分,在法律上站得住的,我们就不应该认为这一部分也是罪恶的,认为相关人员也得抓起来。

还比如说,特朗普曾经破产过不止一次。当然都是公司破产,他个人没有破产。他个人的生活没有因为公司破产而受到影响,而且他竞选总统时,这些事也没有被视为障碍。为什么会这样呢?就是他守住了底线。上限没够着,但底线没突破。

所谓守住底线,就是相关公司都是有限责任公司。有限责任公司只有在极少数情况下才会刺破公司面纱,让相关人员承担无限责任,大部分情况下都是以实际出资为限,承担相应的风险。特朗普就是如此。公司破产之后,对应相应的出资,他承担了相应的责任。承担了这个责任之外,没有别的影响。

所以,不管是恒大、海航还是其他企业,爆雷、破产之后,我们应该关注这些创业者有没有守住底线,我们的社会应该允许创业者在底线以上经营企业。

如果我们对所有的商人都按上限来要求,那么几乎没有商人能合格。更重要的是,也将没有人愿意去创业、去冒险。因为万一做不好,不仅创业几十年的积累化为乌有,连自己的生活都管不住,还要被刑事审判和被道德谴责。如此一来,就等于对商人的要求是只有上限,上限变成了下限,这样的话,商人就不会再去创业和经商。

所以,商人能够生存的环境,底线一定是要清楚的。公司把底线守住了,就不应当完全被否定。在底线之上,如果生意没做好,公司破产了,那也不是丢人的事。世界上很多伟大的公司都亏损过,甚至破产过,然后经历破产重整又活过来。它只要在底线以上挣扎、发展,就不应该被打击,更不该被彻底否定。

当然,我们也期待商人里面能出一批特别杰出的人,他们努力追求道德的上限,我们把他们叫作企业家。也就是说,在商人这个大的群体中，有一些特别了不起的商人可以被称为企业家，他们是商人的标杆。

企业家当然也具备商人的这些特质，需要好的营商环境。除此以外，企业家还有三个更重要的特质。

第一，使命很自觉，也很清晰。比如马斯克，大家都知道，他要用科技创造一些特别的产品和商业模式，比如使人类登上火星，成为跨星球的物种，最终改变人类的命运。他的使命非常清晰，这就是大企业家。所以企业家和一般商人的区别不在于要不要赚钱，而在于使命是不是自觉而且清晰，是不是能够始终如一地坚持自己的使命。

第二，企业家不同于一般普通商人的地方还在于，企业家为了完成自己的使命，会在相应的历史阶段或者特定的环境中，创造出新的生意模式和组织模式，以及新的商业伦理和商业文明，从而推动社会经济不断进步。

马斯克在全球建立工厂，几十万、上百万人为他工作，他就要有足够的能力来管理如此巨大的组织，也必须要照顾好员工，于是他的企业组织跟传统的企业组织就很不一样。阿里巴巴、美团也是如此。阿里巴巴有约20万员工，这20万人的协作，为全中国乃至全世界的人提供了便捷的交易服务。美团的外卖小哥就有200多万人。

所以，企业家身上，很重要的一点是能够驾驭巨大的组织，依靠超级组织的力量来完成巨大的使命。

第三，创新。除了组织上的创新，更重要的是科技、技术上的创新。

我们今天看到的优秀企业家，或者说我们推崇的企业家，在技术创新上都有巨大贡献，他们通过技术创新改变着我们的生活，改变着人类的命运。

马斯克就不用多讲了，阿里的达摩院，华为在芯片方面的努力，比亚迪在新能源汽车方面的创新，以及远大在建筑、环保领域的创新，等等，都对相关领域的发展有卓越的贡献。

我们看到，非常多的发明其实都是在企业家的推动下，出现在商业组织或企业里。这些是企业家的超级能力，这种能力使我们人类的科技不断进步，物质文明不断踏上新的台阶，最终使我们人类的文明不断地往前发展。

所以，企业家在商人里是一个独特的存在，是商人中最优秀的那一部分。正因为如此，市场也会给企业家回报。

市场怎么回报？当然不是简单地去表扬他们，或者给他们高工资。他们的创新在资本市场得到认可，公司上市之后，他们通过融资和出售股份套现，获得最大回报。

所以，有良好流动性的资本市场，往往能产生最有创新能力的卓越企业，以及最有创新能力的企业家。比尔·盖茨、贝索斯、马斯克等企业家，都在资本市场获得了巨额奖励。

另外，企业家在资本市场卖掉一些股票、获得奖励之后，除了改善个人生活，也会用自己的财富帮助解决社会问题，比如比尔·盖茨基金会就是这样的公益慈善组织。

企业家也把钱用于继续投资。比如马斯克去投资X（美国社交平台）、OpenAI（美国人工智能研究公司）等等。他们既然有这个能力，就应该在资本市场融更多的钱，去做更伟大的事情。在完善且有相当规模的资本市场中，融资和套现是对企业家最好的奖励。

所以美国、以色列和中国香港的股票市场很发达的时候，这些地方的企业家一茬一茬地出来，不仅激发了本地的企业家，也激发全球的企业家到那里去施展他们的能力，获得市场的奖励，完成他们的使命。

相反，当市场没有这个功能时，企业家是不会一茬一茬出来的。我们看到，海湾六国也很有钱，迪拜也有交易市场、证券市场，但这个市场主要是玩债的。一个资本市场，如果债是主导，那么得利的是大公司、政府等既得利益者；而债相对弱、股相对发达，才更有利于民间创业，有利于企业家的出现。

也就是说，资本市场最重要的功能是利用股权市场筛选同时奖励优秀的企业家，使这些企业家得到超过普通商业交易的巨大回报，进而推动他们进行更多的创新。

当然，这并不是说企业家就永远会成功，企业家也会面临失败。事实上，企业家终其一生都持续成功是小概率事件。

多数企业家，可能前面成功，中间也还好，到晚年开始犯错误。这既有个人能力和与时代脱节的原因，也可能是技术、社会发生变革而他的认知系统落后的结果，当然也可能有偶然因素，比如政策、体制环境发生变化造成企业家的失败。

企业家失败以后，如果坚守了法律的底线，就应该在法律的范围内获得重整的机会。如果是个人破产，也有个人破产保护的制度，让他能够生活得下去。唯有如此，当企业家赢的时候，可以进行更多的投资、捐赠，更好地回报社会；而如果输了，也不至于坐牢或倾家荡产，个人生活都无法保障，失去再创业和第二次发展的机会。

如果市场做不到这些，还是固执地坚守"士农工商"，认为商臣服于士，商人不仅肉体得下跪，内心也得下跪，我们的市场就难以平等、高效，那么我们的经济想要获得持续的发展，并且参与全球的竞争，从根本上提升我们的生活，也就很难做到。

所以，我们要清楚商人的角色、作用，以及商业发展所需要的制度环境，这对我们未来的经济发展和生活的改善，至关重要。

现在，政府讲要创建法治化、市场化、国际化的营商环境，这是理想的商人生存环境。如果商人能够在这"三化"下生存，商人、企业家就能够发挥出他们最大的作用，做出对经济发展的最大贡献。

资本的逻辑

中国人对于资本这件事是很纠结的。

改革开放以前，绝大多数中国人都确信马克思讲的，"资本来到世间，从头到脚，每个毛孔都滴着血和肮脏的东西"，于是一定要消灭资本，附带要把掌握资本的人——资本家一起消灭掉。

改革开放以后，人们似乎对资本有了一个新的认定。抽去意识形态和道德的一面，人们又开始肯定它对发展、推动经济有益的一面，多少给资本做了一点平反和正名。

不仅如此，随着经济的成长，人们也越来越相信马斯克的说法。相对于过去说的"一切罪恶来源于资本"，马斯克说，"一切罪恶来源于权力"，特别是那些超经济的政治权力或者行政权力。

他说，如果没有权力，资本只能讨好客户和市场，所以资本本身是很卑微而且勤奋的，它会带来财富。只有在权力奴役它的时候，资本才表现出某种狰狞的嘴脸，让人厌恶，想要逃避。

当下经济遇到了很多困难，大家又开始对资本产生某种期待，期待资本能够积极地投资，积极地创造就业机会，同时还带来利润，给政府带来税收，期待社会经济重新焕发激情。

这样一个纠结的过程，让我想认真地探究一下资本本来的样子，或者说它的逻辑。

我大学读经济学时，老师就给我们讲过资本。那时候，我们认为资本是什么呢？资本是能够带来货币的货币，当然它能够带来的货币就是利润。换句话说，资本是能够创造利润的货币。不能够带来增量的货币是个人储蓄，不能叫作资本，资本是一定能够带来增量的货币。

举个例子，我口袋里有100块，我拿它去投资，最后变成120块，这个时候钱就变成了资本。如果我口袋有100块，我花掉20块，还剩80块，这个钱就是我的个人资产，或者叫储蓄，不是资本。

后来，人们又把资本从货币形态类比扩大到非货币的形态，比如人力资本。人作为一种生产要素，能够做出特殊的财富贡献，能带来新的利润，于是也算是一种资本。还有知识产权、技术专利等等，也会带来利益的增量。这个利益，可以是现金利润，可以是它带来的产品市场份额，也可以是它所带来的公司的价值增长……我们投入这种要素到生产过程，也能够带来特定的回报，于是它们也被视为一种资本。

当然，还有更广泛的内容，有些人的资历、出身，甚至偶然发现的自然资源等等，当可以带来超额的利益时，这些东西都被泛化地叫作资本。

但不管怎么说，资本的核心特征、价值点，或者说它最有意义的地方，就在于它被投入经济过程当中时，能够创造新的经济增量，而且能带来经济循环往复的增长。

资本是怎样推动经济发展的？它的核心要义，是它要投入直接的生产过程，也要投入流动性的交易过程，也就是贸易当中。投入生产和贸易，资本可以带来财富增量，这是它能创造经济增长的最重要的方面。

除此之外，资本也可以投入虚拟的财富过程之中，比如投入金融过程中，去放债，去买股票，或者进行一些衍生工具的交易，拿钱投入钱的生产，这些也都可以创造出新的经济增长。

在此过程中，有一件特别重要的事情，那就是资本要创造新的财富增量，一定要流动。资本必须不断地循环，通过生产，通过交易，通过金融，最后创造出新的经济增量，通过循环往复的流动来推动经济不断发展。这个过程，实际上是由资本的逐利性带来的，资本要逐利，要赚钱，要获取财富增量和货币增量，当然就要循环地投入生产、贸易、金融过程当中。

人为什么要追求财富的增长？当然和人的逐利本性，或者说贪欲有很大关系。资本本身的天然属性，就要求它不断地动起来，而且不断加快它的运动，在生产、贸易和金融过程中去创造增量的财富，这是资本推动经济增长的一个重要特征。

另外一方面，资本由人掌握，掌握、运作资本的人叫资本家，或者我们叫作企业家，资本获取利益增量的办法，由他们来掌控。

企业家在掌握、操纵、运用资本的过程当中，一定要想方设法地提供比竞争对手更好的产品、更好的体验、更好的服务，同时还要使用更少的金钱。降低成本、提高品质、改善服务是企业家终身追求的目标。

只有这种追求，才能使自己的产品卖得越来越好，自己的市场份额越来越大，客户越来越多，才能使公司的收入、自己口袋里的钱越来越多，自己才能变成一个资本的有效使用者。换句话说，创新是企业家的使命，而资本的本能推动了创新。

如果资本不和创新结合，资本的效率和赚钱的能力就会大大降低。这时候，资本就会流向那些能够通过创新降低成本、提高产品品质、改善服务的人手中。这些人能够为资本创造更多的利润，从而使资本循环往复地扩大它的财富规模，客观上也推动了经济增长。

这就是资本最重要的两个特征——流动性和创新性。所以，当一个社会的资本越来越多的时候，就意味着财富的流动在加快，同时创新的人、事、企业和产品也在不断地涌现出来。

我们现在看到马斯克，终于明白了这点，他就是通过资本的推动不断发展起来的。当然，他开始创业时有一点自己的钱，但是他融了很多钱。投资他的资本要求他创造出更大的回报，于是他用创新的办法解决了很多看似非常难以解决的问题，同时研发了新的产品，开拓了新的市场领域，也创造了一些颠覆性的技术变革。

比如说新能源汽车，特斯拉把传统的汽车打败，降低了能源消耗，增加了舒适度，价格还不高，成为全球电动汽车生产厂商巨头。于是资本在他身上迅速膨胀，终于，马斯克在2021也变成了世界的首富。

这个过程清晰地表明了资本究竟是怎么推动经济发展的。高速的流动、革命性的创新，这两件事情是资本最重要的特征，也是资本对经济成长最重要的贡献。

既然这样，那我们是不是可以坦然地说，资本就不再有任何可以指责的地方？其实也不是，因为资本有好坏与善恶。

实际上，始终有人在说，资本为了牟取暴利，是坏的。这是个动机论的评价。在我们的传统文化当中，我们会用道德来指责一件事情，而忽视它的功利性的目标。我们对待资本其实也是这样的，总是会说它是为了赚钱，说它无所不用其极，说它一定要追逐利润最大化，于是我又想起了马克思说的，大意是如果资本有50%的回报，就可能铤而走险，如果有300%的回报，它就不怕犯罪甚至杀头的危险。这就是我们从动机论角度给它的评价。

事实上，我觉得我们看一个事物的好坏，或者看它对经济过程有利还是有弊，动机论是一种很虚弱的解释。更重要的还是看过程，看结果。我们对一个事物进行完整的评判，不仅要看动机，更要在意过程和结果。

资本都有逐利的动机，这是毫无疑问的。但是如果把它放在不同的过程中来看，实际上，只要围绕着市场竞争和发展的法律基础是相对规范、透明、公平的，那么资本在经济活动过程中就是受到约束的，那么它产出的结果对多数人而言就会是有利的。

举个例子，上市公司是不能够操纵市场、进行内幕交易的。想要保证企业做到这些，则依赖于过程管理。比如，要求企业进行信息披露，承担社会责任，对市场行为进行约束，对企业竞争的过程进行管理，对不公平竞争、恶意竞争等潜在风险和可能性用法律法规加以规范……这个管理过程，就会使资本因其趋利避害的特点而选择对多数人有利的路径。

在这个过程当中，如果法制是健全的，监管是有效的，市场运行是有序的，那么资本单纯的逐利动机会弱化，会更多地考虑在整个经济运行过程中去做利他的事。

所以过程的管理很重要。过程管理所依赖的是法治。要使每一个市场的主体，也就是每一个资本的承载者即企业，在参与市场竞争时遵循共同的游戏规则——法律法规以及政府的监管措施。如果没有健全的法制、有效的监管带来的有序市场，任由资本野蛮生长，它逐利的特性就可能会对其他人造成伤害。

除了过程，还要关注结果。如果用结果来评判资本的话，那就是要看它最后赚到的钱是怎么分配的。

一种分配方式是，这些钱100%都由资本所有人拿走。企业家也好，资本家也好，拿走100%，其他人得不到好处。

第二种情况是其他人也能得到好处。假如说，资本赚到了100块，先拿出其中一部分缴税，比如在中国，要拿出25块的企业所得税，还有一些其他的税。比如房地产这个行业，如果赚100块，将近60块是政府拿走的，只有40块是由资本的所有者再来分配的。

从这个角度来看，随着企业的发展，资本的高效运转对社会是有好处的。因为政府拿走了这一部分之后，通过二次分配，用于社会福利、社会保障，或者用于国防、环境保护等方面，所有人都是受益的。

在这个过程中，资本逐利越厉害，效率越高，赚的钱越多，实际上多数人得到的好处也越多。那我们为什么还要责怪资本呢？显然，这种情况下，我们应该拥抱资本，为资本带来的结果鼓掌。

再来看第三种情况。

比如说，同样是赚了100块钱，政府拿走了30块，然后资本所有人履行企业的社会责任，拿20块捐给社会的其他方面，比如捐给公益基金解决某种社会问题，而剩下的50块他拿走了。在这个过程中，政府通过税收来做二次分配，资本所有者又拿钱（捐给公益基金）进行了三次分配。这对社会仍然是好的。

还有一种更好的可能性。同样赚100块钱，交了30块钱税以后，资本所有者留了一点供自己生活和家庭开支，其余的全部都拿出来进行三次分配。比如比尔·盖茨从十几年前开始，把他赚的钱在交完税以后，剩下的几乎都捐给了他的基金会，也就是变成了三次分配。

中国其实也有很多这样的企业家，通过捐赠财富来积极参与推动三次分配。我个人这30多年也创设了23个公益基金会，积极参与公益活动。所以一方面，自己的企业要创造利润，另一方面又要拿出尽可能多的钱捐给社会，推动解决一部分政府无暇顾及,或者说公益基金会可以更高效解决的社会问题。

从这个角度看,资本多赚钱并不是坏事,关键在于它最后的分配需要合理。也就是说,不是100%都由资本所有人拿走,而是政府拿了税来解决二次分配,企业家捐出一部分进行三次分配。

这样循环往复的话,我们可以看到,资本来到人间,除了有强烈的逐利动机,它还会按照法律允许的过程来运作,接受政府的有效监管,赚到钱又积极参与二次、三次分配,大部分财富最后回馈给社会,让其他人也能分享到资本创造的利益。这就是资本始于逐利,终于至善。

前一段时间,我去了某地的一家企业。在疫情期间,这家企业遇到了不小的困难。但是,当地政府告诉他们:"没事,我们帮你们纾困。"他们按照政府的通知,领材料、申报,很快就拿到了一笔解燃眉之急的钱。

听到这个事情的时候,我很好奇,就问:"当地政府为什么能这么高效地解决企业在发展过程中遇到的困难?"

他们告诉我,当地有一家特别著名的企业,一天就给当地交一个亿的税。一年就是365亿。这些钱,是资本创造的,但是政府拿走了之后就可以用来解决公共问题、提供公共服务,同时也在特殊时期帮助大家纾困救急。

我们不能简单地只是从道德上去批判资本。仅仅因为资本有逐利的动机,因为它非常想赚钱,就简单认为它是坏的,把它看成是一坨臭粪。我们要注意,它究竟是好还是不好,实际上不是个道德问题,而是法律问题,比如有效市场是不是存在,政府和市场是不是能够很好地契合。

其实,市场竞争和监管是否有效,大家是不是都按一套规则走,才是决定资本是善还是恶的重要影响因素。

如果变成了马斯克讲的那样,权力绑架、奴役、代替资本,在财富的生产和分配过程中,权力上下其手,为所欲为,造成对竞争市场的扭曲和对多数人利益的侵害和剥夺,那么,这个时候的过错就不是资本带来的,而是权力带来的。就像马斯克讲的,要归一切罪恶于权力,而不是资本。

所以,如果我们不是单纯地着眼于资本的动机,而是看它的过程和它的结果,我们就会看到资本在经济增长过程中,对推动财富的创造,以及通过政府和第三次分配来解决社会公共问题,使社会普遍分享经济成长和财富创造时所带来的好处。

那么资本怎么样才能够最大限度地创造出财富,同时又有良善的结果?当然,这和资本的占有方式,或者说,与公司的治理结构有很大的关系。

一个公司,如果由一个人100%所有,它在创造财富的时候,追逐利润的动机有时候就有可能压倒它对社会贡献的动机,它参与二次、三次分配的动机就会弱,它就有可能会有一些不好的倾向,采取一些规避监管的手段,这些就会带来不好的结果。

而如果这个公司有两个股东,即所有者有两个人,那么有些事情,两个股东之间就必须商量。商量的过程中,一些恶的倾向就会有所减弱,善的倾向和导致好结果的动机和力量就会变得更大一点。

又如果，这个公司的所有者不止两个人，按照公司法，现在有限责任公司可以是十几二十个股东，这样的话制约就更多。公司治理想要透明规范，那么就必须有董事会、有股东会、有监事会，互相制约。在这种情况下，公司的资产、负债、经营信息就必须在这些资本所有者当中透明。那么，如果想要得到各方面的支持，就必须透明，在这个过程当中，公司的行为就会更加满足法律约束和监管的要求，就会更加朝着我们资本的善的方向去运作。

把股东的范围再扩大，如果这个公司是上市公司，它就有可能有几万、几十万的股东。而且监管要求上市公司所有的信息披露要百分之百透明。这种情况下，公司的动作必须是标准动作，要按照监管的要求采取标准行为。如果脱离监管，脱离法律的约束，采取一些不合规的行为，比如通过内幕交易、操纵市场、关联交易等手段，为少数股东或者大股东获取特殊利益，那公司就要冒巨大的风险，行为人最终都会面临法律的惩罚，这个惩罚不是民事，而是刑事的，也就是说是会坐牢的。

所以说，公司股东越多，管理越透明，资本也就越能被驯服，越能够按照规范和监管的要求去运作，最后，得到的结果就会是，创造出来的财富更多地有利于全社会。

换句话说，资本要照顾到他人。股东越多，管理越透明、越规范时，资本就越会照顾到其他人，它就具有越多的社会资本的属性，也具有资本的善，而不是资本的恶。

而如果这个资本几乎是所有人的，就是属于全民的资本，也就是每个人都有一点点，但是同时委托专业的经理人来打理。这样的资本，效率也许会减弱，但它善的一面和为所有人带来利益的这一面就会表现得更突出。

新加坡就有这样的资本。比如新加坡电信，它的股票很多人持有，几乎每一个新加坡公民都可能有一点点这家公司的股票。当然这些股票的价值，它的分红，和所有人都息息相关，也都是实际的利益。

这种全民的资本在北欧也有，他们甚至有一个词，叫人民资本主义。也就是大家都是资本的所有者，都是资本的直接参与者。这种情况下，资本更容易带来善的方面和普惠的方面，也就是对所有人更好的方面。所以，资本究竟会不会带来肮脏和血泪，也要看谁拥有资本，多少人拥有资本。

其实，资本由所有人拥有，也有一种风险。当所有人拥有资本的时候，不可能每一个人都直接参与到资本的运作、交易的过程当中，于是就会委托代理人去参与。委托代理人就有委托的成本和风险。委托经理人有可能变成实际控制人，或者叫作由内部人控制，经理人就会获取机会去谋取自己的特殊利益，从而损害所有资本持有人的利益。

所以，资本究竟是不是对经济社会发展有益，一方面要看它是不是高效地推动了经济增长、带来创新，另一方面要看它是不是能够照顾到多数人。而就后者而言，我们要扩大资本的参与者，也就是说，一个公司的股东要越多越好，同时也要防止内部人控制和防止独特的官僚垄断使资本扭曲、变形而伤害到多数人的利益。

通过分析资本的动机、过程、结果，分析资本的拥有者数量、治理结构，以及它参与二次、三次分配的过程，可以看到，资本在经济社会当中可以起到三重特别好的作用。

第一，推动创新和经济增长，这是资本的基本职能。没有它，经济就会塌陷，甚至是停滞，然后所有人都会返贫。

第二，资本创造出财富以后，政府二次分配，企业家参与三次分配，可以带来普遍的福利增长，或者叫共同富裕。

第三，当有更多人参与，不仅是以企业的方式参与，甚至是以自然人的方式参与的时候，控制、持有资本的人越多，整体受益的人就会越多，实际上就能够促进整体的繁荣。这个时候，只要我们防止内部人控制和抑制特殊官僚垄断资本，资本范围越大，数量越多，社会经济普遍福利也会越多，人们的生活会改善，社会也会更加繁荣，这就叫资本向善。

所以说，资本在自然状态下，它可能是一个有病毒的种子，但经历过这样一个社会过程，借助法律和监管，以及我们刚才讲到的这些安排和矫正措施，资本就能开出经济增长的灿烂鲜花，推动整体的经济繁荣，这是我们所期待的，也是我们特别相信资本的力量的理由。

买房的逻辑

人一生总是要和房子打交道，会遇到买房、卖房、再买房、再卖房这些事情。经常有人问我和买房相关的事情。大家很关注的一个点是，当下的住宅市场在往什么方向变化，未来是需要买房还是卖房，是选择租房还是可以去投资房。

所以，我想给大家介绍一下买房的逻辑。

中国的住宅市场，已经发展了 20 多年。1998 年，我们取消了福利分房，靠市场来解决住房问题。这之后，住宅市场才蓬勃发展起来。过去 20 多年，由于快速地城镇化，快速地建设住宅，很多房子增值，很多人靠房子赚了钱。

从整体来看，可以说现在已经基本解决了住房问题。

为什么这么说？改革开放初期，我们的人均 GDP 才 300 多美元，人均住房面积 3 平方米。当时的人口是 8 亿多。现在人口增加到 14 亿，人均 GDP 超过 1 万美元，城镇人均住房面积超过 40 平方米，超过了日本的人均住房面积。

一方面，这是一个巨大的成就。另一方面，住宅产业的高速发展不会是永远的,高杠杆、高增长是有条件的。大概有几个条件,决定了增长的边界。

第一,经济增长。

如果一个城市的经济在增长,就业率在提高,个人收入、工资在增加,那么房屋改善的需求就很大。大家都想要改善,会给新房市场提供一些活力。如果说就业率在缓慢下降,失业率在增高,个人收入的增速在下降,新房也不可能有很大的支撑力。在经济周期上行的时候,住宅价格是上涨的。在经济周期相对下行的时候,个人口袋越来越浅的时候,新房市场缺乏支撑力。

另外,中国的人均GDP已经超过1万美元。全世界经济成长的规律是人均GDP达到8000美元以后,新房的供应量会越来越少,供给主要是二手房。比如说到纽约去推新盘,一个楼盘卖3年都没有卖完,这是很正常的。纽约每天交易大量的二手房,但新房的增量非常慢。欧洲也是这样。经济越成长,新房的供应量比例越少,交易的速度也越慢,这个是规律。

现在很多城市,像北京、上海,二手房和新房的交易比早就超过了1:1,北京卖掉5套二手房才有1套新房成交,这就是人均GDP超过8000美元以后的状态。

第二,人口增量。

在人均GDP超过8000美元之前,所有城市的人口都是增加的,北京、上海每年增加四五十万人。一个城市如果每年增加四五十万人,20年下来会增加多少人?于是新房就有市场。

而现在几乎所有城市的人口增速都在下降。一线城市中,北京的人口过去一直是正增长,最近几年出现了负增长。上海、广州的人口增量也在不断下降。2021年,上海常住人口增长了1万,广州常住人口增加了7万。其他大部分城市,特别是二线、三线城市,人口基本上都是零增长,甚至是负增长,只有少数经济增长比较快的城市还在正增长。

住宅是要给人住的。那么人口就是一个边界,当一个城市的人口增量越来越少,人口聚集越来越缓慢的时候,住宅的增长也一定会放缓或者停下来。

更极端的情况,比如黑龙江的鹤岗,人口大量流出,常住人口不断减少,于是1万块钱可以买一套小房子。而即使那么便宜也没人买,不少人会说:"在那里待着干什么,没就业没收入,还很冷。"不只是鹤岗,每年都有不小规模的人口从东三省跑出来,到东北以外谋生。

第三,城市发展的空间结构和基础设施。

当一个城市的基础设施没有完全定型,机场、码头、车站,以及公共的剧院、医院、学校等还没完全建好的时候,就是城市在往上走的时候,人口会随着这些设施的完善而移动。比如,这儿修了一条地铁,地铁沿线就会聚集一批人;那儿盖了医院、学校,又聚集一批人。

等这些投资都完成了,城市的空间格局基本上就定下来了,人移动的方向和聚集点也都定下来了。到这个时候,物理空间的增量就很少了,住宅市场的增长基本上就停下来了。这个过程和城市化指标有关。一般来说,伴随着基础设施的兴建,城市化率到了60%、70%,关于住宅的想象力就会极其有限了。

第四,相关的金融因素,比如利率、税收、汇率,对住宅的需求影响非常大。

如果首付比例下降,利率也非常低,可能会刺激出一些改善性的需求。另外,如果首付特别低,对于从外地移居到城市的人来说,买房的门槛低了,也会增加一些购买需求。这些金融政策、利率、利息、汇率、遗产税、赠与税、财产税、房产税等的变化调整,住宅市场对此会有非常敏感的反应。

第五,社会心理预期。

社会心理预期非常重要。比如说,房子是永久产权,可能会刺激一些人多买一点房,然后把它交给下一代。但如果这个房子只有几十年的租赁权,可能买的人就少一点。还比如说,要征房产税了,大家的心理预期就有些变化。当然最近政策明确了,这两年房产税的试点不扩大,也就是说暂停了。如果遗产税也要来了,大家会觉得,买这么多房子,将来都会成负担,这对大家的心理预期的影响也很大。

此外,由于人口结构的变化,"90后"、"00后"的年轻人,他们对房子的心理预期,跟老一代不一样。因为他们上面的老人有好几个,如果将来老人都不在了,其实房子是多的。20年以后,可能不少"00后"会继承几套房子,他们的预期变化也会使买房的冲动降低。

当然,社会稳定不稳定、政策管制与否、经济是不是有波动等等,都会影响到买房预期。如果预期特别不好,住宅市场的扩张就会受限制;如果心理预期特别好,市场就会增长。

其实,从某种意义上说,大家对待财富的心思跟养孩子是一样,就三件事。

第一,这孩子是不是我的?孩子是我的,我就好好养;如果是隔壁老王的,不仅不能好好养,还得跟老王对着干。

第二,要让自己的孩子快速成长,让孩子去更好的学校,接受更优质的教育。同样,着眼于成长,人们也希望把财富放在一个有成长的地方。

第三,要有良好的流动性。比如说,孩子在某地工作,万一当地有疫情,或者有战争了,打一个电话,让孩子赶紧跑,孩子就顺利回来了,这叫有流动性。如果一个地方没机场,没铁路,没公路,你不可能让自己的孩子去,因为没有流动性就没有安全感。

我们的资产、住宅如果能具备这三条(第一,产权明确;第二,不断升值;第三,交易流畅),心理预期就会很好,住宅市场就会不断活跃,会有增长。如果这三个预期都破坏了,比如说,这房子是不是我的不知道,还涨不涨价不知道,能不能卖掉也不清楚,住宅市场就不太可能好。

比如说,根据"贝壳找房"的数据,2023年,一套房挂出来没有11个月是卖不掉的。我们知道,好的时候3个月就能卖掉,现在要11个月,那还买房干吗?万一急用钱,不就瞎了吗?

总之,这五个因素是决定住宅市场在未来是成长、转型还是停下来的因素。这几件事,制约着我们对住宅的想象空间,影响着房价的大的走势。

而且这几个因素也决定了,人均GDP到了1万美元之后,住宅市场会逐渐地减量、减速、减价。为什么老说人均GDP到了1万美元?因为这是全世界的规律。

我们也看到,现在很多房地产公司爆雷,出了一大堆问题。事实上,这有偶然性,但是从房地产这个行业来看,也有必然性。人过了青春期肯定是不长个了,行业也如此。

以我个人的判断,我们总体进入了特别重要的转折期,住宅快速开发、销售的时代结束了,也就是说"开发时代"结束了,开始进入"后开发时代"。"开发时代"就是快速建住房、卖住房,大家买住房、投资住房,快速城镇化,是这样一个时代。

所以,我们判断从2016年开始,中国整个住宅市场进入了相对稳定而且增量市场趋缓的时代。在很多城市,房价持续上涨的这五个因素,至少有三四个已经没有力量了,也就是说房价一定会稳在那里。这是一个基本判断。

当然,"开发时代"结束了,不等于我们不能买房。比如说,现在有的发达国家人均GDP高达6万美元,他们也有人做住宅,只不过都是在四线以下的城市做。而中国过去20年里,做住宅的公司都是以一线为主,所以住宅的开发今后要从一线退到三四线。一线城市没人理你了,城市在完成了住宅的开发使命以后,经济转型了。

也有人问,买房能不能有钱赚?很简单,交易要容易,转手要快,中间环节要少,税收要少。签个字就可以买卖,房子交易的速度就会越来越快，交易越来越容易，佣金也少，利息也低，大家都愿意买卖，房价才可能上去，就能赚钱。如果我们有一个制度让交易不容易，中间的环节越来越复杂，税收越来越高，那么政策的目的就是让房价不要涨。在这种情况下，靠买房子就不太容易赚到钱。

1999年以来，我们住房的制度也是影响住宅市场的一个很重要的因素。这个制度是什么？我们知道，全世界解决住房问题的制度，有三个可供参考的模式。

一开始，我们参考美国的制度，从1999年到2009年这10年，所有的住宅随意买卖。取消了福利分房制度以后，很自由，随便买卖。那一段时间大家交易得很快，而且通过自由买卖，进入市场也很方便，土地是通过划拨的方式拿到。

到了后来，从2009年到2014、2015年，我们采用类似于新加坡的制度。新加坡80%的住房由政府来管，确保老百姓有一套住房，但都是50到80平方米的小户型，而交给市场的部分只有20%。新加坡不到600万人，但是政府建了100万套住宅，用低价、小户型的方式来提供保障。类似地，我们国家提出了一些保障的措施，如给老百姓提供保障房、小户型、公租房等。

今天来看，新加坡是很成功的，新加坡现在人均GDP高达6.5万美元，亚洲第一。老百姓安居乐业，因为政府在过去54年里面建了100万套住宅，每一个人家里都有房子，而且很便宜。

2014、2015年以来，我们的住宅制度进入了一个新的阶段。随着基本的住房需求解决了以后，现在更强调保障性、福利性甚至是公益性，而要抑制投资性，中央就提出来"房住不炒"，这个是类似于德国的模式。

在德国，50%到60%的人都是租房的，剩下的人大概一辈子买一次房，你如果通过买房来套利，就可能坐牢，所以他们的房价很稳。我们现在又开始借鉴德国的一些做法，把房地产的居住属性、公共福利属性这些安居乐业的基本属性变成第一属性，而把投资属性、增值属性变成了次要甚至要忽略的属性。这样一来房价就很难再有上升的空间了。

而且，今后大家交易的过程会越来越复杂，交易中间获得的利益会被政策去掉一大块。比如你1万块买，5万块卖，这个4万块你并不都可以拿到。这个就是"房住不炒"的政策走向，未来对交易资格身份的认定很严格，房屋交易的中间环节会设置很多审查，交易过程中产生的利益有一个恰当的分配，你会得一点，但是还有其他方面也会分享。这就是未来的趋势。

以上这两件事情，一个是决定住宅市场在未来是成长、转型还是停下来的五个因素，一个是国家解决住宅问题时可以选择的三种模式。

这两件事情重叠到一起，可以看出：现在新房的增速在减缓，价格稳中有降，未来交易会越来越复杂，交易的速度会减缓，交易的中间利益会重新分配。所以说，未来我们将会进入这样一个持续的阶段，会有类似于德国和新加坡那样的获得住宅的基本制度，同时市场上还会留一部分让大家去交易，但这个不会是未来住宅市场的主流了。

也就是说，以前我们跟着起哄、买房就可以赚钱的时代结束了。并不是任何时候进场去买都可以赚钱，也不是任何人赚了一点钱拿来买房就可以赚钱，买房这个事情越来越专业了。

卖房的逻辑

房地产的开发时代过去了,我们进入一个新的未来,那就是后开发时代。实际上,我认为,开发时代在 2019 年就结束了。为什么这么说?

大家都知道,现在地球上有 80 多亿人。在地球上其他地方曾经发生过的故事是这样的:当人均 GDP 接近 1 万美元,城市化率到了 50%、60%,主要城市的人口聚集开始停下来,人口增量开始减少,人均住房面积超过 40 平方米的时候,住宅的传统开发就已经开始减缓了。

我曾经去纽约寻找过一家公司。二战后,美国东部几乎所有的住宅都是这家公司做的。我去纽约找这家公司时,被告知,这家公司现在没有了。我问:"为什么没有了?"对方说:"这家公司只繁荣了 20 多年就没有了。"还给了我一张他们收藏的旧报纸,说,"这家公司后来全部卖掉,去做了慈善,今天你还能看到这家公司,但它已经是一家做慈善的基金会。"

这就是美国房地产的开发时代结束以后,住宅开发在减量过程中发生的故事。

我们来看一下，在开发时代大家都在做什么。无一例外，开发时代大家的主要产品是住宅。规模、成本、速度是核心竞争力，而模式是2C，即卖给个人。

开发时代，即经济水平差不多是人均GDP在2000到1万美元这个阶段。曾经有一阵很多人讲，到东南亚倒腾房子随便都能挣钱。为什么？柬埔寨、越南等国家，人均GDP也就几千美元，正是快速增长的阶段。但是，到新加坡就不一样了，新加坡人均GDP达到了6万多美元，就没有这样的故事。

所以，作为行业从业者，如果今天你拥有的是开发时代的能力，你仍然在规模、成本、速度上有竞争力，那么到其他人均GDP没到1万美元的市场，你的经验、能力和本事都能用得上，因为那里还处在开发时代。

进入后开发时代，我们的能力就得随之改变。地产业的产品不再是住宅。在后开发时代，有7大类的地产产品，包括办公、商业、酒店度假、教育研发、仓储物流、医疗健康，还有公共物业。

从竞争力的角度来看，现在的竞争力重点是运营和管理。什么叫运营和管理？我讲两个具体的故事。

在开发时代，我们地产商每建一个购物中心，就算大到10万平方米，能够产生的年营业额也就10亿元，最多15亿元。我们一般只建造不运营，建好以后租给别人就不管了。但北京的SKP，在12年时间里，没有增加一寸面积，年营业额从11亿元增长到了 177 亿元，成为全球单店最大的购物中心。它就是在倒腾空间里面的产品，在运营，从 11 亿元到 177 亿元，它的平效（每平方米的产出效率）增加了 10 多倍。当然，它能承受的佣金就有巨大的增长。

再讲一个极端的故事。有个头部直播播主一年卖了 320 亿元的货，用了多少面积？3 万平方米。用 3 万平方米的办公空间卖了 300 多亿元的货。靠什么？就是空间的平效大大提高。这也是运营。

空间运营的核心，是你要变成空间的导演和制片，要讲好空间的故事，把所有跟这个故事相关的人吸引到这个空间来，在这个空间里消费，于是这个空间就有价值。要把这个空间变成一个聚人聚气聚利的地方，最后收到租金。

空间容纳的人越多，或者人在里面掏的钱越多、消费越多，空间的价值就越多。在后开发时代，空间的价值主要是算租金。租金怎么算？关于空间的价值，我以前开过一个玩笑："站着不如坐着，坐着不如躺着，活人不如死人。"为什么这么说？站着消费，溜达溜达就走了，你收不到钱；但他坐下来，喝个茶，吃个饭，他就要交点钱，你的租金就高一些；如果他躺着，比如病了，天天都要付钱。

但如果他死了呢？大家知道，在殡仪馆告别的时候，那个屋子 45 分钟收 2000 块。那个地方大概 300 平方米，一年可以收到 700 万元。这还不够，如果他死了没火化，放在冰柜里，多少钱？比五星级酒店还贵。所以我们讲竞争力是运营。

还有资产管理。资产管理包括物业的硬体管理，也包括资产的金融化，这些都是资产管理。

从商业模式来看，后开发时代的我们主要是做 2B。我们的客户更多的是机构，所以各地产业园招商，卖场去招商，这都是 2B。这意味着我们要更多地研究 2B，而且也要研究 B 后边的 C，这种商业模式更复杂。

从金融服务的角度来看，在开发时代，主要用哪些产品？用的是开发贷，个人购房的贷款，另外有一些土地融资、股票、债券，以及夹层、过桥资金，等等。在后开发时代，我们面对的金融产品是经营性物业贷款，我们可能会有基金，会有 ABS（资产支持证券），还有很多金融工具，但唯独没有开发贷。进入后开发时代意味着我们告别了开发贷，迎来了经营贷，我们要研究不动产投资信托。

从标杆企业的角度来看，在开发时代，核心指标是销售收入，标杆企业的营业额，从 1000 亿、2000 亿元，一路到 6000 亿、7000 亿元。而到了后开发时代又大不一样。前两天我们去了一个公司，在讨论后开发时代的时候，大家说了一句话："在后开发时代，我们是在同一条起跑线上。"也就是说，进入后开发时代的时候，大家都在一起，都是刚开始起跑。

比如办公领域，我认为在中国做得很好的是 SOHO。SOHO 一直在做办公。如果你按开发时代的标准去比销售额，它也没什么，但是它的办公是目前房地产企业当中做得很好的。

比如仓储物流，大家都知道普洛斯做得很好，是标杆企业，也是全球最大的仓储物流公司。还有嘉民，是新加坡过来的，也是做仓储物流。

还有商业，除了前面讲过的SKP，还有德基，这两家公司都是商业物业中价值创造做得最好的。

医疗健康，大家都知道，泰康是目前做得非常棒的。泰康在养老领域已经布局了将近30个城市，开业了11家养老社区，入住的平均年龄在80岁以上，而且在业务上形成了一个闭环。当然，我们公司，包括品器，还有一些合伙人，围绕医疗健康也做了4年的探索。

进入后开发时代，核心指标是资金回报率。我们看每一个物业、每一个产品，算账时很少算面积，因为面积大小不重要，要算租金回报率。

举一个例子，在开发时代，一家开发公司一年做几千万平方米，销售几千亿元，那么它的价值有多大？因为它是按营业额算的，资本市场给的价值大概是1000多亿元，最多2000亿元。但是，嘉里中心在北京做国贸一期、二期、三期，用了30年，只做了100万平方米，一年收60多亿元的租金，它的估值就将近1500亿元。这就是按租金回报率算的，它面积没那么大，但是价值很大。所以后开发时代算账的方式发生了变化。

我们再来看一看，进入后开发时代我们面临的挑战。

跟发达国家曾经经历的后开发时代不一样的是，今天我们要面对科技带来的很多挑战。科技的进步颠覆了过去的很多东西，我们面临着很多改变。科技对我们的颠覆发生在哪里呢？大体上发生在以下这几个方面。

第一个方面,是建房子的过程。大家都知道,房子越来越能够按照个性化需求来定制;此外,3D打印的小房子,已经有比较成熟的公司在提供服务。

还有全屋智能。腾讯、华为、小米这些公司都提出了全屋智能的概念,也就是说,未来的房子,很多重要设施的提供者都不是传统的开发公司。比如日本,现在最好的房屋公司是松下房屋,是做电器的;还有丰田房屋,是做汽车的。它们都不是传统的大型建设公司,不是像三井不动产这样的公司。为什么它们能做到?因为把所有的房间里面的智能设备、家用电器连接起来,三井在这一块的能力不如松下。

所以丰田在日本做了一座未来城市,重点做智能交通互联网。未来在中国,智能房屋做得最好的有可能是小米、华为这样的公司,或者是某一家电器公司,而基础的网络方面做得好的则可能是腾讯。

面对这种变化,传统开发商能做什么?就是跑腿,报批报建,把壳给人家建好,剩下的都不会干。所以科技对我们的颠覆是巨大的。

第二件事,房屋交易系统会发生很大的变化。这是目前最明显的一个变化。大家都知道"贝壳找房",用了三四年时间做到市值700亿美元。最近"安居客"也要上市。还比如"诸葛找房",是又一家数字化的交易系统和平台,这种交易系统和平台的平效和经纪人效率都非常之高。

第三件事,是刚才讲到的空间管理。过去写字楼的运营也是很笨的,等来一个人租,别人不租你也没办法。现在,则可以通过各种数据,即通过你过去的使用偏好来很好地匹配适合你的空间。于是现在随着科技被引入以后,空间的运营效率大大提高。

资产管理方面,现在有些体系会使用一些特别的系统,把资产管理通过现代的网络技术、人工智能技术的辅助,变成每个人都能做。比如说,在过去,资产就是一栋大楼,你得有很大一笔钱才能参与,但现在每个人都能参与,而且提供服务的效率大大提高。现在的管理可以用很多新的技术,数据和人工智能对资产管理的影响力越来越大。

最后再来说一说,在后开发时代,围绕着大健康,我们做了一些什么事情。我们做了疗愈系酒店。所谓疗愈,是在这个空间里做内容,给用户提供身心修复、疗愈的空间,目前已经陆续开业了。

还有健康公寓。什么叫健康公寓?国际上有一个标准叫WELL标准,涉及空气、水、声音、光等7大类、100多项指标,要经过很多大数据验证,并且要求全部达到标准。这样的空间会更有利于身体健康,所以叫健康公寓。

我们还围绕着医疗健康做了健康医疗中心,就是把医疗健康的内容集中在这个空间里,就叫医疗mall(大型商场)。我们还有一项业务,叫医院物业买入返租业务。这些都是我们这几年在后开发时代围绕着大健康所做的一些工作。

总之,随着中国经济的发展,我们会把更多的资产空间的价值创造得更好。同时也在城市中心，包括在一些低效工业的处理上，创造出更多有价值的服务，让我们在后开发时代变得更加有方法，让所有的后开发时代的参与企业，在新的时代获得新的成长和新的业绩。

慈善的逻辑

近年来，随着经济发展，社会财富在不断积累，但是个人的收入差距也有所扩大。整个社会就出现了一种内在的平衡机制，希望一些先富或者有能力的人帮助弱势人群。于是，"慈善"这个词不断被提及。

其实，早在10多年前，曾有一场与慈善有关的活动引发过广泛的关注。那是在2010年，比尔·盖茨和巴菲特来到中国，邀请了一批中国的企业家，举办了一场"慈善晚宴"。

当时，比尔·盖茨夫妇的慈善基金会已经运作了将近10年，比尔·盖茨多次表示，后半辈子要全力做慈善。巴菲特也把几百亿美元放到盖茨基金会，来做公益慈善。

所以，当比尔·盖茨和巴菲特要在北京办这样一场晚宴的时候，很多企业家或者有钱人想见他们，又怕被他们"劝捐"，害怕在那样的场合下，不得不做出要捐出一半财富的承诺。

当时，巴菲特已经80岁了，个人财富的创造、积累超过40年，比尔·盖茨也已经在富豪榜上稳居了将近20年，但国内的很多富豪还非常年轻，财富的积累也就 10 多年，关于财富的规划和安排，并没有提上日程。而且当时中国没有一套与慈善相关的法律，缺乏成熟的经验和做法，同时没有像巴菲特、比尔·盖茨这样的标杆人物。

所以接到邀请后，大家都很兴奋，愿意见他们，想听他们讲讲，希望获得这方面的经验和启发。我也参加了这场晚宴，现场听了他们做慈善的一些想法和理论，被他们深深地触动。

我首先想的是，他们为什么要这样做？我们这边的这些企业家为什么还没有想到做这件事情？

他们提出"裸捐"的想法之后，大家多少有一些情感或者认知上的排斥，觉得中国的慈善制度还没有准备好，而我们自己在心理上也没有准备好。

当时，媒体上对这件事有非常多的讨论。当然，这件事情对中国的企业家群体起到了一个重要的推动作用。从那之后，中国的企业家们聚在一起时，越来越多地开始讨论这个话题，"慈善"成了一个高频出现的词汇。

当然，现在慈善已经成了所有企业家在创业一开始就在考虑的事情。当公司发展到一定规模时，都必须要去参与慈善事业，而且把它纳入企业的社会责任当中，来做一个制度化的安排。一些企业也把它纳入 ESG（环境、社会与公司治理）体系里面来。

就这样，这件事变得十分重要，成为中国社会发展和经济成长当中不可或缺的一个领域。做慈善，成了企业家非常重要的一个行为；而对整个社会来说，慈善的文化、慈善的行为、慈善的机构、慈善的人物，都变成社会机体当中非常重要也非常正常的一个部分。

当然，在这个过程中，我们对于慈善这件事的认知也是在逐渐加深的。比如说，第一件事儿，为什么会做慈善？究竟是什么在驱动这些人做？

我知道，巴菲特和比尔·盖茨当年做慈善，有宗教元素的驱使，在美国，基督教的影响非常大。比如，哲学家马克斯·韦伯就提出了一整套理论，谈新教对资本主义的影响，他认为，人们去赚钱，是在替上帝管理财富，而不是给自己挣钱，所以挣到钱以后一定要捐出去。卡耐基也讲到，活着的时候，如果不把这些钱捐出去，死后是不能进天堂的。

由于有这样的宗教伦理和价值观，他们在拼命创造、赚钱的同时，也在不断地捐钱。他们把挣钱、捐钱当作上帝赋予他们的使命和责任。他们做慈善有这样的背景。

在中国，慈善这件事应该说古已有之，而中国的慈善更多源自伦理和道德因素，而不是宗教。

在我们的传统社会中，一个人有能力之后，捐钱捐物，帮助他人，会更容易被周围的人所接纳。当一个人拥有财富的时候，去做这些事，会被其他人当作一个好人，会被大家称为"大善人"。

这样的捐助有一个特点，帮助的往往都是熟人，不会捐给不认识的人。这个特点与我们这种熟人社会的道德有关。

我们知道，道德在熟人之间，是用口口相传的舆论来约束人的行为,所以,熟人社会里的慈善,是为了得到舆论上的赞扬、道德上的肯定。于是,捐赠、行善的范围一般都不会超出自己所住的区域,比如说一个县、一座城市。

这种慈善,有几个特别重要的传统项目。

首先,遇到灾害的时候,要把粮食拿出来做成简易的食物,比如粥、馒头等,来救济饥饿的灾民。搭棚施粥,是做得最多的慈善。

其次,修桥铺路,让乡里乡亲出行更方便。即使到今天,一些成功的企业家依然会为家乡修桥铺路,这也是一个传统的慈善项目。

再次,修祠堂。修祠堂不仅是为了光宗耀祖,也是要团结乡里乡亲。很多地方都有修宗祠的传统。举个例子,在明清时期,徽商在外面赚到钱之后,普遍会回到家乡捐建祠堂。修祠堂时,还会把宣扬儒家伦理道德的一些词句做成匾额,以此强化祠堂的道德性,增强祠堂在伦理教化方面的作用。按照我们今天的话来说,也就是进行精神文明建设。

最后,捐资助学,培养人才。过去,很多有钱人在修祠堂时,往往也会建私塾,资助附近的年轻人到私塾里读书。这项举措发展到现在,一些地方的有钱人会去资助当地的学校,或者奖励高考考得好的学生。我曾经看过一个报道。在南方某地的一个村子,村里的有钱人都会捐钱资助当地的孩子读书。高考结束之后,祠堂里还要办一个仪式,一方面,祝贺考得好的学生;另一方面,受过资助的孩子们也借此仪式感谢祖宗、族人和长辈。

以上这些，其实是民间社会的一种财富分配机制，同时也成了一种和谐乡里，建立良好的道德关系、社会关系的方法。所以，在中国社会，慈善一直是存在的，并且在治理社会和维护基层稳定的过程中发挥了很大作用。

和西方的慈善与宗教有关不同，中国的慈善是有钱人在道德和传统的驱使下的一个行为。当然，除了被道德驱使，人们也会偶然性地做一些慈善。比如说，你在路边看到有人拿只破碗哆哆嗦嗦地讨饭，你可能会掏出一点零钱给他。这个时候，即使不给，也不存在有舆论在强迫你，那你为什么还会给呢？实际上是你的同情心、善良让你去帮助他。

人性中普遍存在着善良。看到弱者你会有同情心，当你有能力时你会愿意帮助他。有时候，就算没有任何人看见，你也会去做这件事情。这是人性的光芒。

这就和施粥、修桥铺路等公开的行为不一样。那些行为是要让大家看到，然后获得道德上的褒奖，同时也获得一种满足感，或者说成就感。而这种是出于人性的善良和同情心，是一种普遍的人性。

我们也能看到，经济越是发展，这种帮助的行为越普遍。比如说，我们去旅游，在路边看到一个人在拉小提琴，他面前放了一顶倒过来的帽子，我们一般都会走过去，也许都没有听他的演奏，但是会放一点零钱。

这种小小的善举，并不是完全由道德感驱使的，而是一种人性和同情心，是一种性本善的表现。所以，人性中的善良与同情心,也是一些慈善行为的动因。

我们还可以看到,慈善行为中有一个特点,那就是任何慈善都以不影响自己的生活为边界。曾有人问比尔·盖茨:"你做慈善,捐钱,那你是不是要捐干净?"比尔·盖茨说:"我捐钱是捐钱,但我的私人飞机我还要坐,另外给孩子还是要留一点。"巴菲特也说:"做慈善不能影响我现在的生活,这是一个前提条件。"

我觉得这是很对的。而且中国传统的慈善也是如此。不管是搭棚施粥、修桥铺路,还是修祠堂、建学校,这些都不会影响捐赠者的家庭生活和个人生活。大家都在这个前提下做慈善。也唯有如此,慈善才能变成可持续、不断重复的行为。

如果大家都要求捐款的人把自己家所有的粮食、钱都捐出来,否则就是慈善做得不到位,那就伤害到了捐赠者的日常生活,把慈善变成了道德绑架。如果用舆论绑架,甚至是胁迫、抢夺,有些捐赠者就会抵抗,然后逃避,最后就把他本来很自愿做的慈善变成了内心排斥和对抗的事。

我记得,在巴菲特和比尔·盖茨来北京办慈善晚宴的时候,媒体舆论就出现过这样的道德绑架,以至于一些企业家原本要来参加晚宴,后来却没有来。因为他们不愿意被道德绑架。

也就是说,慈善本身是有前提的。捐款的人和期待他捐款的人,实际上有一个默契,就是以不伤害捐款人的生存条件和生活水准为限,如果超过了这个界限,慈善行为就会被认为是一种道德绑架和抢夺行为,捐款人就可能会躲避。

慈善还有一个特点。一般来说，慈善行为的人际互动，是强者帮助弱者，地位高的帮助地位低的，财富多的帮助财富少的，其间的财富、资源流动，是从上往下流，从强往弱流，从多往少流，这叫慈善。如果反过来，就不叫慈善了，那是抢夺，会导致社会不公平，进而引发社会的剧烈冲突、矛盾甚至是斗争，社会就可能出现分裂。

现在，传统慈善依然存在，但是又多了一个词——公益。

起初，在我们的认知里，慈善和公益是不分的，后来我们才发现，慈善在中国其实很早就有。但对于公益，大家有时候认为它和慈善是一样的，有时候又认为它和慈善有很大的区别。

随着中国的公益基金会越来越多，越来越专业，这种区别变得肉眼可见。

比如，慈善源于道德，而公益源自理性。慈善是区域性的，为身边的人提供一些帮助。而公益面向更多人。如果说慈善是只对熟人、亲人，那么公益更多地是面向生人、他人、远方的人。慈善带有偶然性，不一定有一个系统的组织，传统的慈善往往依托于一些大户、大家族。而现代公益依托于公益组织，公益组织的创建、注册、管理、运行，有一整套法律法规来约束。有大量的公益组织在现代社会中还扮演着特别重要的非政府组织的角色。

此外，在传统的慈善中，做慈善的人往往还在做其他事，慈善是一种偶然为之的事。现代公益则是一种完全专业化的行为，从事公益事业的人员都受过良好的训练，许多人员有相关的硕士、博士学位，有一些专业人士终身从事公益工作。

目前，在中国的许多乡村，传统慈善依然存在，而且时常被我们看到。同时，随着与慈善有关的法律法规日益完善，最近10多年，现代公益机构越来越多，越来越多的企业家也积极参与到公益事业中来。

2004年，《基金会管理条例》公布之后，我和王兵、李东生、朱新礼等企业家一起，发起了爱佑华夏基金会。这是中国第一个由企业家发起的公益基金会。由于它有专门的治理标准和专业的团队，它在募款、项目运行、管理等各个方面达到了完全专业化，所以它的规模做得很大。经过近20年的发展，爱佑华夏基金会现在是全球最大的儿童心脏病救助基金会。另外，由于爱佑华夏的努力，政府最终解决了中国所有贫困儿童的先天性心脏病的救治问题。

后来，我们陆续又创办了阿拉善SEE、壹基金、故宫基金会等公益组织。现在阿拉善SEE已经成为中国最大的民间环保机构，占到民间环保资金支出的60%左右。壹基金则是国内最大的民间救灾机构。故宫基金会则是在文化教育、文物保护和传统文化传播领域有巨大影响力的基金会。

从2004年至今，我先后参与发起了23个公益基金会。这些公益基金会完全由专业人士来管理和运营，我们希望每个公益基金会在解决一个专项问题的同时，能够更好地运用专业的能力、有效的组织，加上公益的策略，尽可能发挥出更大更持久的社会效益。

比如，4年前，我和王石、陈东升、刘永好一起，发起了乡村发展基金会来支持乡村建设。依托基金会，在延安大学创设了乡村发展研究院，来推动乡村治理、经营人才的培养，推动乡村经济的发展。

过去十几年，现代的公益基金会越来越多，到现在，已经有了将近8000个公益基金会。这些公益基金会大部分是由企业家创立的。

除企业家本人外，当然也可能有一些企业家的家族成员参与到基金会中。比如李嘉诚家族就创建了长江公益基金会，曹德旺家族、牛根生家族也都成立了公益基金会。

现在公益基金会已经超越过去的慈善，成了更专业、规模更大、领域更宽广、更可持续的社会财富分配形式和社会自组织形式以及社会矛盾的化解形式。这是一个非常好的趋势，中国的传统慈善由此得到进一步的提升和改造，成了更加适应现代市场经济和法治环境的形式。

当然，在这个过程中，传统慈善有点相形见绌。比如说，陈光标就是比较典型的传统慈善人士，他看到哪里的人有困难，就去给人家现金。他把个人的能力充分显露出来，在每个地方都直接捐现金。别人得到帮助之后，会磕头告谢，或者是给一面锦旗，或者是在媒体上对他进行表扬。

这样的传统慈善事实上一直都有人做，也惠及了很多人。但是，从发展的速度、服务的专业性、社会的观感，以及对社会问题的解决等方面来看，公益基金会远远地超过了传统慈善的形式。

应该说，由传统慈善为主流变成现代公益基金会为主流是一个巨大的进步。这也是中国社会在财富巨量增长的同时保持和谐稳定的一个重要原因。

现在大家都开始提共同富裕。其实，共同富裕这件事情并不是说突然一下就要完成。事实上，从中国有市场经济以来，每一步都走在朝向共同富裕的路上。比如说，企业经营者要交税，国家通过收税、财政转移支付等方式进行二次分配，从事扶贫、发展经济等工作，这就是在促进相对的公平。

但是，经济在发展，仅靠二次分配就不够了。这时候，一部分先富起来的人士手里，积累的财富越来越多，于是他们通过公益基金会的方式进行三次分配。公益基金会的发展已经有20年了。所以，在我们开始强调共同富裕之前，事实上市场经济本身就会催生出这样一种三次分配的形式，而这种形式实际上叫先富带后富。

关于先富带动后富，在改革开放后市场经济的一开始，邓小平就提到过。

现在，我们处在共同富裕的过程当中。公益基金会扮演的角色事实上就是三次分配。所以这和我们正常的商业活动、商业竞争是不抵触的，而且正常的商业活动、商业机构做得越好，公益基金会就越能发挥三次分配的作用，能做的事也越多。

比如，有一个基金会积极支持乡村教师，通过这样的形式改善乡村教育，帮助乡村的老师和孩子们同外部世界接触，从而提升眼界和能力。相关活动办得非常好,而且长期举办。

总之,在中国经济快速成长的过程中,现代公益在三次分配中扮演了不可或缺的角色。

慈善,不论是道德驱使,还是理性的制度安排,是伴随着中国经济持续成长而出现的,起到了化解矛盾、改善民生、提升伦理文明、促进社会和谐的作用。

当现代的慈善演变成公益以后,我们就知道,市场经济本身并不可怕,有钱人也不可怕,有钱的社会更不可怕,因为最终这些财富都会通过一次分配、二次分配和三次分配,使社会的矛盾消解,收入差距减少,从而进入一个法治、文明、富裕、和谐的新社会。这是我们期待的,同时也是我们已经看到的现状。未来,我们还会看到更多。

开放的逻辑

关于"开放",网上的讨论很多。

1978年,我们开始讨论"开放",到现在已经四十多年了。在可预见的未来,我们还会继续讨论这件事。

现在我们聊到开放时,似乎感觉这件事就像开窗呼吸新鲜空气一样自然,但在三四十年前,我们聊到开放的时候,内心会产生一种冲动,人变得兴奋,甚至脚步都会加快。

同一件事,在不同的时代、不同的情景中,我们的感受是如此不同,这是一个很有意思的变化。

但不管怎么说,在这么长的时间里,这个词、这件事,不断被提及,被广泛地用到各处,这就是它的独特之处。我就想仔细地揣摩、感受、体会一下,"开放"到底意味着什么,它还可能往哪个方向去。

在我的记忆里,1978年确定了要开放之后,我们首先经历的,是观念的开放,在观念开放的过程中,批评得到了允许,我们也能够去看别人经历了什么。

那时候,我刚上大学。伴随着开放,大量新知识、新思想、新信息不断涌入。其中有两个词,让我感到非常新奇。

一是"解冻"。

这个词与苏联有关。赫鲁晓夫时代,苏联出现了"解冻文学",实际上就是苏联人对斯大林时代的内外政策,包括"大清洗"在内的敏感内容,进行了检讨、批判和重新认识。与"解冻文学"的流行同步,苏联的社会风气也有所放松。

1978年之后的一段时间里,我们在观念上也有一个逐步宽松的过程,于是大家提到苏联,提到"解冻"。

另一个词是"伤痕"。

当时国内上演了一部名为《伤痕》的话剧,紧接着还出现了一个文学思潮,被称为"伤痕文学"。评论者们把"伤痕文学"和"解冻文学"拿来对照,认为"伤痕文学"也是一种"解冻",是把过去的一些冷冰冰的历史展示出来,通过揭露曾经的伤痛,让大家看到一种新的可能性。

观念的开放、觉醒,意味着我们要去看别人、看世界,同时也要被世界看到。这是开放必经的一个过程。

我学的是经济学。得益于开放的风潮,我们读了很多西方经济学的书。马克思主义当然是从西方来的,不过我那个时候更多地是读非马克思主义的西方经济学。我们用我们的经济理论去看世界,同时我们也开始接受西方经济学的理论。

我们在睁开眼睛看世界的时候,可能看见别人有空调,有很多房子,而我们这边空调很少,房子也很紧缺。我们就看到了自己与外界的差距。当然,别人也看见了我们的短处。

开放之前不是这样的。开放之前,我们既没法看别人,偶尔外国人来到中国,我们也不希望别人看见我们缺这缺那,或者看见我们的不好,而总是把好的一面展示给外人看。

除了看世界和被世界看,开放的过程中,还会说别人,以及被别人说。我们要开始议论别人的事了,同时别人也要议论我们的事了。我们得接受别人说我们不好,接受别人对我们的指指点点,也要接受别人说我们跟他们不同,当然我们也会如此这般说别人,也会对别人指手画脚。

看得多了,说得多了,议论多了之后,就带来下一个问题:我们是要做自己,还是变成别人,抑或在交流、融合之后,达成某种共识,取各方的观点,得到一个中间状态,然后在观念上形成一个新的自我?

古人讲,爱情就像是把两个泥人打烂了,揉在一起,再重新做一个你,做一个我,然后你里边有我,我里边有你。

开放其实也是如此。我们看到了世界,也被世界所看到;我们评价外界,同样也被外界评价。在交往、借鉴与融合的过程中,彼此都会有别人的影子,这样就会形成新的自己和新的世界。

这里的"别人",可能是外村人,可能是外县人,可能是外省人,当然,也可能是外国人。

总之,随着开放,我们和别人之间的界限会重新调整,我们和别人的观念都会被重新塑造,所有人会找到新的共同认可、遵守的规则。

而这个规则，既不是开放前纯粹属于我们的规则，也不是纯粹属于别人的规则，而是一个大家共同认可的新的规则。新的规则，可以叫作国际惯例，或者普世价值，或者叫我们人类文明的共同准则。

开放的结果，一定是越来越趋同，而不是越来越有差异；是越来越富裕，而不是越来越贫困；是越来越多的和解，而不是越来越多的冲突；是越来越多的和平，而不是越来越多的战争。

观念开放的同时，我们还看到了物的开放。

所谓物的开放，实际上就是对外贸易、对外经济合作。我们的东西出去，别人的东西进来，这是贸易；我们的钱出去，别人的钱进来，这是投资与招商；我们的人出去，别人来我们这儿，这是旅游与观光。

过去40多年，伴随着观念的开放、物的开放，我们国家与外部世界的贸易越来越频繁，我们的经济实现了高速增长，在世界经济当中所占的比例越来越高，我们对世界经济增长所做的贡献也越来越多。我们国家成了世界工厂，也成了全球第二大消费市场和第一货物贸易大国。

成为世界工厂的一个结果，是我们积累了大量的对外贸易顺差，通俗点说，就是赚了很多外汇，这些钱又可以转化为投资，进一步促进国内企业扩大生产。

良性循环形成之后，我们的贸易顺差越来越多，投资也越来越多，生产也越来越多，我们的经济规模就越来越大，整个国民经济就越来越繁荣、强大。

所以，如果只有观念的开放，而没有物的开放，没有经济、贸易的繁荣，那么开放就只是空中楼阁。

在开放的过程中，我们得到了很多投资，有大量的境外资本进来。资本有一个天然的属性，那就是逐利，要获取利润。资本进来后，一定要带着回报走。同时，资本为了赚取回报，要开设工厂，要雇用工人，要做研发，要提供产品和服务，同时也要考虑中国的社会制度、文化环境，要合规守法，还要为当地人文环境、自然环境的改善贡献自己的力量。也就是说，资本当然要为自己考虑，但在逐利的过程中，也不得不为别人考虑。

有境外资本进入中国，中国的资本当然也要走向全世界，我们同样在许多国家投资、办企业、建工厂、做研发、赚取利润，同样为当地人文环境、自然环境的改善贡献自己的力量。

所以，几十年下来，别人的钱进来，我们的钱也出去。如果我们对外资时而欢迎，时而警惕，时而有所抵触，那么我们的钱去海外投资，也会遇到同样的问题，或者被过度意识形态化。

资本流动，是开放能够可持续发展的一个巨大的动力和源泉。若没有资本的流动，开放是不可持续的。

资本的流动，背后当然是人在操持，所以人的流动同样至关重要。商务人群的往来，完成了资本的流动与货物的贸易；观光旅游人群的往来，能推广彼此的自然人文风光，促进文化的交流，促进互相加深了解，也会为彼此之间带来更多的善意，这又能进一步促进经济的交流与发展。

总而言之，开放不单是观念的流动，还有货物的流动、资本的流动和人的流动。这种流动,也必须是双向的。如果是单方面的输出,那不叫开放,或者叫不完善的开放。

既然要流动,在开放的过程中,就面临一个问题:观念、货物、资本以及人,按什么规则出去,又按什么规则进来?这就带来了一个挑战:如何在差异中建立共同规则?

这种共同的规则有两种模式。

一种是双边的,比如中国与某个国家之间,形成一套特定的规则。

一种是其他国家和地区之间,已经形成了某种成熟的规则,我们开放之后,加入这个规则当中。比如说,国际奥委会在100多年以前,就制定了奥运会的相关规则,我们加入进去,基本上是在认同其规则的基础上,依照其规则参加比赛、取得成绩。

我们在2001年加入了WTO(世界贸易组织),也是如此。加入WTO时,提到最多的一个词就是国际惯例。也正是由于加入了WTO,按照世贸组织的共同规则去行事,持续扩大开放,中国经济才在过去20多年取得了举世瞩目的成就,跻身世界经济的先进行列。

所以开放最终能不能可持续,还在于制度、规则上,是不是能够让大家按照认可的共同规则去行事。只有按照大家共同认可的规则去行事,开放才会持续地让双方受益,也才能持续地创造繁荣。

在开放的初期,还经常提到一个词——"不争论"。所谓不争论,就是在观念、规则上,我们要更多地去讨论趋同的一面,弱化差异和对抗的一面。这样一来，我们就可以在遵守共同规则的情况下，把我们与外部世界的差异淡化、模糊化，从而在共同认可的规则下，使开放能够更纵深、更全面、更持久。

这就是我经历过的开放的过程。

开放虽是一个宏大议题，但是对于我们每个个体而言，同样影响深远，它不断地改变着我们的人生。

起初，我们要适应开放。慢慢地，我们的观念越来越活泛，看到的世界越来越多样，外部世界对我们的影响也越来越多，我们和别人的差异，互相也看得越来越清楚。于是，对于要怎么做自己、怎么和外界相处，我们也会有更清晰的判断，以及更多的选择空间。

当社会中的每一个个体都拥有更多的选择和可能性的时候，当每一个个体的不同都能得到尊重的时候，我们内部人与人的关系、人与组织的关系、组织与组织的关系，就都会发生变化。这种变化，我们就称之为改革。

改革的结果，实际上就是一句话：人变得更自由，拥有更多选择，社会变得更宽松，微观组织变得更灵活。只有这样，我们才能适应观念、商品、资本以及人员的流动。

开放让我们每一个个体更自由，我们每个人的自由是由开放落到实处的。我时常想起30多年前初到海南时的一些生活体验。

20世纪90年代初，我刚到海南时，并不知道这么多道理，也不知道开放意味着什么。我只知道，在海南，什么都允许做，每天都被人告知，这也能做，那也能做。而在此之前，我们在内地时，这不能做，那也不能做。于是我们就在海南做了很多事情，开始创办企业，开始做房地产，开始做生意。

只有在开放的同时赋予每一个个体、每一家企业更多的自由时，经济活动才有创新，才有创造，才有发展，才有增长。只有让每一个个体、每一家企业拥有更多的自由选择空间、自主定价空间和按照共同规则奔跑的空间时，开放才有意义，开放和经济增长才会形成正循环。

今天，当我再回过头来看当年的经历，我就更深刻地理解了自由的价值和自由对于开放的意义。

只有当我们每一个个体是自由的，每一家企业的选择也是自由的，创新和竞争才能不断涌现，开放才能落到实处，才能促进经济的成长。失去了自由的开放，将变成缥缈的云彩，风一吹，就散了。

［全书完］

人生的逻辑

作者_冯仑

产品经理_张越　装帧设计_郑力珲　产品总监_黄圆苑　技术编辑_丁占旭
责任印制_杨景依　出品人_李静

营销经理_孙菲

果麦
www.guomai.cn

以微小的力量推动文明

图书在版编目（CIP）数据

人生的逻辑 / 冯仑著 . -- 成都：四川文艺出版社，2025.1（2025.2重印）. -- ISBN 978-7-5411-7112-3

Ⅰ . I267.1

中国国家版本馆 CIP 数据核字第 2024SR5100 号

RENSHENG DE LUOJI

人生的逻辑

冯仑 著

出 品 人	冯　静
责任编辑	陈雪媛
装帧设计	郑力珲
封面题字	以明轩主
责任校对	段　敏
出版发行	四川文艺出版社（成都市锦江区三色路238号）
网　　址	www.scwys.com
电　　话	021-64386496（发行部） 028-86361781（编辑部）
印　　刷	天津丰富彩艺印刷有限公司
成品尺寸	145mm×210mm
开　　本	32开
印　　张	9.25
字　　数	200千
版　　次	2025年1月第一版
印　　次	2025年2月第七次印刷
印　　数	52,001—62,000
书　　号	ISBN 978-7-5411-7112-3
定　　价	49.80元

版权所有　侵权必究

如发现印装质量问题，影响阅读，请联系 021-64386496 调换。